LEGADO MORTAL

MARY HIGGINS CLARK

LEGADO MORTAL

Traducción de
Nieves Nueno

PLAZA [PJ] JANÉS

Título original: *As Time Goes By*
Primera edición: enero, 2017

© 2016, Nora Durkin Enterprises, Inc.
Todos los derechos reservados. Publicado por acuerdo con Simon & Schuster, Inc.
© 2017, Penguin Random House Grupo Editorial, S. A. U.
Travessera de Gràcia, 47-49. 08021 Barcelona
© 2017, Nieves Nueno Cobas, por la traducción

Printed in Spain – Impreso en España

ISBN: 978-84-01-01821-3
Depósito legal: B-19.832-2016

Compuesto en Comptex&Ass., S.L.

Impreso en Rodesa
Villatuerta (Navarra)

L018213

Penguin
Random House
Grupo Editorial

Para los recién casados,
el doctor James Clark Morrison y su esposa Courtney,
con amor

Agradecimientos

Una vez más y como siempre, gracias a mi editor de toda la vida y querido amigo, Michael Korda. Me ha guiado a lo largo del viaje desde la primera página hasta la maravillosa palabra «fin». Qué afortunada he sido al tenerle a mi lado durante todos estos años.

Quiero también dar las gracias a Marysue Rucci, jefa de redacción de Simon & Schuster. Ha sido estupendo trabajar con ella en los últimos años.

Es un placer contar con el equipo que tengo en casa. Mi hijo David se ha convertido en un valioso ayudante e investigador a jornada completa y, como de costumbre, el resto de mis hijos han sido por voluntad propia mis primeros lectores y conejillos de Indias a lo largo de todos los pasos del camino.

Y, como siempre, gracias a mi extraordinario marido, John Conheeney, que lleva veinte años oyéndome decir entre suspiros que estoy segura de que este libro no funciona.

Nadine Petry, mi ayudante y mano derecha desde hace tanto tiempo, tiene el don de interpretar mi imposible caligrafía. Gracias, Nadine.

Cuando hace cuarenta y un años se publicó *¿Dónde están los niños?* jamás pensé que tendría la inmensa fortuna de seguir escribiendo pasados tantos años. Disfruto encontrando nuevos personajes y novedosas situaciones en las que colocarlos.

Como ya he dicho, «fin» es mi palabra favorita, pero no existiría si no hubiera una primera frase que les invitase, queridos lectores, a pasar las páginas.

Gracias por continuar disfrutando con las historias que les cuento.

Todo mi agradecimiento y mis mejores deseos,

MARY

Prólogo

El primer llanto del bebé fue un sonido tan penetrante que las dos parejas que aguardaban tras la puerta del paritorio de Cora Banks, la comadrona, dejaron escapar al unísono un grito ahogado. Los ojos de James y Jennifer Wright se iluminaron de alegría. Una mezcla de alivio y resignación se reflejó en el rostro de Rose y Martin Ryan, cuya hija de diecisiete años acababa de dar a luz.

Las parejas se conocían entre sí como los Smith y los Jones. Ninguna deseaba conocer la verdadera identidad de la otra. Un cuarto de hora después seguían esperando nerviosos para ver al recién nacido.

Era una niña adormilada de más de tres kilos de peso cuyos negros mechones rizados contrastaban con su tez clara. Cuando abrió sus ojitos, todos vieron que eran grandes y de un castaño oscuro. Jennifer Wright alargó los brazos para cogerla y la comadrona sonrió.

—Creo que tenemos un asuntillo pendiente —sugirió.

James Wright abrió el maletín que llevaba.

—Sesenta mil dólares —dijo—. Cuéntelos.

Les habían descrito a la madre del bebé que acababa de nacer como una chica de diecisiete años que se había quedado embarazada la noche del baile de graduación. Sus padres habían ocultado el embarazo a todo el mundo. Dijeron a familiares y amigos que era demasiado joven para marcharse a la universidad y que tenía previsto trabajar en el taller de costura que su tía poseía en Milwaukee. El padre, un muchacho de dieciocho años, se había ido a la universidad sin saber nada del embarazo.

—Cuarenta mil dólares para los estudios de la madre. —Cora contó el dinero y entregó esa cantidad a los padres de la joven parturienta mientras sus gruesos brazos sujetaban con firmeza a la criatura. No le pareció necesario añadir que los veinte mil dólares restantes correspondían al pago de sus servicios.

Los abuelos de la recién nacida aceptaron el dinero en silencio.

—¡Qué feliz soy! —susurró Jennifer Wright, y alargó sus brazos anhelantes.

—Registraré el nacimiento a nombre de ustedes —anunció la comadrona a la radiante pareja.

Su fría sonrisa no sirvió para realzar su cara redonda y sin atractivo. Aunque solo tenía cuarenta años, su expresión le añadía al menos otros diez.

Se volvió hacia los padres de la joven madre.

—Que duerma unas horas más. Después, llévensela a casa.

En el paritorio, la muchacha de diecisiete años luchaba contra el efecto de la elevada dosis de sedantes que le habían administrado. Sentía los pechos hinchados por la impresión de abrazar a la niña en sus primeros momentos de vida. La quiero, la quiero, gritaba su alma. No entreguéis a mi bebé. Encontraré un modo de cuidarla...

Dos horas después, acurrucada en el asiento trasero del coche familiar, se dirigía a un motel cercano.

A la mañana siguiente regresaba sola en avión a Milwaukee.

1

—Y ahora, el habitual bloque de anuncios —susurró Delaney Wright al compañero junto al que presentaba las noticias de las seis de la tarde en la WRL—. Todos ellos absolutamente fascinantes.

—No olvides que nos pagan el sueldo —le recordó Don Brown con una sonrisa.

—Ya lo sé, benditos sean —repuso con alegría, mirándose al espejo para comprobar su aspecto.

Creía que la blusa de color morado intenso que había elegido la encargada de vestuario resaltaba demasiado con su piel clara, aunque tenía que reconocer que le quedaba bien con su cabello negro, cortado a la altura de los hombros. Iris, su maquilladora favorita, había hecho un buen trabajo realzando sus ojos castaño oscuro y sus largas pestañas.

El realizador inició la cuenta atrás.

—Diez, nueve... tres, dos...

Cuando dijo «uno», Delaney empezó a leer.

—«Mañana por la mañana dará comienzo en el palacio de justicia del condado de Bergen, en Hackensack, New Jersey, la selección del jurado en el juicio contra Betsy Grant, antigua profesora de instituto de cuarenta y tres años acusada del asesinato de su acaudalado esposo, el doctor Edward Grant, de cincuenta y ocho. La víctima padecía la enfermedad de Alzheimer de inicio precoz. Aunque la acusada no ha dejado de proclamar su inocencia, el fiscal mantiene que se cansó de esperar la muerte de su marido. Ella y el hijo de la víctima son herederos a partes iguales de una fortuna valorada en más de quince millones de dólares».

—Y ahora una noticia mucho más alegre —continuó Don Brown—. Esta es la clase de reportaje que nos encanta presentar.

En la pantalla aparecieron las primeras imágenes del encuentro de un hombre de treinta años con su madre biológica.

«Llevábamos diez años buscándonos —explicó Matthew Trainor, sonriente—. Tenía la sensación de que ella me llamaba. Necesitaba encontrarla.»

Rodeaba con el brazo a una mujer corpulenta de unos cincuenta años, de pelo ondulado y facciones agradables. En sus ojos color avellana brillaban lágrimas contenidas.

«Tenía diecinueve años cuando di a luz a Charles. —Hizo una pausa y levantó la mirada hasta su hijo—. En mi cabeza siempre le llamé Charles. El día de su cumpleaños solía comprar juguetes y los donaba a una entidad benéfica. —Con voz temblorosa, añadió—: Me gusta el nombre que le pusieron sus padres adoptivos. Matthew significa "regalo de Dios".»

«Desde que tengo memoria he sentido la necesidad de saber quiénes eran mis padres biológicos, sobre todo mi madre» —añadió el hijo reencontrado cuando el reportaje tocaba a su fin.

Matthew le dio un fuerte abrazo a Doris Murray, que no pudo reprimir las lágrimas por más tiempo.

«Es imposible explicar cuánto he echado de menos a mi hijo.»

—Una noticia conmovedora, ¿verdad, Delaney? —preguntó Don Brown.

La presentadora solo pudo asentir con la cabeza. Sabía que el nudo que tenía en la garganta estaba a punto de deshacerse en un mar de lágrimas.

Don esperó unos segundos su respuesta y luego, con expresión de sorpresa, dijo:

—Veamos qué nos cuenta Ben Stevens, nuestro hombre del tiempo.

—Lo siento, Don —se disculpó Delaney cuando terminó el programa—. Esa noticia me ha emocionado tanto que me daba miedo empezar a llorar igual que la madre.

—Bueno, ya veremos si dentro de seis meses todavía se hablan —replicó él, sarcástico. Echó la silla hacia atrás—. En fin, ya hemos terminado.

En el estudio contiguo, a través de la pared de cristal, vieron al presentador de las noticias nacionales, Richard Kramer, en directo. Delaney sabía que Don aspiraba a ocupar ese puesto cuando Kramer se jubilara. La muchacha se levantó, salió del estudio, pasó por su despacho y cambió su blusa morada por una camiseta de yoga. Sustituía a la copresentadora habitual, Stephanie Lewis, que estaba enferma, y se alegraba especialmente de cubrir el juicio contra Betsy Grant. Estaba segura de que iba a ser fascinante.

Cogió el bolso, saludó a su paso a varios compañeros, recorrió una sucesión de largos pasillos y salió a Columbus Circle.

Aunque le encantaba el verano, Delaney estaba deseando que llegara el otoño. Pensó en el dinamismo que adquiría Manhattan a partir del día del Trabajo, y entonces comprendió que estaba tratando de apartar de su mente lo que tanto le preocupaba. El reportaje sobre la adopción había derribado de golpe los muros que tanto se había esforzado por construir a su alrededor para evitar obsesionarse de nuevo con el mismo tema.

Necesitaba encontrar a su madre biológica. James y Jennifer Wright la habían adoptado a las pocas horas de nacer y eran sus nombres los que constaban en la partida de nacimiento registrada en Filadelfia. Una comadrona había asistido al parto. La mujer que había organizado la adopción estaba muerta y no había rastro del nombre de la matrona.

Al parecer, había llegado a un callejón sin salida, pero estaba a punto de tomar una decisión. Había oído hablar de un detective jubilado especializado en seguir rastros imposibles en casos como el suyo. Tan absorta estaba al iniciar su caminata de kilómetro y medio hasta casa que, casi sin percatarse, dejó atrás la Quinta Avenida.

Giró hacia el este en la calle Cincuenta y cuatro. Su apartamento estaba en uno de los edificios más antiguos, justo al lado de donde vivió Greta Garbo, la legendaria actriz de los años treinta. Muchas veces, al final de una jornada especialmente frenética en el estudio, Delaney recordaba la famosa frase de la actriz: «Quiero estar sola».

Danny, el portero siempre sonriente, le abrió la puerta. Su apartamento, una amplia vivienda de tres habitaciones, era muy distinto de la inmensa y hermosa casa de Oyster Bay, en Long Island, en la que había crecido. Delaney soltó el bolso, sacó una botella de Perrier del frigorífico y, apoyando los pies en un cojín, se acomodó en su confortable butaca.

En la mesa que había al otro lado de la sala había una gran foto de familia, hecha cuando tenía tres años. Delaney estaba sentada sobre el regazo de su madre, junto a su padre. Sus tres hermanos aparecían alineados detrás. El cabello negro y rizado y los ojos de color castaño oscuro de la niña llamaban claramente la atención en la supuesta foto de familia. Los demás tenían el pelo en distintos tonos de rubio rojizo, y los ojos en diferentes tonos de azul claro y avellana.

Lo recordaba muy bien. La primera vez que vio la fotografía se echó a llorar.

—¿Por qué no me parezco a todos vosotros? —preguntó entre sollozos.

Fue entonces cuando sus padres le dijeron que era adoptada, aunque no con esas palabras. Teniendo en cuenta su corta edad, le explicaron lo mejor que pudieron que deseaban tener una niña, y que desde que era un bebé se había convertido en parte de la familia.

El mes anterior había tenido lugar en Oyster Bay una gran reunión familiar para celebrar el setenta y cinco cumpleaños de su madre. Jim acudió desde Cleveland, Larry desde San Francisco y Richard desde Chicago, todos con sus mujeres e hijos. Había sido un momento realmente feliz. Sus padres se mudaban a Florida y habían regalado los muebles que no necesitaban. Delaney y sus hermanos pudieron quedarse con lo que quisieron, y ella escogió unas cuantas piezas pequeñas que cabían en su apartamento.

Contempló de nuevo la foto de familia, imaginando a la madre que nunca había conocido. ¿Me parezco a ti?, se preguntó.

Sonó el teléfono. Alzó los ojos al cielo, pero entonces vio que quien la llamaba era Carl Ferro, el productor del noticiario de las seis. Estaba exultante.

—Stephanie ha aceptado el empleo que le ofrecían en *NOW News*. Estamos todos contentísimos. Se estaba volviendo una insuperable... pesada. Siempre pretendía saber más que Kathleen. —Kathleen Gerard era la productora ejecutiva del departamento de noticias—. Su dimisión llegará por la mañana. Eres nuestra nueva copresentadora con Don Brown. ¡Enhorabuena!

Delaney dejó escapar un grito ahogado.

—¡Carl, estoy encantada! ¿Qué más puedo decir? Lo único que lamento es no poder cubrir el juicio de Grant.

—Seguimos queriendo que lo hagas. Recurriremos a otras copresentadoras hasta que termine la vista oral. Eres una gran reportera y este tipo de juicios es lo tuyo.

—No puedo pedir nada más, Carl. Muchas gracias —se despidió.

Sin embargo, al colgar el teléfono la embargó un instante de inquietud. Su niñera, Bridget O'Keefe, solía decir: «Cuando las cosas parecen demasiado buenas, los problemas vienen de camino».

2

—Willy, necesito de verdad un nuevo proyecto —insistió Alvirah.

Estaban desayunando en su apartamento de Central Park South. Iban por la segunda taza de café, que era el momento predilecto de Alvirah para charlar. También era cuando Willy llegaba a la sección de deportes del *Post*, que estaba deseando devorar.

Con un suspiro de resignación, dejó a un lado el periódico y miró a su querida esposa, de cuarenta y tres años, sentada al otro lado de la mesa. Willy tenía el cabello blanco, los rasgos marcados y los ojos de un azul intenso, y a sus amigos de más edad les recordaba a Tip O'Neill, el legendario portavoz de la Cámara de Representantes.

—Ya sé que empiezas a impacientarte, cariño —dijo con dulzura.

—Así es —reconoció Alvirah, alargando el brazo para coger un segundo trozo de bizcocho—. Últimamente no hemos hecho gran cosa. Bueno, disfruté mucho en el crucero fluvial por el Sena. ¿A quién no le habría gustado? Además, me encantó ver dónde pasó Van Gogh los últimos meses de su vida. Pero ahora me alegro de estar en casa.

Echó un vistazo por la ventana para admirar las vistas de Central Park.

—¿Verdad que tenemos suerte de estar aquí? —añadió—.

Solo tienes que compararlo con nuestro apartamento en Astoria. La cocina ni siquiera tenía ventana.

Willy lo recordaba todo con nitidez. Seis años atrás él era fontanero y Alvirah, una mujer de la limpieza. Estaban en su antiguo piso, y ella tenía los pies tan cansados que los había metido en una palangana de agua caliente con sal de Epsom. En ese momento anunciaron por televisión el billete ganador de la lotería. Willy tuvo que mirar dos veces el suyo para asimilar que habían ganado cuarenta millones de dólares.

Recibían el dinero en pagos anuales y siempre ahorraban la mitad. Habían comprado ese apartamento en Central Park South, pero conservaban el de Astoria por si el gobierno se declaraba en quiebra y no podían continuar con los pagos.

Un día, el director del *Daily Standard* entrevistó a Alvirah. Ella le dijo que siempre había querido ir al balneario Cypress Point de California. El periodista le pidió que escribiera un artículo sobre sus experiencias allí y le regaló un broche con forma de sol que llevaba un micrófono incorporado para grabar sus conversaciones, asegurándole que le sería útil para redactar el reportaje. En cambio, le sirvió para descubrir la identidad de un asesino que se encontraba en el balneario. Desde entonces, Alvirah, con la ayuda de su micrófono, había resuelto numerosos crímenes.

—Estoy deseando ver a Delaney mañana —reconoció—. ¡Qué suerte tiene de cubrir el juicio contra Betsy Grant!

—¿Esa tal Grant no es la que asesinó a su marido? —preguntó Willy.

—No, solo está acusada de asesinar a su marido —le corrigió Alvirah.

—Pues por lo poco que he leído al respecto pensaba que era un caso muy claro.

—Estoy de acuerdo —se apresuró a responder ella—, pero, como siempre, estoy dispuesta a mantener la mente abierta...

Willy sonrió.

—Más te vale estar abierta a su culpabilidad.

3

A veintitrés kilómetros de distancia, en su mansión de diez habitaciones de Alpine, en New Jersey, Betsy Grant se preparaba una segunda taza de café en la cocina mientras contemplaba el paisaje por la ventana con aire pensativo. De forma inconsciente, observó que las hojas de los olmos habían adquirido un tono dorado, tal como correspondía a los primeros días de septiembre.

Los grandes ventanales panorámicos producían la sensación de fundirse con la naturaleza, como les había dicho el entusiasta agente inmobiliario que les enseñó esa casa doce años atrás.

Tras otra noche de insomnio esas palabras aparecían nítidas en su mente, como el recuerdo del cariño en los ojos de Ted cuando la miró para comprobar su reacción. Sabía que él quería comprar la propiedad. ¿Y por qué no iba a gustarme a mí?, se preguntó. Estaba tan enamorada que cualquier casa que él hubiera querido comprar me habría parecido bien. Me disgustaba que el anterior propietario estuviera dispuesto a vender a bajo precio porque su empresa había quebrado, no me agradaba la idea de aprovecharnos de la desgracia de otro. Pero esta casa es realmente preciosa, pensó.

Subió a la primera planta con la taza de café en la mano. Tras la muerte de Ted había vuelto a dormir en la habitación principal. Cruzó la salita en la que habían pasado tantas horas felices. Durante el otoño y el invierno solían encender la chimenea allí y ver algún programa de televisión que les gustara a ambos, o sencillamente sentarse juntos a leer.

El rápido inicio del alzhéimer precoz, cuando Ted tenía solo cincuenta y un años, supuso una tragedia inesperada. Betsy bloqueó las escaleras para impedir que su marido se inclinase peligrosamente sobre la barandilla y transformó la biblioteca de la planta baja en un dormitorio para él. Al principio ella dormía en el pequeño cuarto adyacente, pero acabó cediéndoselo a la auxiliar contratada a jornada completa y se trasladó al dormitorio de invitados con baño situado junto a la cocina.

Todo aquello daba vueltas y más vueltas en su cabeza cuando dejó la taza en la encimera del baño y abrió la ducha.

Su abogado, Robert Maynard, llegaría al cabo de una hora. No sé por qué viene, pensó Betsy con una pizca de resentimiento. Sé todo lo que va a decir. Sé todo lo que puedo esperar. Al quitarse la bata y el camisón rememoró el terrible momento en el que Maynard le informó de que el gran jurado la había acusado formalmente de asesinato. La foto para la ficha policial, la toma de sus huellas dactilares, la comparecencia ante el juez, el pago de su fianza... todo aquello eran fragmentos de recuerdos que la asaltaban a diario, por más que se esforzara en apartarlos de su cabeza.

Se duchó, se recogió la larga melena de color castaño claro, se dio un toque de máscara de pestañas y se aplicó una pizca de brillo de labios. El hombre del tiempo había anunciado que el día sería mucho más fresco. Vistió su esbelto cuerpo con una blusa de cachemir de manga larga verde botella y unos pantalones marrón oscuro que seleccionó del armario. Había dejado de vestir de negro cuatro meses atrás, cuando un columnista comentó que la acusada del asesinato de Edward Grant se pavoneaba por ahí vestida de luto. Sin embargo, solo vestía colores oscuros, incluso en casa.

Miró a su alrededor antes de salir de la habitación, en un

gesto que se había convertido en un hábito. Durante la noche, había ocasiones en las que Ted se las arreglaba para escalar la valla que protegía el hueco de la escalera y subir hasta allí.

Resultaba fácil saber cuándo había sucedido. Todos los cajones de las cómodas y mesillas de noche aparecían volcados. Era como si Ted buscase algo, pensó en ese momento. A ella y a Carmen, la asistenta, no les costaba demasiado volver a ponerlo todo en su sitio. Su única preocupación era que Ted de algún modo había recordado la combinación de la caja fuerte del armario y había sacado la preciosa pulsera de diamantes y esmeraldas que le regaló en su primer aniversario de boda. Betsy no había perdido la esperanza de encontrarla algún día, aunque siempre existía la posibilidad de que la hubiese arrojado al interior del compactador de basura.

Sintió la tentación de hacer la cama, pero sabía que Carmen llegaría en cualquier momento.

—Déjemelo a mí, señora Betsy. Para eso estoy aquí —decía siempre.

Sin embargo, le resultaba casi imposible dejar un plato en el fregadero o una bata sobre una silla tras convivir durante demasiados años con una madre obsesionada con pulir, abrillantar y pasar el aspirador.

Con un suspiro inconsciente, bajó a la planta baja justo cuando entraba la asistenta. Al cabo de media hora, el campanilleo del timbre le indicó que Robert Maynard se encontraba en el porche delantero de su casa.

4

Alan Grant, hijo del difunto Edward Grant, a quien su familia y amigos llamaban Ted, miraba a su exesposa, Carly, mientras intentaba ocultar la rabia irrefrenable que sentía. Su hijo de cuatro años y su hija de dos, conscientes de la animadversión que flotaba en el ambiente, se habían refugiado apresuradamente en su dormitorio.

Carly señaló el pasillo por el que se habían ido.

—¿Puedes decirme cómo voy a cuidar de ellos si me echan de aquí? —exigió saber, enfadada.

Era una bailarina cuya carrera en Broadway finalizó de golpe cuando la atropelló un conductor que se dio a la fuga. Ahora, su hermoso rostro delataba la tensión que le causaba el dolor de espalda provocado por las graves lesiones sufridas en el accidente y las preocupaciones económicas que formaban parte de su existencia cotidiana.

Su exmarido no tenía respuesta.

—Mira —le espetó furioso y a la defensiva—, ya sabes que cuando acabe el juicio podré disponer del dinero de mi padre. Y tendré un montón. Además, no hay duda de que Betsy acabará en la cárcel, lo que significa que la fortuna que ha heredado será mía también. Tú tienes amigos ricos. Diles que te presten dinero. Págales intereses.

Se metió la mano en el bolsillo, sacó la cartera y tiró una tarjeta de crédito sobre la mesa.

—En esta hay fondos, me han pagado el trabajo que hice en Atlanta fotografiando casas. Utilízala para comprar comida y yo me ocuparé del alquiler antes del día 30.

Sin molestarse en despedirse de sus hijos, salió del apartamento de cuatro habitaciones en la calle Ochenta y nueve Oeste de Manhattan, abandonó el edificio y se encaminó hacia el centro a grandes y rápidas zancadas.

A sus treinta y cinco años, Alan guardaba un gran parecido con su difunto padre, un detalle que los medios de comunicación destacaban a menudo. Con su metro ochenta y tres de estatura, su pelo castaño rojizo y sus ojos de color avellana, era la viva imagen del privilegiado que ha nacido con un chupete de plata en la boca y se ha graduado en una universidad prestigiosa.

Estaba convencido de que todo era culpa de Betsy. Ella y Alan se llevaban muy bien, pero fue su madrastra quien instó a su padre a dejar de firmarle un cheque cada vez que tenía un problema y asignarle a cambio una paga razonable.

—Alan es un fotógrafo excelente —le había hecho notar—. Si se concentrase menos en ser el playboy del mundo occidental y sentase la cabeza, podría ganarse bien la vida.

Fue entonces cuando su padre dejó de pagarle las facturas y se limitó a enviarle un cheque de cien mil dólares por Navidad. Esa cantidad no le alcanzaba para mantenerse a sí mismo, y menos aún a una exesposa con dos hijos y a otro hijo de diez años que había tenido con una novia anterior.

Su ira fue remitiendo mientras seguía caminando. Solo era cuestión de tiempo, se aseguró a sí mismo. Era imposible que el jurado exculpara a Betsy, cuya situación empeoró cuando se supo que durante los dos últimos años de vida de su padre había estado viéndose en secreto con otro tipo, el doctor Peter Benson, director del departamento de humanidades de la Universidad Franklin de Filadelfia. Aunque estaba cansado, Alan decidió que todo saldría bien. Recibiría el dinero. Betsy no heredaría ni un céntimo. Solo tenía que ser paciente.

No quería aceptar el encargo de fotografiar los modelos de primavera para la nueva marca de ropa creada por aquel imbécil famoso, pero no había tenido más remedio que hacerlo.

Mientras atajaba por Central Park West en dirección a Columbus Circle, sonrió satisfecho al recordar a su padre atacando a Betsy la noche en que se reunieron todos en un esfuerzo inútil por celebrar el cumpleaños del enfermo. Todo el mundo la había oído gritar angustiada:

—¡Ya no puedo soportarlo!

Esa misma noche, su padre fue asesinado estando solo con Betsy en la casa.

Cuando la declaren culpable no podrá heredar, pensó, así que toda la fortuna que dejó papá será mía.

Acto seguido intentó apartar de su mente un pensamiento desagradable: a su padre le habían fracturado el cráneo de un fuerte golpe en la parte posterior de la cabeza.

5

Antes de desayunar, el doctor Scott Clifton recogió los periódicos de la mañana que descansaban en los peldaños de entrada de su casa de Ridgewood, New Jersey. Para Clifton, un hombre atlético y corpulento de cincuenta y siete años con la cara quemada por el sol y abundante cabello de color rubio canoso, no supuso ninguna sorpresa comprobar el regreso de los titulares morbosos a medida que se aproximaba el día del juicio.

A lo largo de veinte años, Ted, el doctor Kent Adams y él habían dirigido juntos una clínica traumatológica de gran éxito. Y entonces, más de ocho años atrás, a Ted le diagnosticaron alzhéimer. Desde ese momento, él y Kent pusieron fin a la sociedad y tomaron rumbos distintos. En ausencia de Kent, la clínica de Scott había perdido muchos pacientes.

Lisa no solía bajar a desayunar antes de que él se fuera a trabajar. No es que su mujer acostumbrara a dormir hasta muy tarde, pero él siempre salía de casa a las ocho en punto, o incluso antes, por lo que el médico se preparaba sus propios cereales y su café.

Sin embargo, ese día ella entró inesperadamente en la cocina.

—¿Qué te pasa? —le preguntó Scott con brusquedad.

Lisa vaciló.

—Esta noche has dado muchas vueltas en la cama —dijo

finalmente—. No parabas de nombrar a Ted. Sé que te inquieta el juicio.

—Claro que sí. Lamento no haberte dejado dormir.

—No pretendía insinuar que me estuvieses molestando. Solo me preocupaba por ti. —Lisa parpadeó para no llorar—. Diga lo que diga, siempre me contestas de malos modos —añadió en voz baja.

Él no contestó. Sabía que su matrimonio, tres años atrás, había sido un error.

Apenas se había secado la tinta de los papeles de su divorcio cuando se casó con ella. Ahora tenía tres hijos en la universidad y una exesposa que no vacilaba en telefonearle para decirle que iba un poco escasa de fondos y pedirle ayuda. Por supuesto, él la ayudaba, y los dos lo sabían.

Lisa, veinte años más joven que él, era representante de una compañía farmacéutica y visitaba su consulta por motivos profesionales. Scott no solía tener tiempo para hablar con los vendedores y delegaba esa tarea en la enfermera. Sin embargo, siempre tenía tiempo para Lisa, una muchacha del Medio Oeste que había sido animadora de la liga de fútbol americano, tenía una sonrisa preciosa y un cuerpo que no se quedaba atrás.

Scott no esperaba que, una vez pasada la atracción inicial, ya no la necesitara para nada.

Sin embargo, en ese preciso momento lo que menos le convenía era tratar de librarse de ella. No podía permitir que nadie analizara sus finanzas. La soportaría hasta que terminara el juicio y se calmase la situación. Se preguntaba si sospecharía algo.

Lisa sostenía la taza de café con las dos manos. Era la taza que había encargado con la foto de su marido y las palabras «Te quiero, Scott» garabateadas en todos los ángulos posibles. Aquella taza bastaba para volverle loco.

—Scott —le llamó su mujer, vacilante. Estaba llorando—. Los dos sabemos que este matrimonio no funciona. ¿Hay otra persona?

Él la miró fijamente.

—Desde luego que no.

—No sé si creerte, pero de todos modos pienso que más vale que nos separemos. La semana que viene iré a ver a un abogado e iniciaré los trámites de divorcio.

No puedo permitirlo, pensó Scott, frenético.

—Oye, sé que he sido brusco y te he tenido muy descuidada, pero eso no significa que no te quiera. No deseo perderte. La muerte de Ted y la acusación formal contra Betsy han perjudicado muchísimo a la consulta. Por favor.

Lisa Clifton no miró a su marido a los ojos. No le creía. Estaba segura de que había otra mujer, pero seguía confiando en que quizá pudieran solucionarlo.

—¿Vendrías conmigo a ver a un asesor matrimonial? —preguntó.

¡Madre mía, un asesor matrimonial!, pensó, y luego trató de mostrarse entusiasmado.

—Por supuesto, cariño, por supuesto —respondió.

6

Delaney y Alvirah nunca se quedaban sin palabras. Se habían hecho grandes amigas el año anterior, cuando ambas cubrían el juicio de una madre biológica que había logrado encontrar a los padres adoptivos de su hijo y lo había secuestrado. Aunque el juez se mostró comprensivo con la madre biológica, también le recordó que ya tenía veinticinco años cuando renunció al bebé, que en aquel momento disponía de los recursos económicos necesarios para ocuparse de él y que, a lo largo de los dos meses que la criatura había pasado en paradero desconocido, los padres adoptivos habían sufrido una terrible angustia.

Debido a la naturaleza de aquel caso, Delaney le había confiado a Alvirah que era adoptada, un detalle que casi nunca mencionaba, consciente de que Jennifer y James Wright se mostraban dolidos las pocas veces que ella sacaba el tema a colación.

—Te tuve en brazos a los veinte minutos de que nacieras —decía Jennifer entre lágrimas—. Llevaba años soñando contigo. Imaginaba a una niña con tres hermanos mayores que siempre estarían a su lado si tu padre y yo no estábamos cerca.

Y así había sido. Tenía la suerte de haber crecido en una familia cariñosa y muy unida, pero ahora todos sus miembros se habían dispersado. Tal vez ese fuera el motivo de que el deseo de encontrar a su madre biológica se hubiera vuelto tan apremiante. Ahora que sus padres adoptivos vivían permanentemente en Naples, Florida, no tenía tanta sensación de traicionarles al iniciar la búsqueda activa de aquella mujer.

El tema surgió de nuevo mientras Alvirah, Willy y ella cenaban en Patsy's, el restaurante de la calle Cincuenta y seis Oeste.

—Ya os conté que soy adoptada —comentó Delaney tras vacilar unos instantes.

Alvirah y Willy asintieron con la cabeza.

—Recuerdo que hace años leí un artículo del periodista Bob Considine en el que decía: «Tengo cuatro hijos. Dos son adoptados. No me acuerdo de cuáles son». Mis padres decían en broma que me parecía tan poco a ellos porque era la viva imagen de la abuela de mi padre, que nació en Italia.

—Debió de ser una mujer muy guapa —comentó Willy, probando su ensalada.

Delaney sonrió.

—Eres un encanto, pero la necesidad de conocer mis raíces, mi familia de origen, es tan fuerte que ayer estuve a punto de echarme a llorar durante la emisión de una noticia.

—Lo vi —la interrumpió Alvirah—. Fue el reportaje sobre la madre biológica que se reunió con su hijo.

—Sí. Cuando el hijo comentó que necesitaba encontrar a su madre, se me hizo un nudo tan grande en la garganta que no pude seguir hablando. Don tuvo que disimular y pasar al siguiente tema.

—¿Y Facebook? —preguntó su amiga, pero enseguida respondió a su propia pregunta—: Aunque, claro, seguro que tu familia se enteraría.

—Desde luego —confirmó—. La mujer de mi hermano Jim se pasa la vida en Facebook. Sube una foto de sus hijos al menos tres veces por semana.

Alvirah vio que a Delaney empezaban a brillarle los ojos.

—¿Qué es lo que sabes exactamente de las circunstancias de tu nacimiento? —preguntó.

—Muy poco. Una comadrona me ayudó a nacer en Filadelfia. Veinte minutos después me entregó a los Wright, que estaban en la habitación situada junto al paritorio con mis abuelos biológicos.

»La comadrona les presentó mutuamente como los Smith y los Jones. Les dijo a mis padres adoptivos que mis padres biológicos eran unos críos de diecisiete años, unos estudiantes excelentes con planes de ir a la universidad, que habían tenido relaciones la noche del baile de graduación.

Alvirah partió un trozo de pan crujiente y lo mojó en aceite de oliva.

—Soy una buena detective —anunció—. Voy a investigar este asunto.

Delaney vio que se llevaba la mano a la solapa de la chaqueta y conectaba el micrófono de su broche en forma de sol.

—¡Oh, no hace falta que te molestes en grabar esto! Es un bonito detalle por tu parte, pero es inútil.

—Ya veremos —respondió Alvirah en tono práctico—. Delaney, ¿sabes en qué parte de Filadelfia naciste? ¿Cómo se llamaba la comadrona? ¿Cuál era su dirección? ¿Quién se la presentó a tus padres? ¿Dijo esa mujer dónde vivía tu madre biológica?

—Mi madre adoptiva...

Delaney se interrumpió. Le costaba hablar en esos términos de Jennifer Wright, que había sido tan cariñosa con ella durante todos aquellos años.

Volvió a empezar.

—Hace seis años logré sonsacarle que nací en Filadelfia, cosa que yo ya sabía por mi partida de nacimiento. Me contó que la comadrona se llamaba Cora Banks y me dio su dirección. La mujer que le habló de Cora era una amiga de la universidad, Victoria Carney, que murió en un accidente de tráfico cuando yo tenía diez años. La vi muchas veces. Era muy amable. Nunca se casó, y su sobrina tiró a la basura todos sus documentos. Cuando le pregunté sobre mi nacimiento, mi madre se alteró tanto que le dije que era la única madre que yo conocía y que no quería saber nada de nadie más.

—La madre de Alice Roosevelt Longworth murió poco después de que ella naciera —comentó Alvirah—. Su padre era el presidente Theodore Roosevelt, que volvió a casarse cuando Alice tenía dos años. Cuando se le preguntó por su madre biológica, ella contestó exactamente lo mismo.

Delaney sonrió con melancolía.

—Recuerdo haberlo leído en alguna parte. Gracias a Dios que me vino a la mente ese día. Pero no fui sincera. Lo cierto es que quiero encontrar a mi verdadera madre. A mi madre biológica, quiero decir —se corrigió.

—La mano de Alvirah rozó la solapa de su chaqueta y apagó el micrófono.

—Deja que me estruje el cerebro —le pidió en tono decidido—. Además, ya está aquí la pasta.

Los tres miraron expectantes al camarero, que traía sendos cuencos humeantes de linguini con almejas para Alvirah y Delaney y unos espaguetis con albóndigas para Willy, que supo que había llegado el momento de cambiar de tema.

—Y pensar que este era uno de los restaurantes favoritos de Frank Sinatra... —comentó—. Ahora tendría cien años. Sus canciones son mucho mejores que las que están de moda hoy en día. —Miró a su alrededor—. Y hablando de moda, parece que a este restaurante le va muy bien.

Cambió de tema otra vez:

—Delaney, Alvirah me ha dicho que vas a cubrir el juicio contra Betsy Grant. ¿Qué posibilidades crees que tiene de que la declaren inocente?

—Muy pocas —respondió la aludida—. La verdad, no me extrañaría que la estén presionando para que acepte declararse culpable.

—¿Crees que lo haría? —preguntó Willy.

—Desde luego que no. Debería arriesgarse a ir a juicio. Tengo la sensación de que saldrán a la luz muchas cosas sobre

Alan, el hijo de Ted Grant. Dicen que está sin blanca. Como todo el mundo sabe —prosiguió—, cuando hay un asesinato lo primero que se pregunta es: «¿Quién sale beneficiado?». La prematura marcha de su padre de este mundo resuelve todos los problemas económicos de Alan Grant. Y, por supuesto, si declaran culpable a su madrastra recibirá además el dinero que Betsy habría heredado.

—Ya lo he pensado —convino Alvirah.

—Y otra cosa —añadió la joven periodista—: en el palacio de justicia se rumorea que, por muy buen abogado defensor que fuese Robert Maynard en sus tiempos, ya no es ni la sombra de lo que fue. Sigue viviendo de su reputación porque ha conseguido librar de la cárcel a varios sinvergüenzas de altos vuelos y continúa cobrando unos honorarios exorbitantes, pero deja la preparación de los casos a los abogados jóvenes y sin experiencia que trabajan en su bufete.

—Muy pronto sabremos si es cierto —concluyó Alvirah mientras intentaba sin éxito enrollar los linguini alrededor de su tenedor y los dejaba caer de nuevo en el cuenco.

7

Anthony Sharkey, más conocido en ciertos ambientes como Tony el Tiburón, contempló la pulsera de diamantes y esmeraldas que acariciaba entre los dedos. Estaba en su pequeño apartamento de Moonachie, New Jersey, situado en el sótano de una casa de madera de dos plantas que, como el apartamento, presentaba un aspecto general de suciedad y descuido.

La alfombra que pisaba estaba mugrienta, las paredes necesitaban desesperadamente una mano de pintura y el aire estaba impregnado de olor a moho.

Tony era alcohólico y un jugador compulsivo. Ningún tratamiento había conseguido refrenar su sed ni su necesidad de tirar los dados. A veces, después de pasar algún tiempo en una clínica de rehabilitación, conseguía dejar de beber durante un año más o menos. Sin embargo, siempre volvía a las andadas. Perdía su empleo, encontraba trabajo como ayudante de camarero o limpiacristales y acababa sin blanca. Eso significaba tener que ir a un albergue, y no había nada peor. Con el tiempo lograba dejar de nuevo la bebida y agenciarse otro empleo cutre, alquilar una pocilga como aquella y tener apenas el dinero justo para alimentarse.

Su solución habitual consistía en cometer una serie de hurtos para mantener la cabeza fuera del agua, pagar el alquiler y acudir a los casinos de Atlantic City varias veces al mes. Por lo general se le daba bien el blackjack, aunque últimamente había tenido una racha de mala suerte y necesitaba dinero.

Poseía un peculiar sistema de robo que desconcertaba a sus víctimas. Apenas existía una caja fuerte que no fuese capaz de abrir, y su especialidad eran esas estúpidas cajas de excelente calidad que solían guardarse en el armario del dormitorio. Nunca las vaciaba, y no lo hacía porque entendía muy bien la naturaleza y el pensamiento humano. Si alguien abre la caja y la encuentra vacía, comprenderá al instante lo que ha sucedido y llamará a la policía. Sin embargo, cuando una tía mira el interior de su caja fuerte y ve que solo le falta una pieza, aunque sea la mejor de todas, se echará la culpa a sí misma e intentará recordar cuándo la llevó por última vez y dónde pudo dejársela. Al fin y al cabo, ningún ladrón en su sano juicio habría dejado allí todas las demás joyas caras, ¿verdad? ¡Error!

Cuando daba un golpe procuraba no desordenar el contenido de la caja fuerte. Si tenía que mover algún objeto para coger la pieza que había seleccionado, volvía a ponerlo exactamente donde estaba. La mayoría de las víctimas ni siquiera llegaban a denunciar la desaparición de un collar de diamantes o un par de pendientes. Seguían creyendo, esperanzadas, que habían extraviado la joya y que acabaría apareciendo.

Los más afortunados tenían una póliza de seguros que cubría la misteriosa desaparición. No tienen ni idea de que Don Misterioso soy yo, pensaba Tony.

Anthony Sharkey aparentaba diez años más de los treinta y siete que tenía. Su pelo castaño estaba salpicado de canas y retrocedía a toda velocidad en la zona de la frente. Era cargado de hombros, y sus ojos de color castaño claro aparecían llorosos y turbios aunque todavía no hubiera empezado a beber.

Volvió a contar los diamantes y esmeraldas de la pulsera. Un perista le había dicho que podía sacar treinta mil dólares. Por supuesto, valía mucho más, pero treinta mil no era una cantidad nada despreciable. Le dijo que se lo pensaría. Su instinto le aconsejaba conservar la joya en su poder. Y las iniciales del cierre no ayudaban. «BG y TG». Qué mono, pensó Tony.

Ahora que se acercaba el juicio contra Betsy Grant, ¿le merecería la pena ponerse en contacto con ella y contarle lo que sabía acerca de la noche en que asesinaron a su marido?

El problema era que si se presentaba con la pulsera tendría que explicar de dónde la había sacado, y más tarde o más temprano daría con sus huesos en la cárcel.

8

Las oficinas de Robert Maynard ocupaban tres plantas enteras de la reluciente torre que representaba el edificio más nuevo y costoso de toda la avenida de las Américas.

Cuando fue evidente que el fiscal la consideraba sospechosa de la muerte de Ted, Betsy le pidió a Frank Bruno, su abogado especializado en derecho inmobiliario, que le recomendara a un defensor penal. No comprendió hasta más tarde que Bruno estaba convencido de que ella había asesinado a su marido. Por eso la puso en contacto con un letrado de setenta y cinco años con fama de ser uno de los mejores defensores penales del país. Y también uno de los más caros.

Betsy salió del ascensor en la planta 49, donde una recepcionista con un traje de chaqueta negro y perlas alrededor del cuello la recibió con una agradable sonrisa.

—Buenas tardes, señora Grant. El socio del señor Maynard bajará enseguida para acompañarla a la sala de conferencias.

Sabía que el socio en cuestión era un abogado joven con unos honorarios de ochocientos dólares la hora. También sabía que en la sala de conferencias estaría presente un segundo socio y que, una vez que ella se sentara, Robert Maynard la honraría con su presencia.

Esta vez la hizo esperar diez minutos. Durante ese tiempo, el joven abogado que la acompañó hasta allí... ¿cómo se llamaba? Ah, sí, Carl Canon... trató de conversar sobre temas triviales.

—¿Qué tal el viaje desde New Jersey?

—Como siempre. No suele haber mucho tráfico en mitad del día.

—Yo soy de Dakota del Norte. Estudié derecho en la Universidad de Nueva York. En cuanto el avión aterrizó en el aeropuerto Kennedy la primera vez, me sentí como en casa.

—Supongo que en Dakota del Norte hará mucho frío en invierno.

Más conversación sin sentido.

—En Dakota del Norte buscaban una forma de atraer más turismo. A alguien se le ocurrió la brillante idea de cambiar el nombre del estado y llamarlo Florida del Norte.

Es un joven simpático, pensó, aunque me cuesta ochocientos dólares la hora y el reloj no se detiene mientras hablamos del tiempo.

La puerta de la sala de conferencias se abrió y Betsy se giró en su asiento a tiempo de ver entrar a Robert Maynard acompañado de su otra sombra, Singh Patel.

Como de costumbre, Maynard iba vestido de manera impecable, esta vez con un traje mil rayas de color gris. La camisa blanca, los gemelos y la discreta corbata en distintos tonos de azul marino proyectaban una cuidada imagen de éxito. Las gafas sin montura resaltaban sus gélidos ojos grises. Su expresión solía ser adusta, como si alguien le hubiera pedido que llevase a la espalda una carga pesadísima.

—Betsy —saludó—, siento mucho haberte hecho esperar, pero me temo que debo pedirte que tomes una decisión importante.

¿Qué decisión?, se preguntó Betsy, frenética, aunque sus labios no pudieron formar las palabras necesarias para formularla en voz alta.

Maynard no la ayudó.

—¿Conoces a Singh Patel? —continuó.

Betsy asintió con la cabeza.

Maynard se sentó. Patel depositó sobre la mesa, delante de él, el expediente que llevaba y luego tomó asiento a su vez. El abogado la miró y habló con voz comedida, como para que su clienta pudiese asimilar cada una de sus palabras.

—Ya sé que hemos hablado de este tema muchas veces, pero ahora que estamos en vísperas del juicio hemos de abordarlo por última vez. Siempre has insistido en ir a juicio, pero te pido por favor que escuches lo que voy a decirte. Las pruebas en tu contra resultan abrumadoras. No hay duda de que el jurado va a mostrarse comprensivo con todo lo que tuviste que aguantar, incluyendo los insultos y ataques de tu marido durante la cena en la noche anterior a su muerte. Pero no podemos olvidar que las seis personas que estaban presentes te oyeron gritar entre sollozos que ya no podías soportarlo más. Esas personas van a prestar declaración como testigos de la acusación.

—Me pegó por culpa del alzhéimer —protestó Betsy—. Eso no pasaba muy a menudo. Simplemente había tenido un día muy malo.

—Pero tú dijiste «ya no puedo soportarlo», ¿no es así? —insistió Maynard.

—Estaba muy disgustada. Ted llevaba varias semanas relativamente buenas. Por eso pensé que le gustaría ver a algunos de sus amigos de la consulta. Pero solo sirvió para enfurecerle.

—Sea como fuere, cuando los invitados se marcharon te quedaste sola con él en la casa. Tú afirmas que quizá se te olvidó conectar el sistema de alarma, lo que podría interpretarse como una forma de sugerir que pudo entrar un intruso, pero la cuidadora va a declarar que la alarma estaba conectada a la mañana siguiente. Esa persona se puso enferma de pronto y tuvo que irse a casa. Por la mañana estaba perfectamente. ¿Qué fue lo que causó ese malestar tan oportuno? Desde el punto de vista económico, tú te beneficiabas mucho de la muerte de tu marido. Además, te veías con otro hombre mientras aún estaba vivo.

Maynard se colocó bien las gafas.

—Tengo que decirte que esta mañana me ha llamado el fiscal y te ha ofrecido un generoso acuerdo de admisión de culpabilidad que te recomiendo encarecidamente que aceptes.

A Betsy se le quedó la boca seca. Su cuerpo se puso rígido.

—¿Que me recomiendas encarecidamente que acepte? —repitió en un ronco susurro.

—Sí —contestó el abogado con firmeza—. He logrado convencer al fiscal para que te permita declararte culpable de homicidio sin premeditación y aceptar quince años de prisión. Tendrías que cumplir unos doce antes de poder salir en libertad condicional. Sé que eso te parecerá terrible, pero si te declaran culpable de asesinato la sentencia será al menos de treinta años, sin posibilidad de libertad condicional. Además, el juez podría condenarte a cadena perpetua.

Betsy se puso de pie.

—¿Doce años en la cárcel por un delito que no he cometido? No soy culpable del asesinato de mi marido. Habría cuidado de él hasta que falleciese de muerte natural.

—Si de verdad eres inocente debes ir a juicio, por supuesto —respondió Maynard—. Presentaremos la mejor defensa posible. Sin embargo, te ruego que tengas en cuenta que te enfrentas a cargos muy graves.

Se esforzó por mantener la calma. Hasta entonces Robert Maynard y ella se habían tuteado, pero en ese momento quiso excluir esa muestra de cordialidad de lo que se disponía a decir.

—Señor Maynard —empezó—, no tengo la menor intención de decir que maté a mi marido. Le quería con todo mi corazón. Pasé ocho años maravillosos con él antes de que empezara el alzhéimer y aún hubo muchos días buenos en los primeros años de su enfermedad. Como tal vez sepa usted, cuanto más joven es la persona afectada, más probable es que muera en un plazo de diez años. Tanto física como mentalmente, Ted estaba degenerando muy deprisa. Los médicos opinaban que había llegado el momento de internarle en una residencia, pero yo no lo hice. Le mantuve en casa porque en sus escasos momentos de lucidez se sentía muy feliz de estar conmigo.

Las palabras se le atascaban en la garganta.

—Creo poder convencer de todo eso a un jurado razonable. Ya le he pagado a usted una enorme cantidad de dinero para que me defienda. ¡Pues hágalo! Y no le transmita al jurado su creencia de que emitirá un veredicto de culpabilidad.

Le entraron ganas de cerrar de un portazo al marcharse, pero no lo hizo. Se limitó a bajar en el ascensor hasta el vestíbulo y salir a la acera sin mirar siquiera a los apresurados peatones que caminaban a su alrededor en ambas direcciones.

Una hora más tarde se dio cuenta de que sus pasos, en apariencia sin rumbo fijo, la habían llevado hasta la zona residencial. Estaba en la Quinta Avenida, frente a la catedral de San Patricio. Vaciló unos instantes y subió los peldaños. Un momento después estaba arrodillada en el último banco. Estoy muy asustada. Ayúdame, por favor, rezó en silencio. Esas fueron las únicas palabras que cruzaron su mente.

9

La etapa de selección del jurado duró cinco días. Muchos candidatos fueron dispensados por su incapacidad para permanecer a disposición del tribunal durante el período de entre tres y cinco semanas previsto para el juicio. Otros admitieron ante el juez que ya tenían una opinión formada sobre la culpabilidad o inocencia de Betsy. La mayoría de estos, influidos por la amplia cobertura mediática del caso, la consideraban culpable. Los catorce miembros del jurado que fueron finalmente seleccionados, siete hombres y siete mujeres, aseguraron que, aunque habían leído la información publicada por los medios de comunicación, se sentían capaces de abordar el caso sin prejuicios y de mostrarse imparciales. El juez les había explicado que de los catorce seleccionados, al final del caso, justo antes de las deliberaciones, se elegiría al azar a dos de ellos, que actuarían como suplentes.

Eran las nueve menos diez de la mañana del martes y el juicio estaba a punto de empezar. Habían transcurrido dieciocho meses desde la muerte del doctor Edward Grant. Delaney, junto con otros periodistas, ocupaba la primera fila, reservada para la prensa. La taquígrafa del tribunal ya estaba en su puesto.

Se abrió la puerta y entró la acusada, Betsy Grant, con la cabeza alta y flanqueada por sus tres abogados. El fiscal principal, Elliot Holmes, presidente de la sección de enjuiciamiento y veterano con veinte años en el cargo, estaba ya sentado en su lugar.

Delaney había visto a Betsy Grant en imágenes de televisión y fotografías de internet, pero se sorprendió al ver lo joven que parecía a sus cuarenta y tres años.

La acusada llevaba un traje azul marino con una blusa celeste, y no lucía más joyas que una estrecha gargantilla de perlas y unos pendientes a juego. Delaney había oído rumores de que Robert Maynard le había aconsejado vestir con un estilo conservador y le había advertido específicamente que no luciera el solitario con el diamante de cuarenta mil dólares que fue su anillo de compromiso. Además, al parecer le había dicho que lo más apropiado sería llevar su ancha alianza de oro para transmitirle al jurado la impresión de que era una mujer amada por su marido que lloraba desconsolada su muerte.

Observó después a Robert Maynard. El abogado llevaba muy bien sus setenta y cinco años, pensó la periodista, con sus cabellos blancos y su imponente porte militar, incluso estando sentado. Sus dos socios aparentaban poco más de treinta.

Las filas destinadas al público estaban ya a rebosar, una circunstancia nada extraña dada la notoriedad del caso. Dos ayudantes del sheriff se colocaron en extremos opuestos de la sala.

Exactamente a las nueve en punto, el secretario proclamó:

—Pónganse en pie.

El juez Glen Roth salió de su despacho y subió al estrado.

—Buenos días, señores letrados —saludó—. Este es el caso del Estado contra Betsy Grant. Nos disponemos a iniciar el juicio. ¿Están ustedes preparados para presentar sus alegatos iniciales?

—Sí, señoría —respondieron ambos.

El juez se volvió hacia el ayudante del sheriff que se encontraba de pie junto a la puerta de la sala del jurado.

—Haga pasar al jurado —ordenó.

Los catorce miembros entraron en fila y ocuparon su lugar en la tribuna. El juez Roth les saludó, les anunció que la fiscalía y la defensa se disponían a pronunciar sus alegatos iniciales y les explicó que estos eran afirmaciones y no evidencias. Seguidamente les dijo que, como en las causas penales el deber de demostrar que se cometió un delito recae sobre el fiscal, este sería el primero en presentar su alegato inicial. A continuación volvió la cabeza hacia el fiscal.

—Puede empezar.

—Gracias, señoría.

Elliot Holmes se levantó de su asiento y se acercó a la tribuna del jurado.

—Buenos días, señoras y señores. Me llamo Elliot Holmes y soy fiscal adjunto de la oficina del fiscal del condado de Bergen. Durante las dos próximas semanas les presentaré testimonios y otras pruebas en el caso del estado de New Jersey contra Betsy Grant. Aunque el juez les ha informado ya de los cargos, durante el alegato inicial es costumbre que el fiscal lea ante el jurado los cargos presentados por el gran jurado.

Delaney escuchó mientras Elliot Holmes leía en la acusación que, el 22 de marzo aproximadamente, dieciocho meses atrás, Betsy Grant provocó deliberada o conscientemente la muerte de su marido, el doctor Edward Grant.

—Esto, señoras y señores, es un cargo de asesinato.

En tono coloquial, dirigiéndose al tribunal popular, Holmes aseguró que las pruebas demostrarían que Betsy Grant se había casado con el doctor Edward Grant, que era viudo, hacía casi diecisiete años.

—El ministerio público no pone en duda que durante mucho tiempo el suyo fue un matrimonio feliz. El doctor Grant era un cirujano traumatólogo de éxito y la pareja llevaba una vida muy cómoda en su casa de Alpine. Oirán que la acusada era profesora de instituto y pidió una excedencia voluntaria unos dos años antes de que muriese el doctor Grant.

»Las pruebas demostrarán que, trágicamente, hace unos ocho años Edward Grant empezó a manifestar olvidos frecuentes y síntomas graves de irritabilidad que no correspondían en absoluto a su anterior comportamiento o conducta. El examen neurológico dio como resultado un diagnóstico desolador: alzhéimer de inicio precoz.

»La enfermedad fue devastadora para el doctor Grant. Evolucionó tan deprisa que al cabo de unos meses ya no era capaz de ejercer como cirujano. Con el paso de los años fue perdiendo su autonomía. Vivía en su casa de Alpine con Betsy Grant y era atendido por una cuidadora que en sus últimos años le bañaba, vestía y alimentaba.

»Por supuesto, la enfermedad y el deterioro constante de la salud de su marido también fueron devastadores para su esposa. Una vez más, el ministerio público no pone en duda que el matrimonio fuese feliz durante mucho tiempo. Sin embargo, las pruebas demostrarán que ese trágico diagnóstico y el creciente deterioro de la salud de Edward Grant llevaron a Betsy Grant a desear su final. Y cuando eso ocurriera, ella heredaría la mitad de su considerable fortuna en su calidad de heredera a partes iguales con Alan Grant, de treinta y cinco años, hijo del primer matrimonio del doctor. Además, la señora Grant quedaría libre para disfrutar de una vida personal que había cambiado mientras él estaba enfermo. Oirán, señoras y señores, que en los dos años anteriores a la muerte de Edward Grant la acusada se veía con otro hombre a menudo, aunque con mucha discreción.

»Las pruebas demostrarán también que, la víspera de la muerte de Edward Grant, su esposa invitó a cenar al hijo de Edward y a los dos médicos que habían sido socios de la víctima en su clínica quirúrgica, quienes acudieron acompañados de sus esposas. Oirán de labios de esos testigos que durante la cena el enfermo estuvo agitado e irritado y que no reconoció a sus antiguos colegas. Oirán que, mientras cenaban, Edward Grant se abalanzó hacia el otro lado de la mesa y que, cuando Betsy Grant intentó sujetarle, la abofeteó. Oirán que Edward Grant fue acompañado a su dormitorio por su cuidadora y uno de los médicos. Ese dormitorio se hallaba en la planta baja de la casa, junto al de su cuidadora. Durante aquellos últimos meses de intenso deterioro, Betsy Grant se había trasladado a una habitación de la planta baja en lugar de dormir arriba, en el dormitorio principal. Calmaron a Edward Grant y le administraron un sedante apropiado. A continuación, su cuidadora le preparó para acostarle y él se durmió.

»Oirán también que Betsy Grant, magullada y conmocionada por aquel bofetón, permaneció en la mesa y dijo entre sollozos: "Ya no puedo soportarlo. No puedo".

»Oirán que los médicos, sus esposas y el hijo de Edward Grant, Alan, se marcharon poco después. La cuidadora declarará que, como cada noche, tenía previsto dormir en una habitación adyacente a la que ocupaba su paciente, pero que de pronto se encontró mal y se marchó a su casa sobre las nueve de la noche. Les contará que Betsy Grant le aseguró que no pasaba nada si se marchaba y que ella se ocuparía de su marido si este necesitaba ayuda.

»Señoras y señores, la cuidadora les explicará que al día siguiente se sintió mejor y que cuando regresó a la casa sobre las ocho de la mañana el sistema de alarma estaba conectado. Les dirá que enseguida fue a comprobar cómo estaba Edward Grant y que se lo encontró acostado en su cama como si durmiera, pero inerte y frío al tacto. Marcó inmediatamente el número de la policía y se precipitó al dormitorio de Betsy Grant para decirle lo que había ocurrido y que había llamado a la policía.

Elliot Holmes hizo una pausa.

—Señoras y señores, los acontecimientos de esa mañana y de los dos días siguientes revelaron que Edward Grant no murió por causas naturales. Se lo dirá el agente de policía a cargo del caso, que les contará que no observó lesiones evidentes en el cuerpo de Edward Grant y que tanto su esposa como la cuidadora le dijeron que el estado físico y mental de la víctima se había deteriorado mucho recientemente. El agente se puso en contacto con el médico de cabecera del doctor Grant, quien confirmó esa información.

»Oirán que Paul Hecker, encargado de una empresa de pompas fúnebres, se hizo cargo del cadáver de Edward Grant y lo trasladó a sus instalaciones. El señor Hecker les contará que, al preparar el cadáver para embalsamarlo, observó que en la parte posterior de la cabeza de Edward Grant el cráneo aparecía muy blando, no ensangrentado, pero sí muy blando, circunstancia que interpretó como una más que probable indicación de que se había producido una lesión grave en esa zona, posiblemente por un fuerte golpe. Ese, señoras y señores, fue el primer indicio que sugirió que el doctor Grant no había muerto como consecuencia del alzhéimer, no había muerto por causas naturales.

»El médico forense testificará que recibió el cadáver procedente de la funeraria y realizó una autopsia. Les dirá que, según su opinión de experto, Edward Grant murió a causa de un fuerte traumatismo en la parte posterior de la cabeza que le provocó una hemorragia cerebral. El doctor les explicará que a veces este tipo de lesión no produce hemorragia externa y que por eso no se detectó la lesión en un principio.

»Señoras y señores, Edward Grant murió durante las horas transcurridas entre la marcha de los invitados y el momento en que su cuidadora lo encontró a la mañana siguiente. En ese tiempo, aparte de Edward Grant, había en esa casa otra persona, solo una. Y esa persona, señoras y señores —se volvió y señaló a la acusada—, era ¡Betsy Grant! —exclamó.

»Oirán también que la alarma de seguridad de la casa estaba conectada y en pleno funcionamiento a la mañana siguiente y que no había señales de allanamiento de morada. No había ventanas rotas ni cerraduras forzadas.

»A lo largo de este juicio conocerán muchos más detalles. Lo que acabo de contarles es solo un resumen de los argumentos presentados por la acusación. Sostengo ante ustedes que, una vez que hayan oído todos los testimonios, quedarán convencidos de que la acusada asesinó a Edward Grant para escapar de las circunstancias provocadas por su enfermedad y para llevar una vida nueva y mucho mejor.

»Tendré otra ocasión de dirigirme a ustedes en mis conclusiones, al final de la causa. La fiscalía desea agradecerles una vez más su voluntad de servicio.

Holmes regresó a su silla y el juez Roth se dirigió a Robert Maynard.

—Puede usted comenzar.

Delaney observó con atención mientras el abogado se levantaba y se acercaba a la tribuna del jurado. Sus movimientos suponían un alegato inicial muy poderoso, reconoció la joven de mala gana.

—Señoras y señores —empezó Maynard—, si las pruebas fueran tan simples y contundentes como ha dicho el fiscal, más valdría que se pusieran a deliberar ahora mismo. Declárenla culpable y podremos irnos todos a casa.

»Lo que el fiscal no ha dicho en su alegato inicial es que Betsy Grant fue una abnegada compañera para su marido, Edward Grant. Aunque contaba con la ayuda de la cuidadora que el fiscal ha mencionado, es innegable que a lo largo de siete años, durante los cuales se produjo un constante deterioro de su estado físico, mental y emocional, Betsy Grant estuvo a su lado en todo momento.

»Oirán que médicos y amigos le habían aconsejado que le internara en una residencia. Podía hacerlo como tutora legal, pero no quiso. Oirán que la enfermedad del doctor Grant le llevó a maltratarla física y emocionalmente mucho antes de esa última noche. No obstante, ella siguió tratándole con amor, cariño y comprensión. Cuando conozcan todas las pruebas, estarán convencidos de que, al decir "Ya no puedo soportarlo", Betsy Grant no pensaba en absoluto en poner fin a la vida de su esposo. Tenía la opción de ingresarle cuando la carga se volviera demasiado pesada, como tal vez ocurrió esa noche, una opción que habría podido elegir años atrás, pero amaba a su marido y sabía que él quería estar en su casa. Y esa opción continuaba a su alcance cuando dijo "Ya no puedo soportarlo". Nadie le habría reprochado que la eligiera. ¿Por qué iba entonces a matarle?

»Señoras y señores, el fiscal no puede presentar a un solo testigo capaz de testificar que vio lo que le ocurrió a Edward Grant. Si se utilizó un objeto para golpearle, nadie tiene ese objeto. Oirán que había cuatro llaves que abrían la puerta principal de la casa de los Grant, pero solo se han localizado tres. Oirán que es imposible saber con certeza cuántas personas conocían el código de la alarma. Sostengo ante ustedes que es muy posible que otra persona entrara en esa casa aquella noche, desconectara la alarma y saliera más tarde, después de volver a conectar la alarma.

»Además, les dejo con una última reflexión que, en mi opinión, deberían tener en mente durante el juicio: Betsy Grant no era la única heredera de los bienes de Edward Grant. También oirán que Alan Grant, que sufría una presión económica insoportable, debía heredar la mitad de la fortuna de su padre, valorada en quince millones de dólares. Si Betsy Grant es declarada culpable, él lo heredará todo. En cualquier caso, la muerte de Edward Grant convierte a su hijo en un hombre rico. Y oirán que las investigaciones del fiscal acerca de Alan Grant han sido casi inexistentes.

»Señoras y señores, espero con interés el momento de volver a dirigirme a ustedes al final del juicio. Les recuerdo que Betsy Grant no tiene que demostrar su inocencia, aunque cuestionaremos de forma enérgica las pruebas del ministerio público. Como en cualquier causa penal, los hechos tienen que quedar demostrados fuera de toda duda razonable, lo que significa que el jurado debe estar firmemente convencido de que la acusada es culpable. Las pruebas que oirán ustedes no cumplirán en absoluto ese requisito.

10

Cuando Robert Maynard regresó a su asiento, el juez Roth le pidió al fiscal que llamara a su primer testigo, el agente de policía de Alpine Nicholas Dowling, que había sido el primero en llegar a la escena. El policía, que llevaba cinco de sus treinta años trabajando en el departamento, estaba un tanto nervioso ya que era la primera vez que testificaba en el palacio de justicia del condado.

El hombre, de estatura y complexión medias, con el pelo castaño muy corto y un rostro juvenil, llevaba un uniforme impecable. Prestó juramento y se sentó.

En respuesta a las preguntas del fiscal, Dowling explicó que el 22 de marzo del año anterior estaba en la zona con el coche patrulla y recibió un aviso desde comisaría poco después de las ocho de la mañana para que acudiera al domicilio de Edward Grant. El agente que le llamó dijo que la cuidadora había telefoneado para notificar la muerte del doctor, quien, al parecer, había fallecido mientras dormía.

Menos de un minuto después el policía llegó a la residencia de los Grant.

—¿Había estado antes en esa casa? —preguntó el fiscal.

—Sí. Un par de meses antes, estando de servicio, me avisaron aproximadamente a las cuatro de la mañana para que acudiera allí. Aquel día me recibió en la puerta Betsy Grant, quien afirmó ser la esposa del doctor.

—¿Cómo iba vestida?

—Llevaba una bata.

—¿Cuál era su actitud?

—Estaba serena, pero claramente angustiada. Su marido se había caído cuando intentaba escalar la valla que daba acceso a la planta de arriba. La señora Grant me dijo que entre ella y la cuidadora no podían levantarle del suelo para volver a acostarle.

—¿Le contó en ese momento cuál era el estado físico y mental del doctor Grant?

—Me explicó que se hallaba en una fase avanzada de alzhéimer y que su salud física y mental se había deteriorado considerablemente.

—¿Qué hizo usted entonces?

—La señora Grant me acompañó a la zona de la escalera, donde el doctor gemía tendido en el suelo. La cuidadora, Angela Watts, estaba agachada y le sujetaba la mano mientras trataba de consolarle.

»La cuidadora me contó que había oído cómo se caía, pero que estaba más conmocionado que herido. Les pregunté a ella y a la señora Grant si querían que llamase a una ambulancia. Las dos dijeron que no; no creían que fuese necesario. Acto seguido le ayudé a ponerse de pie. Le acompañamos a su dormitorio y le metimos en la cama. Esperé unos minutos para asegurarme de que todo iba bien, hasta que me dijeron que se había dormido.

—¿Recuerda algo más acerca de la conducta de la señora Grant en aquella ocasión? —preguntó Elliot Holmes.

—Bueno, cuando me marchaba me dio las gracias. Estaba serena, aunque parecía muy triste y cansada. Comentó que resultaba muy duro vigilar a su marido en las condiciones en que se encontraba.

—Volvamos al 22 de marzo. ¿Qué ocurrió cuando llegó usted a la casa?

—Me recibió en la puerta la cuidadora, la misma señora a

la que conocí un par de meses antes. Me dijo que creía que el doctor Grant había muerto y que la señora Grant se hallaba en el dormitorio con él.

—¿Qué sucedió a continuación?

—Me condujo a una habitación situada en la planta de abajo.

—¿Era el mismo dormitorio al que había acompañado usted a la víctima un par de meses atrás?

—Sí.

—¿Qué vio al entrar?

—El doctor Grant estaba en la cama, tumbado boca arriba y con la cabeza apoyada en una almohada. La manta le llegaba hasta la zona del pecho y tenía los brazos encima. Llevaba puesta una chaqueta de pijama de manga larga. La señora Grant, sentada en el borde de la cama, le acariciaba el pelo y la cara. Cuando entré, alzó la vista y se limitó a sacudir la cabeza. Le pedí que se apartara para poder comprobar los signos vitales. Ella accedió.

—¿Qué observó usted?

—El doctor no respiraba y estaba frío. Basándome en mis conocimientos sobre primeros auxilios, que adquirí durante mi formación como agente de policía, llegué a la conclusión de que había fallecido.

—¿Tenía lesiones en el rostro o en las manos?

—No.

—¿Vio sangre o algún otro indicio de lesión?

—No.

—¿Había señales de lucha o forcejeo?

—No.

—¿Examinó usted la parte posterior de la cabeza?

—No.

—¿Tenía algún motivo para creer que la víctima tuviese alguna herida en la parte posterior de la cabeza?

—No. Como he dicho, no había sangre, y nada indicaba que hubiese sufrido un traumatismo.

—Había estado allí un par de meses antes. ¿Es correcto?

—Sí.

—Y sabía que el doctor Grant estaba muy enfermo.

—Sí.

—Y bajo esas circunstancias, ¿creyó usted que la víctima había muerto por causas naturales mientras dormía?

—Sí. No tenía absolutamente ningún motivo para sospechar otra cosa.

—¿Qué hizo a continuación?

—De acuerdo con mi formación como policía y con el reglamento, le pedí a la señora Grant el nombre del médico que trataba a su marido para poder ponerme en contacto con él. Ella me lo dio y telefoneé al doctor Mark Bevilacqua.

—¿Habló con el doctor Bevilacqua?

—Sí. Le expliqué todas las circunstancias y el médico quiso hablar con la señora Grant. Ella se puso al teléfono y dijo que su marido se había mostrado muy agitado antes de acostarse la noche anterior, aproximadamente a las nueve.

—¿Qué sucedió a continuación?

—Volví a ponerme al teléfono y el médico dijo que creía que el doctor Grant había muerto por causas naturales y que firmaría el certificado de defunción. Luego le pregunté a la señora Grant con qué funeraria quería contactar para que se hicieran cargo del cadáver. Ella me dijo que telefonearía a la funeraria Hecker de Closter.

—¿Qué ocurrió después?

—Permanecí durante una hora en la residencia de los Grant esperando a que llegara el encargado de la funeraria.

—¿Dónde estuvo la señora Grant durante esa hora?

—Se quedó en el dormitorio con el doctor Grant. Se pasó casi todo el tiempo al teléfono. Recuerdo que llamó al hijo de él y a un par de personas más.

—¿En qué parte de la casa estuvo usted durante esa hora?

—Me quedé al otro lado de la puerta del dormitorio para poder darle un poco de intimidad.

—Durante la hora que pasó esperando al encargado de la funeraria, ¿llegó alguien más a la casa?

—Sí, vino una señora y dijo que era la asistenta. Dijo que se llamaba Carmen Sanchez.

—¿Cuál fue su reacción cuando le dijeron que el doctor Grant había muerto?

—Pareció muy triste. Dijo: «Descanse en paz. Su sufrimiento ha terminado».

—Durante esa hora, ¿cuál fue la actitud de Betsy Grant?

—Muy tranquila. No lloraba, pero tenía un aspecto muy sombrío.

—¿Qué hizo usted cuando llegó el encargado de la funeraria?

—Hablé brevemente con él y me aseguró que se haría cargo del cadáver. Oí cómo les explicaba a la señora Grant, a la cuidadora y a la asistenta que era mejor que aguardasen en otra habitación mientras él y su ayudante preparaban el cuerpo para su traslado.

—Señoría, no tengo más preguntas —concluyó Elliot Holmes.

El juez Roth miró a la mesa de la defensa.

—¿Desea interrogar al testigo, señor Maynard?

Tras echar un último vistazo a su bloc de notas, el abogado se levantó y se aproximó al estrado.

—Agente, ha declarado que estuvo en la casa un par de meses antes de la muerte del doctor Grant. ¿Es así?

—Sí, señor.

—¿Y podría decirse que la señora Grant estaba muy preocupada por su marido aquella noche?

—Daba esa impresión.

—¿Y le pareció que el doctor Grant estaba bien cuidado?

—Sí.

—Y cuando usted se marchaba, ¿le manifestó la señora Grant su tristeza por el sufrimiento de su marido?

—Sí.

—¿Dijo en algún momento que le irritara su situación?

—No.

—¿Le pareció agotada?

—Yo diría que sí.

—Pero en ningún momento expresó rabia o resentimiento, ¿verdad?

—No.

—Y les ayudó a usted y a la cuidadora a levantar a su marido del suelo y volver a acostarle, ¿no es así?

—Sí.

—Le consoló mientras le acostaban, ¿verdad?

—Sí.

—Ahora volvamos a la mañana en la que regresó a la casa. Ha declarado usted que le recibió en la puerta la cuidadora. ¿Es así?

—Sí.

—Mientras usted estuvo allí, ¿en algún momento le manifestó la cuidadora alguna sospecha sobre la señora Grant o puso en duda que la víctima hubiera muerto por causas naturales?

—No.

—¿Tuvo ocasión de observar juntas a la cuidadora y a la señora Grant?

—Sí.

—¿Notó alguna tensión aparente entre ellas?

—No.

—¿Podría decirse que se consolaban mutuamente?

—Sí.

—¿Notó alguna tensión entre la señora Grant y la asistenta?

—No.

—¿Podría afirmarse que se consolaban mutuamente?

—Sí.

—Ha descrito la actitud de la señora Grant como tranquila. ¿Es así?

—Sí.

—¿La describiría también como muy triste?

—Daba esa impresión.

—¿No es cierto que parecía realmente agotada?

—Sí.

—¿Vio usted algo que le hiciera pensar que la señora Grant se había visto envuelta en algún tipo de lucha o enfrentamiento?

—No, no vi nada que me hiciera pensar eso.

—¿Vio usted algo en el cadáver del doctor Grant que le hiciera pensar que le habían herido o que se había visto envuelto en algún tipo de lucha?

—Nada en absoluto.

—Una última pregunta, agente: ¿qué habría hecho si hubiera visto algo extraño?

—Si hubiese sospechado un acto delictivo, habría llamado al detective de servicio en la comisaría, que se habría puesto en contacto con el agente de guardia de la unidad de homicidios de la fiscalía.

—Pero no ocurrió nada de eso porque usted no tenía absolutamente ningún motivo para sospechar irregularidad alguna. ¿No es así, agente?

—Así es, señor.

—Señoría, no tengo más preguntas.

11

El siguiente testigo del ministerio público fue Paul Hecker, el encargado de la funeraria. El hombre declaró que la señora Betsy Grant le telefoneó para que acudiera a su domicilio y le comunicó que su marido, que estaba muy enfermo de alzhéimer, había fallecido mientras dormía. Al momento se puso en contacto con su auxiliar técnico, quien recogió el coche fúnebre y se reunió con él en casa de los Grant poco tiempo después.

Hecker testificó que Betsy Grant le recibió en la puerta y le acompañó al dormitorio del finado. Junto a la habitación se encontraba un joven agente de policía de Alpine, que le saludó con la cabeza.

—¿Está hoy en la sala la persona que le recibió y que se identificó como Betsy Grant?

—Sí.

—Le ruego que indique dónde se halla.

—Está sentada a mi derecha.

—¿Le importaría describir la actitud de Betsy Grant en aquel momento?

—Se mostró cortés, muy contenida.

—Describa lo que observó en el dormitorio.

—Vi al difunto tendido en la cama. Llevaba puesto un pijama.

—¿Notó al principio algún indicio o señal de lesión?

—No.

—¿Qué hizo a continuación?

—Le expliqué a la señora Grant que sería mejor que ella y la cuidadora, Angela Watts, salieran del dormitorio para que mi auxiliar y yo pudiéramos sacar el cuerpo y llevarlo al coche fúnebre que estaba aparcado frente a la casa.

—¿Lo hicieron?

—Sí.

—¿Puede describir la actitud de las dos mujeres al salir del dormitorio?

—La señora Grant salió en silencio. La cuidadora sollozaba de forma muy ruidosa.

—¿Trasladaron el cadáver a la funeraria?

—Sí.

—¿Tuvo en aquel momento alguna sospecha de que el doctor Grant hubiese sufrido algún traumatismo? —preguntó el fiscal.

—No. Daba la impresión de que el doctor Grant había muerto mientras dormía.

—¿Notó algo raro mientras estaban en su habitación?

—No lo describiría como raro, pero sí noté algo fuera de lugar, por decirlo de algún modo.

—¿A qué se refiere?

—Bueno, sabía que Edward Grant era médico, por supuesto. En la mesilla de noche, montado sobre una base de granito, había un mortero antiguo. En la base había una placa con una inscripción que decía: «Hospital de Hackenshack, homenaje al doctor Edward Grant».

—¿Qué le llamó la atención?

—Faltaba la mano del mortero.

—No estoy seguro de que todos los presentes sepan lo que es un mortero o qué aspecto tiene. ¿Puede describirlo, por favor?

—Los boticarios, que fueron los predecesores de los modernos farmacéuticos, utilizaban un mortero para moler las sustancias que utilizaban. En términos profanos, la mano del mortero sería semejante en su forma a un bate de béisbol, pero de pocos centímetros de longitud. Es un objeto bastante pesado, redondeado en sus extremos, pero más grueso en la parte inferior.

—¿De qué clase de material estaban hechos el mortero y la base que vio?

—Eran de mármol negro.

El fiscal cogió con ambas manos un objeto que se hallaba sobre una mesa, detrás de su asiento, y se lo mostró al testigo.

—Le estoy mostrando el objeto que se ha marcado como «Prueba veinticinco del ministerio fiscal» para su identificación. ¿Había visto antes este objeto? —preguntó.

—Sí, señor, lo había visto.

—¿Y qué es?

—Parece que es el mismo mortero, sin la mano. Observo que la placa grabada se refiere al doctor Grant.

—¿Está en las mismas condiciones en las que se hallaba cuando lo vio aquella mañana?

—Exactamente en las mismas, señor. Y la mano del mortero sigue sin estar presente.

—¿Resulta razonable suponer que la mano que falta estaba hecha del mismo material?

—Sí, sería lo normal.

—¿Y que sería lo bastante pesada para ser utilizada como arma?

Robert Maynard volvió a ponerse de pie.

—Protesto. Protesto.

—Se admite la protesta —se apresuró a decir el juez.

—¿Cuánto suele pesar una mano de mortero como la que falta aquí?

—Es un objeto de mármol que puede pesar medio kilo aproximadamente.

—Entonces, en circunstancias normales, ¿la mano se hallaría con el extremo grueso hacia abajo, dentro del mortero?

—En efecto. Una vez más, su ausencia me llamó la atención.

—Señor Hecker —continuó el fiscal—, ¿sacó el cadáver del doctor Grant del dormitorio para llevarlo a su funeraria?

—Sí.

—¿Cuándo lo hizo?

—Poco después de mi llegada.

—Ha declarado que estaba presente una cuidadora.

—Sí, me informaron que la cuidadora, tras llegar a la casa, entrar en el dormitorio del señor Grant y acercarse a él, se dio cuenta de que no respiraba y llamó a la policía.

—¿Le dijeron que el agente de policía de Alpine que estaba presente se había puesto en contacto con el médico personal del doctor Grant y que este accedió a firmar el certificado de defunción?

—Sí.

—Para usted, en aquel momento, ¿hubo alguna sospecha o algún indicio de que existiera un acto delictivo?

—No.

—¿Qué ocurrió cuando el cadáver del doctor Grant llegó a su funeraria?

—Iniciamos las operaciones habituales de preparación para la presentación y el entierro.

—¿Realizó usted mismo esas operaciones?

—Sí, con la ayuda de uno de mis técnicos.

—¿Observó algo raro durante ese proceso?

—Sí.

—¿Qué fue lo que observó?

—La parte posterior de la cabeza del doctor Grant estaba muy blanda al tacto. Era evidente que el difunto había sufrido algún tipo de lesión traumática en esa zona.

—¿Tuvo alguna idea en ese momento acerca del modo en que pudo haberse producido ese tipo de lesión?

—Pensé inmediatamente en la mano del mortero desaparecida.

—Dada la localización y la naturaleza de la lesión, ¿habría sido posible que se la produjera el propio doctor Grant?

—En absoluto.

—¿Qué hizo usted entonces?

—Dejé de trabajar en el cadáver del doctor Grant y telefoneé al forense, quien me respondió que avisaría a la policía y enviaría una ambulancia para trasladar el cadáver a sus instalaciones en el depósito del condado.

—¿Qué pasó a continuación?

—Tengo entendido que se realizó una autopsia, y dos días después trajeron el cadáver de vuelta a mi establecimiento para el entierro.

—Gracias, señor Hecker. No tengo más preguntas.

Delaney escuchó la única pregunta que Robert Maynard hizo al testigo:

—¿Acostumbra usted a observar los objetos que hay en una habitación cuando contratan sus servicios?

—Es algo que siempre he hecho de forma automática. Forma parte de mi trabajo. Cuando retiro a los difuntos, siempre observo con atención la escena física que los rodea.

—No tengo más preguntas, señoría.

Maynard era consciente de que no conseguiría absolutamente nada de ese testigo.

Desde su asiento, Delaney miró a Betsy Grant, quien parecía sorprendida de que su abogado no hubiese continuado con el interrogatorio.

Después el fiscal llamó al doctor Martin Caruso, el forense del condado. Tras resumir su amplia formación médica y explicar que en los veinte años que llevaba trabajando como forense había efectuado miles de autopsias, relató que durante el análisis del cadáver del doctor Edward Grant descubrió que el cráneo se había fracturado en cuatro puntos, lo que provocó una inflamación del cerebro y una hemorragia interna.

—¿Existe alguna posibilidad de que el doctor Grant se cayera y se hiciera esa herida en la cabeza?

—Yo diría que es casi imposible sufrir esa clase de herida a consecuencia de una caída.

—¿Y eso por qué? —preguntó el fiscal.

—Porque si se hubiera caído y se hubiera dado un golpe en la cabeza, el impacto de ese traumatismo habría sido tan fuerte que seguramente habría perdido el conocimiento, en cuyo caso no habría podido volver él solo a la cama.

—Doctor Caruso, he de informarle de que las pruebas presentadas en este juicio apuntan a que ha desaparecido una mano de mortero con un peso aproximado de medio kilo de la habitación en la que dormía el doctor Grant. Según su opinión médica, ¿la herida que usted observó en la víctima pudo deberse a un golpe en la parte posterior de la cabeza con ese tipo de objeto?

—Sí. La contusión habría podido ser causada por una mano de mortero de esas dimensiones u otro objeto similar. Me explicaré. Si la víctima hubiese sido golpeada con un objeto más grande y pesado, como un martillo o un bate de béisbol, se habría producido una lesión externa mucho más grave y una hemorragia considerable. Una lesión causada por un objeto más pequeño, como una mano de mortero, provoca una lesión interna en el cerebro, pero en muchos casos no hay hemorragia externa.

—¿Había hemorragia externa en este caso?

—No.

A medida que avanzaba el interrogatorio, Delaney trataba de analizar la reacción de los miembros del jurado ante el testimonio que estaban escuchando. Se dio cuenta de que varios de ellos miraban a Betsy Grant, que lloraba en silencio mientras asimilaba la gráfica descripción del golpe que su marido había recibido en la cabeza.

Escuchó después con atención las escasas preguntas que Robert Maynard formuló al médico forense. El testigo acababa de dejar muy claro que Edward Grant había fallecido por un golpe en la cabeza, y no a consecuencia de un accidente.

Cuando finalizó el interrogatorio del testigo era casi la una de la tarde. El juez Roth se volvió hacia el jurado y anunció que había llegado el momento de hacer un descanso para comer.

—Señoras y señores, reanudaremos la vista a las dos y cuarto. Durante esta pausa no pueden comentar los testimonios entre sí ni con otras personas. Disfruten de su almuerzo.

Cuando se reanudó el juicio, el fiscal llamó a declarar a Frank Bruno, el abogado que gestionaba las propiedades del doctor Grant. El testigo, de unos sesenta años de edad, explicó con actitud seria y reservada que a la muerte de la primera esposa del doctor Grant su hijo Alan adquirió la condición de heredero único de los bienes de su padre. Sin embargo, después de casarse con Betsy Ryan, el doctor Grant revisó su testamento y nombró a su hijo y a su nueva esposa herederos a partes iguales, con la salvedad de que la casa y su contenido serían propiedad exclusiva de Betsy. Además, estipuló que, si alguna vez quedaba incapacitado, Betsy Grant tendría poderes legales para tomar en su nombre decisiones legales, financieras y médicas.

Interrogado por el fiscal, Bruno testificó que el valor actual de las propiedades del fallecido, aparte de la vivienda y su contenido, era de unos quince millones de dólares. El abogado declaró también que dos personas ajenas a la familia, Angela Watts y Carmen Sanchez, habían recibido sendos legados de veinticinco mil dólares, aunque no sabía si alguna de ellas tenía constancia de su presencia en el testamento antes de la muerte del doctor Grant.

Llegó entonces el turno de Robert Maynard.

—Señor Bruno, ¿qué edad tiene ahora Alan Grant?

—Treinta y cinco años.

—¿Podría decirse que, por diversos motivos, ha tenido graves problemas económicos a lo largo de su vida de adulto?

—Yo diría que sí.

—¿Y puede afirmarse que su padre le prestó siempre ayuda económica?

—En efecto.

—¿Puede decirse también que hace poco más de diez años su padre empezó a impacientarse con su forma de vivir?

—Sí. Trabajaba como fotógrafo comercial, y su situación laboral no era muy estable.

—¿Sabe usted si Betsy Grant expresó alguna opinión sobre esa situación?

—Sí. Ella creía que su asignación debía limitarse a cien mil dólares al año, que era menos de la mitad de lo que estaba acostumbrado a recibir.

—¿Hizo el doctor ese cambio?

—Sí.

—¿Sabe usted cuál fue la reacción de Alan Grant?

—Se enfureció, y apenas habló con su padre durante varios meses.

—¿Cuáles eran sus sentimientos hacia Betsy?

—Le echaba la culpa de la decisión de su padre y estaba tremendamente resentido con ella.

—Señor Bruno, usted es un experto en derecho patrimonial, ¿cierto?

—Espero que sí; llevo treinta y cinco años ejerciendo mi profesión.

—Si alguien es declarado culpable de asesinato, ¿puede heredar de la víctima?

—No, esa persona no puede obtener ningún beneficio del homicidio.

—Entonces, si Betsy Grant es declarada culpable, Alan Grant se convierte en heredero único, ¿no es así?

—Así es.

Robert Maynard miró al jurado y sonrió a medias.

—Señor Bruno, tenga la bondad de recordarnos otra vez lo que obtendría Alan Grant si Betsy es declarada culpable.

—Recibiría la totalidad de los bienes, que están valorados en quince millones de dólares. También la mitad correspondiente a su padre de la casa de Alpine, que actualmente vale unos tres millones de dólares. Por último, todas las posesiones personales de su padre, como joyas y ropa.

—Muchas gracias —se despidió Maynard.

El fiscal Elliot Holmes se levantó.

—Señoría, son más de las tres de la tarde y falta poco para que finalice la sesión de hoy. Solicito que se autorice al ministerio público a presentar a nuestro próximo testigo mañana por la mañana.

—Está bien —accedió el juez Roth.

Antes de suspender el juicio hasta el día siguiente, el magistrado recordó una vez más a los miembros del jurado que no podían comentar el caso, leer los periódicos, escuchar la radio ni ver la televisión.

12

Robert Maynard había pedido un coche que llevase a Betsy a su casa.

—Pasaré a buscarla mañana a las ocho —comentó—, pero he pensado que esta tarde querría disfrutar de unos momentos de tranquilidad de camino a casa.

—Así es. Gracias —respondió Betsy en voz baja.

Era consciente de que las cámaras la fotografiaban mientras se cerraba la puerta del coche, y no dejaron de hacerlo mientras se alejaba de allí. Se apoyó en el respaldo y cerró los ojos. El día que acababa de pasar en el juzgado se le antojaba irreal. ¿Cómo podía creer alguien que ella fuese capaz de hacerle daño a Ted? Su mente no dejaba de recrear recuerdos de los primeros tiempos, como el día en que se conocieron, cuando ella se rompió la pierna patinando sobre hielo y se convirtió en paciente suya. Era una fractura muy fea, y en la sala de urgencias del hospital de Hackensack avisaron a Ted para que la atendiera.

Recordaba que él parecía llenar la sala con su sola presencia mientras estudiaba la radiografía de la pierna.

—Bueno, Betsy, se ha destrozado la pierna —comentó en tono alegre—, pero no se preocupe: se la dejaremos como nueva.

Entonces ella solo tenía veinticinco años, era profesora de historia en el instituto Pascack Valley de Hillsdale y vivía no muy lejos de allí, en Hackensack. Pronto se enteró de que Ted era viudo y que vivía en Ridgewood, también a poca distancia. La atracción que sintieron fue mutua e intensa. Al cabo de un año estaban casados.

Alan, que cursaba el primer año en Cornell, la había recibido con los brazos abiertos. Aunque echaba mucho de menos a su madre, él sabía que su padre volvía a ser feliz conmigo, pensó Betsy con amargura. Sin embargo, desde que convencí a Ted para que le diera menos dinero, la verdad es que me odia. Pero sabe que yo jamás habría hecho daño a su padre.

Negó con la cabeza inconscientemente. De pronto, notó la boca seca y abrió la botella de agua que tenía al lado. Recordó una vez más el día en que Ted la llevó a ver la casa de Alpine. Cuando él hizo su oferta en metálico, el agente de la propiedad inmobiliaria le aseguró que el propietario estaría dispuesto a cerrar el trato en dos semanas. Una preciosa mañana de primavera, solo doce días después, la casa se convertía en el nuevo hogar de ambos.

Fueron muy felices allí durante ocho años, hasta que todo empezó. Los pequeños síntomas comenzaron cuando Ted tenía cincuenta y un años.

Primero fueron los olvidos frecuentes. De pronto, Ted se disgustaba con facilidad por cosas sin importancia. Que un paciente cambiara la fecha de una visita programada le irritaba sobremanera. Empezó a olvidar compromisos sociales. Se quejaba de tener demasiadas preocupaciones y resultaba obvio que se estaba deprimiendo. Pero fue el día en que iba conduciendo y no pudo recordar el camino a casa, aunque solo estaban en el pueblo de al lado, cuando ella comprendió que ocurría algo terrible.

El coche que la llevaba a casa atajó por la carretera de Palisades y se aproximaba ya a Alpine. Sabía que Carmen estaría preparando la cena. Deseaba quedarse a solas, pero al llegar descubrió que tres de sus antiguos colegas del Pas-

cack Valley la estaban esperando en casa y todos se levanta-
ron para abrazarla.

—Betsy, todo esto quedará atrás —le aseguró con fervor
Jeanne Cohen, la actual directora—. Es horrible que tengas
que pasar por ello. Toda la gente que te conoce sabe cómo
cuidaste de Ted.

—Eso espero —murmuró ella—. En el juzgado empezaban a hablar de mí como si fuera un monstruo.

Estaban en el salón, y Betsy pensó en todos los buenos
momentos que había pasado allí junto a su marido. En el ex-
terior, las sombras se alargaban, como si quisieran envolverla.
Echó un vistazo a la butaca favorita de Ted. Se sentó en ella la
última noche de su vida. Mientras estaban allí reunidos antes
de la cena, Ted se levantó, se acercó a ella y le cogió la mano.

—Betsy, ayúdame a encontrarla —le suplicó.

Una hora después se disgustó violentamente. Sin embargo, en aquel momento aislado de lucidez, tuvo la sensación
de que trataba de decirle algo.

13

Sentados ante el televisor, Alvirah y Willy escucharon absortos el relato que hacía Delaney de lo sucedido en el juicio e intercambiaron una mirada cuando su amiga dio por finalizado el reportaje.

—Me parece que hoy no le ha ido demasiado bien a Betsy Grant. —Willy fue el primero en hablar.

—Solo es el primer día —respondió Alvirah, esperanzada—. Desde luego, ese fiscal sabe cargar las tintas.

—¿Sigues lamentando no cubrir el juicio? —le preguntó su marido.

—Bueno, asistiré como público cuando empiece el turno de la defensa. Pero hay otro asunto en el que quiero centrarme: Delaney necesita de verdad encontrar a su madre biológica, y ahora que sus padres adoptivos se han mudado a otro estado quiere aprovechar la oportunidad para buscarla sin tener la sensación de que les hace daño.

—Eso no tiene mucho sentido.

—Sí que lo tiene. Cuando les visitaba a menudo, Jennifer Wright se sentía rechazada cada vez que Delaney hablaba de la adopción. Es evidente que sus padres adoptivos mintieron en la partida de nacimiento. A ver qué puedo averiguar. Ya sabes que soy muy buena detective.

Alvirah seguía sin acostumbrarse a utilizar un ordenador. Tenía un don especial para cometer errores al tratar de investigar en internet. No obstante, estaba decidida a ver con sus propios ojos la partida de nacimiento de Delaney. Necesitó la ayuda de Willy para obtener la información que buscaba, pero no era suficiente. En el documento solo ponía que un 16 de marzo de hacía veintiséis años, a las cuatro y seis minutos de la tarde, había nacido una niña llamada Delaney Nora Wright en el 22 de Oak Street, Filadelfia. En cuanto a los padres, constaban como tales James Charles Wright, de cincuenta años, y Jennifer Olsen Wright, de cuarenta y nueve, residentes en Oyster Bay, Long Island.

—Los Wright solo le dieron a Delaney el nombre de la comadrona, Cora Banks, y el lugar de nacimiento, el 22 de Oak Street. Delaney me contó que en la guía de teléfonos de Filadelfia aparecían cuatro personas con ese nombre. Las telefoneó a todas, pero eran mucho más jóvenes de lo que sería hoy en día la comadrona y ninguna la conocía.

Willy imprimió la información de la partida de nacimiento. Alvirah la revisó y se quedó mirándola con expresión abatida.

—Esto no resulta tan útil como yo esperaba.

—Buscaré esa dirección en internet para ver qué hay allí —se ofreció Willy.

La vista aérea mostraba un edificio industrial situado entre casas más pequeñas.

—Creo que la vivienda que había en el 22 de Oak Street fue derribada.

Alvirah lanzó un suspiro de decepción.

—Vaya, eso complica mi trabajo. Pero míralo desde este punto de vista: siempre he dicho que antes de morir quiero volver a ver Filadelfia. ¿Y si vamos dentro de unos días?

14

El juicio se reanudó a las nueve y media de la mañana del día siguiente.

—Señoría —comenzó Elliot Holmes—, el ministerio público llama a declarar a Alan Grant.

Se abrió la puerta de entrada de la sala y el jurado y el público observaron con atención mientras el hijo del médico asesinado caminaba despacio hacia el estrado. El testigo, atractivo y vestido con cazadora azul marino, camisa sin corbata y unos pantalones grises evidentemente caros, prestó juramento y subió al estrado.

El fiscal comenzó con una larga serie de preguntas sobre la trayectoria vital del testigo. Alan Grant se había graduado en la Universidad de Cornell, trabajaba como fotógrafo, estaba divorciado de la madre de sus dos hijos y tenía otro hijo de diez años de una relación anterior.

A continuación, Holmes profundizó en las relaciones de la familia Grant.

—¿Se alegró usted de la boda entre su padre y Betsy Ryan?

—Mucho —contestó Alan en voz baja—. Mi padre tenía solo cuarenta años cuando murió mi madre. En los dos años siguientes se sintió muy solo. Cuando conoció a Betsy y se casó con ella un año después, me alegré sinceramente.

—¿Asistió usted a la cena de la noche en que su padre fue asesinado?

—Sí.

—¿Quién más estaba presente?

—Estaba Betsy, por supuesto. Era el cumpleaños de mi padre y ella invitó a los médicos que habían abierto la clínica traumatológica con él y a sus esposas. Estaban presentes el doctor Kent Adams y su mujer, Sarah, y el doctor Scott Clifton con su esposa, Lisa.

—Describa el comportamiento de su padre aquella noche.

—Al principio estaba muy tranquilo. Parecía contento de ver a todo el mundo, aunque en realidad no creo que nos reconociera. Puede que en algunos momentos fuera vagamente consciente de quiénes éramos. Es difícil saberlo.

—¿Hizo su madrastra algún comentario sobre su comportamiento?

—Sí, dijo que llevaba dos días muy disgustado, abriendo cajones y vaciándolos en el suelo y tirando los libros de los estantes de la biblioteca. Dijo que había pensado anular la cena, pero que esa mañana mi padre se había mostrado muy afectuoso y tranquilo desde que despertó, por lo que había decidido seguir adelante.

—Cuando llegó usted, ¿le vio un cardenal en la cara?

—Sí. Había intentado disimularlo con maquillaje, pero todavía era perceptible.

—¿Le preguntó usted al respecto?

—Sí.

—¿Qué le dijo ella?

—Que mi padre le había dado un puñetazo dos días atrás.

—¿Parecía enfadada?

—No, más bien resignada.

—¿Cambió el comportamiento de su padre a lo largo de la velada?

—Sí. Al principio tomamos unos cócteles en el salón. Él, por supuesto, no tomó nada. Sin embargo, justo antes de que pasáramos al comedor, se mostró muy agitado de repente.

—¿Qué hizo?

—Se angustió mucho y empezó a señalarnos a todos sin decir nada.

—¿Y qué ocurrió a continuación?

—Betsy le abrazó e intentó calmarle. Se tranquilizó de inmediato.

—¿Qué sucedió después?

—Tuvimos una cena agradable. Él estuvo muy callado y comió bien. Luego, cuando nos disponíamos a tomar el café y el postre, mi padre se levantó con un movimiento brusco y se abalanzó literalmente hacia el otro lado de la mesa, donde estaban sentados el doctor Clifton y su esposa.

—¿Qué pasó entonces?

—Betsy agarró a mi padre del brazo para detenerle y él se volvió y la abofeteó en la cara. Fue un bofetón muy fuerte. Ella cayó sentada en la silla y empezó a sollozar. El doctor Clifton, Angela Watts y yo llevamos a mi padre a su habitación. De pronto, mi padre perdió toda su energía, como si estuviera agotado. Angela le dio una pastilla para calmarle. Le pusimos el pijama y le metimos en la cama. Al cabo de unos minutos cerró los ojos, empezó a respirar con regularidad y se durmió.

—¿Qué hizo usted en ese momento?

—Vi que Angela estaba muy pálida y le pregunté qué le pasaba. Ella me dijo que tenía el estómago revuelto y que le dolía mucho.

—¿Cuál fue su respuesta?

—Le sugerí que se fuera a casa.

Mientras hablaba, Delaney tuvo la sensación de que el dolor que expresaba el rostro de Alan Grant era demasiado evidente para ser fingido.

—¿Qué hizo ella?

—Dijo que, si no se le pasaba pronto, tendría que marcharse.

—Señor Grant, ¿estaba usted familiarizado con el mobiliario del dormitorio de su padre?

—Sí.

—¿Había en la mesilla de noche algún adorno, premio u objeto decorativo?

—Sí, un mortero. Era un premio que le había concedido el hospital de Hackensack. Yo asistí al banquete la noche en que lo recibió.

—Cuando estuvo en la habitación de su padre esa noche, ¿recuerda si se hallaba presente la mano del mortero?

—Sí, estoy seguro de que estaba allí. El doctor Clifton, Angela y yo le hablábamos a mi padre, tratando de calmarle. Recuerdo con mucha claridad haber señalado el premio y haberle dicho algo como: «Papá, cuánto nos divertimos aquella noche que fuimos a la cena de entrega de premios. Pronunciaste un discurso estupendo». Quién sabe si entendió una sola palabra de lo que yo le decía. Pero mientras hablaba miré alternativamente a mi padre y el premio.

—¿Y la mano del mortero también estaba allí?

—Sí, desde luego.

—Volviendo atrás, después de sugerirle a la señora Watts que se fuera a casa, ¿qué hizo usted?

—Volví al comedor. El doctor Adams le había colocado a Betsy un paño frío en la cara. Ella seguía sollozando en la mesa mientras sujetaba el paño.

—¿Le dijo algo su madrastra?

—Dijo: «No puedo más. Lo siento, ya no puedo soportarlo».

—¿Y cuál fue su reacción ante esa frase?

—Me compadecí de Betsy. Mi padre acababa de pegarle. Estaba muy alterada.

—¿Interpretó usted la frase «No puedo más» como una amenaza contra su padre?

—En aquel momento no, en absoluto. Más tarde empecé a preguntarme si lo habría sido.

—¿Cuándo se enteró de que su padre había muerto?

—A la mañana siguiente.

—¿Quién le informó de su fallecimiento?

—Me telefoneó Betsy.

—¿Cómo describiría usted el estado emocional de ella basándose en la impresión que le causó al teléfono?

—Parecía muy fría.

—¿Recuerda sus palabras exactas?

—Sí. Dijo: «Alan, tu padre falleció anoche. Estoy segura de que creerás, igual que yo, que ha sido una bendición».

—¿Cómo respondió usted?

—Naturalmente, mi primera reacción fue de gran tristeza, pero luego dije algo como: «El padre que yo conocí no existía desde hacía varios años. Ya sabes lo que pienso, Betsy. Me alegro de que haya dejado de sufrir».

—¿Sospechó en aquel momento que la muerte de su padre podía no deberse a causas naturales?

—En absoluto.

—¿Cuál fue su reacción cuando se enteró de que habían enviado el cadáver al forense?

—Me costó creerlo. Pensé que se trataba de un error.

—Cuando supo que había sufrido un golpe mortal en la parte posterior de la cabeza, ¿cuál fue su reacción?

Alan Grant miró directamente a los ojos del fiscal.

—Pensé de inmediato que Betsy debía haberle dado ese golpe.

Robert Maynard se levantó de un salto, vociferando:

—¡Protesto, señoría! ¡La respuesta es sumamente inadecuada y perjudicial!

—Se admite la protesta —respondió el juez Roth—. El jurado no tendrá en cuenta el último testimonio.

—Reformularé la pregunta. Describa el comportamiento de su padre durante sus últimos seis meses.

—Su conducta había empeorado mucho durante ese tiempo. La noche anterior a su muerte, las palabras de Betsy «Ya no puedo soportarlo» me parecieron una expresión de desesperación.

—¿Cómo calificaría su relación con Betsy Grant desde la muerte de su padre?

—Durante las primeras veinticuatro horas, muy estrecha. Nos consolábamos mutuamente y hacíamos planes para el entierro.

—¿En qué momento cesó esa relación cordial con Betsy Grant?

—Cuando me enteré de que habían aplastado el cráneo de mi padre de un golpe y de que faltaba de la mesilla de noche la mano del mortero.

—¿Cuándo se enteró de que su madrastra había estado viéndose con otro hombre?

—No me enteré de eso hasta después de la muerte de mi padre.

—¿Cuál fue su reacción?

—Conmoción. Indignación. Decepción.

—En los meses previos a la muerte de su padre, ¿cuál fue la actitud de Betsy Grant hacia él?

—Muy cariñosa. Muy compasiva. El médico le había sugerido que se plantease la posibilidad de internarle en una residencia.

—¿Por qué sugirió eso el médico?

—Opinaba que mi padre corría peligro de sufrir un accidente grave.

—¿Puede darme un ejemplo?

—Mi padre subía a la planta de arriba y se inclinaba sobre la barandilla. Sacaba cosas de los cajones del dormitorio.

—¿Cuál fue la reacción de Betsy Grant ante la sugerencia del médico?

—Puso una valla en el acceso a la primera planta y se trasladó a la planta baja para dormir en el cuarto que el propietario anterior utilizaba como habitación del servicio. En otras palabras, trató de mantenerle bajo control.

—¡Protesto! —gritó Maynard.

—Señoría, me gustaría preguntarle al señor Grant a qué

se refiere al decir «mantenerle bajo control»— respondió Holmes.

—Le autorizaré a explicarse —concedió el juez en voz baja.

—¿Tiene la bondad de aclarar su respuesta?

—Desde luego. Me refería a que trataba de protegerle para evitar que sufriera un accidente.

—¿Decidió la señora Grant mantener a su padre en casa incluso después de recibir el consejo del médico?

—Sí.

—¿Dio algún motivo para esa decisión?

—Dijo que mi padre la necesitaba, que tenía momentos de lucidez y que en esos instantes le suplicaba que se quedase con él. También me comentó que una persona con diagnóstico de alzhéimer precoz no solía tener una esperanza de vida muy superior a los siete años que ya había aguantado mi padre.

—Entonces, ¿cómo es que la noche en que su padre recibió el golpe que le causó la muerte Betsy Grant gimió «Ya no puedo soportarlo?».

Esta vez fue uno de los socios de Maynard quien alzó la voz:

—Protesto. Pregunta capciosa.

—Se acepta la protesta —admitió el juez una vez más.

Elliot Holmes se volvió para mirar al jurado. Delaney se dio cuenta de que había dejado claro lo que quería.

—No tengo más preguntas, señoría —concluyó en voz baja.

—Señor Maynard —llamó el juez Roth—, puede comenzar su interrogatorio.

—Gracias, señoría —respondió el abogado—. Señor Grant, ¿qué edad tiene usted?

—Treinta y cinco años.

—Después de graduarse, ¿realizó algún tipo de estudios superiores o se puso a trabajar directamente?

—Me puse a trabajar.

—Entonces, ¿lleva trece años trabajando?

—Sí.

—¿Qué clase de trabajo hace?

—Siempre he sido fotógrafo autónomo.

—Al decir autónomo, ¿se refiere a que no tiene un sueldo fijo y solo cobra cuando consigue trabajo?

—Sí.

—¿Cuáles han sido sus ingresos medios en los últimos años?

—Entre cincuenta mil y ochenta mil dólares anuales.

—¿Y es cierto que, desde el principio de su carrera profesional, recibía ayuda económica de su padre?

—Sí. Él me quería. Yo era su único hijo y deseaba ayudarme.

—¿Cómo le ayudaba? ¿Le daba dinero cada vez que usted se lo pedía o tenían algún acuerdo concreto?

—Cuando dejé de estudiar y durante los primeros años, a menudo necesitaba dinero para comprar material fotográfico, como lentes, filtros, etc. Normalmente, cuando le pedía ayuda, mi padre accedía.

—¿En algún momento cambió esa situación?

—Tres o cuatro años después de que se casara con Betsy, ella le convenció para que me ayudara una vez al año. Por Navidad, mi padre me daba un talón de cien mil dólares.

—¿Y ha recibido usted ese talón de cien mil dólares cada año hasta la última Navidad?

—Sí.

—O sea que, si recibía cien mil dólares por Navidad y en un año ganaba un promedio de sesenta y cinco mil, eso significa que contaba con unos ciento sesenta y cinco mil dólares anuales para hacer frente a todos sus gastos. ¿Es más o menos correcto?

—Sí.

Delaney había comenzado a tomar notas en cuanto Maynard se puso a hurgar en la situación económica de Alan Grant. En ese momento deseó haber prestado más atención a la única asignatura de contabilidad que había cursado en la universidad. Si Maynard trataba de demostrar que las finanzas personales de Grant eran un desastre, desde luego lo estaba consiguiendo.

En respuesta a las preguntas de la defensa, Grant reconoció que había firmado un divorcio muy caro y un acuerdo de pensión alimenticia con la madre de sus dos hijos, y que además debía pagar la manutención de su otro hijo. Su padre le compró un piso cuando se graduó en la universidad, pero él había tenido que hipotecarlo. Los plazos de esa hipoteca debían abonarse cada mes, al igual que el mantenimiento del piso, los pagos del seguro médico y los del coche y la plaza de aparcamiento. Sus gastos rutinarios, bastante elevados, incluían tres vacaciones al año. Grant admitió de mala gana que sus gastos mensuales ascendían a casi dieciocho mil dólares, lo que excedía con creces los ciento sesenta y cinco mil dólares de que disponía cada año.

Maynard continuó:

—¿Le habló alguna vez su padre de cambiar de profesión?

—Me dijo que la fotografía está mal pagada y que el trabajo era demasiado esporádico. Quería que me buscara otra profesión, una capaz de asegurarme unos ingresos estables.

—¿Siguió su consejo e intentó hallar otra profesión?

—No.

—Volvamos a los problemas económicos que acaba de mencionar. ¿Ha solicitado algún otro préstamo para poder llegar a fin de mes?

—Además del dinero que pedí prestado con mi piso como garantía, también he recibido préstamos de amigos.

—¿Paga usted intereses por esos préstamos?

—Solo se los pago al banco por la hipoteca. La mayoría de

mis amigos aceptaron que les pagara los intereses y el capital que me habían fiado cuando recibiera mi herencia.

—Ha declarado antes que la pasada Navidad, después de la muerte de su padre, recibió igualmente su regalo anual. ¿Es así?

—Sí. Hablé con el abogado que gestionaba las propiedades de mi padre y él solicitó en el juzgado que se aprobara ese pago.

—Y Betsy Grant no se opuso, ¿verdad?

—No hablé con ella. Lo hizo el abogado, pero me dijo que ella no se oponía.

—¿Presentó usted hace tres meses otra solicitud de pago en el juzgado?

—Sí. Como los bienes están bloqueados en espera del resultado de este juicio, no puedo recibir mi herencia. Me aconsejaron que presentara una solicitud de pago parcial para poder hacer frente a mis gastos.

—¿Y qué cantidad aprobó el tribunal?

—Ciento cincuenta mil dólares.

—Señor Grant, le corresponde heredar la mitad de unos bienes valorados en quince millones de dólares si Betsy es declarada inocente, cantidad que heredará usted solo si es declarada culpable. ¿Es así?

—Eso tengo entendido.

—Retrocedamos en el tiempo dieciocho meses, hasta el momento en el que su padre todavía estaba vivo. ¿Podría decirse que usted se hallaba en una situación económica desesperada pero que también era el heredero de una fortuna que no podría tocar hasta que su padre muriese?

—Sí, pero quería a mi padre y no tuve nada que ver con su muerte.

Delaney vio que Alan Grant se retorcía en su asiento al contestar las preguntas. Era evidente que se sentía incómodo.

—Señor Grant, ¿adónde fue después de la cena de cumpleaños de su padre?

—Volví a Nueva York. Había quedado con una persona en un bar, cerca de mi casa.

—¿A qué hora llegó allí?

—Sobre las diez de la noche.

—¿Cuánto tiempo se quedó?

—Un par de horas. Me marché en torno a la medianoche.

—Allí se encontró con una antigua novia. ¿Cierto?

—Así es.

—¿Cómo se llama?

—Josie Mason.

—¿Se marcharon juntos?

—Sí.

—¿Adónde fueron?

—Fuimos a su piso, a un par de manzanas de allí.

—¿Se quedó usted a pasar la noche en su casa?

—Sí. —El rostro de Alan enrojeció por la irritación—. Sé adónde quiere ir a parar, señor Maynard. Sabe muy bien dónde estuve desde el momento en que abandoné la casa de mi padre hasta la mañana siguiente, cuando Betsy me llamó para informarme de su muerte. Tanto el bar como el edificio de mi amiga tienen cámara de vigilancia. El fiscal comprobó todo eso.

—Por supuesto —admitió Maynard en tono sarcástico—. Dígame, señor Grant, ¿conocía usted el código del sistema de alarma de la casa de su padre?

—No.

—¿Cómo es eso?

—Simplemente, nunca hubo necesidad.

—¿Alguna vez tuvo llave de la casa de su padre?

—No. Tampoco fue necesario.

—Así que usted no tenía llave ni conocía el código de la alarma por si se producía una emergencia en la casa.

—Como ya le he dicho, nunca hubo necesidad. Siempre había otras personas allí, la asistenta, la cuidadora... No era necesario que yo tuviese una llave o conociera el código.

—Veía a su padre con bastante frecuencia, ¿verdad?

—Sí, al menos cada dos semanas, incluso cuando estaba enfermo.

—Su padre tenía momentos de lucidez incluso en los dos últimos años. ¿Es así?

—Sí, y yo los apreciaba mucho.

—¿Alguna vez le preguntó en esos momentos de lucidez cuál era el código de la alarma?

—Desde luego que no.

—Las pruebas demostrarán que se ignora el paradero de una de las llaves de la casa. Era la llave de su padre.

—Yo no sé absolutamente nada de esa llave.

—Señoría —concluyó Maynard, sarcástico—, no tengo más preguntas para este testigo.

—Está bien —respondió el juez—. Haremos un descanso para comer.

15

Delaney llevaba toda la mañana tomando notas en silencio. Solía comer en la cafetería de los juzgados para poder escuchar lo que el público opinaba sobre los testimonios que habían oído durante el juicio. Por supuesto, ni Betsy Grant y su abogado ni el fiscal y sus ayudantes estaban allí.

La cafetería era ruidosa, pero eligió una mesa pequeña situada junto a la que ocupaban cinco mujeres que habían asistido a la vista y que estaban comentando los acontecimientos de la mañana. Todas tenían el pelo canoso y parecían superar los setenta años. El bullicio las obligaba a hablar en voz alta. Nada de lo que las oyó decir la sorprendió en absoluto:

—Yo creo que lo hizo ella —comentaba una de las mujeres—. Vaya, estoy casi segura. Mi abuela tuvo alzhéimer, y mi madre estuvo a punto de caer en una depresión cuando cuidaba de ella. Mi abuela era la persona más dulce, cariñosa y divertida que te puedas imaginar, pero al final sospechaba de todo el mundo, pensaba que mi madre intentaba matarla y escupía los medicamentos. Su muerte supuso un alivio, porque a partir de entonces pudimos recordar lo maravillosa que había sido y reírnos de las ocurrencias que tenía.

—¿Alguna vez tuvo tu madre la tentación de matarla, Louise?

—¡Oh! ¡Claro que no! —contestó la aludida, escandalizada.

—Sin embargo, crees que Betsy Grant sí mató a su marido.

—Pues sí. ¡Imagínatelo! Su marido enfermó de alzhéimer más o menos a los cincuenta años, cuando ella solo tenía treinta y tres. Se nota que no aguantaba más. Creo que Betsy Grant es una mujer estupenda, pero perdió la cabeza.

Una tercera mujer tomó la palabra.

—Y no olvidéis que no solo iba a heredar un montón de dinero, sino que además se veía con otro. Hace poco leí no sé dónde que el amor y el dinero son dos de las principales causas de asesinato. Y Betsy Grant tenía las dos.

Una cuarta mujer sacudía la cabeza.

—¿Y el hijo? Su padre lo tenía muy mimado y Betsy le convenció para que le limitara la asignación. Me ha dado la impresión de que está hasta el cuello de deudas y que la única forma de quitárselas de encima era que muriera su padre.

—Pero le han investigado, y no hay ninguna duda de que pasó la noche en la ciudad.

—¿Y no pudo pagarle a alguien para que lo hiciera?

—Habría tenido que saber el código de la alarma y tener una llave.

—Además, no podía saber que esa noche la cuidadora se encontraría mal de repente y se iría a su casa.

—El chico no es ninguna joya, pero no creo que tuviese nada que ver.

—Votemos. ¿Lo hizo ella o lo hizo él?

Delaney hizo una mueca al oír el resultado de la votación: cuatro a uno contra Betsy.

Los primeros testigos de la sesión de la tarde fueron las esposas de los dos médicos que habían asistido a la cena la noche en que murió Edward Grant. Las dos mujeres se limitaron a repetir casi palabra por palabra lo que Alan Grant había declarado esa misma mañana.

El tercer testigo fue Josie Mason. La mujer, de poco más

de treinta años, testificó que llevaba dos años saliendo con Alan Grant de forma intermitente. El 21 de marzo del año anterior quedaron en un bar de Nueva York sobre las diez de la noche. Alan le contó que había cenado en casa de su padre. Mason declaró que en torno a la medianoche fueron caminando hasta su apartamento, a pocas manzanas de distancia, y que pasaron la noche juntos.

Afirmó también estar absolutamente segura de que Alan Grant no había salido del apartamento durante la noche y de que se marchó sobre las ocho de la mañana siguiente. Además, señaló que unos agentes de la fiscalía habían hablado con el portero de su edificio y habían obtenido una grabación de seguridad en la que aparecían los dos entrando en el edificio esa noche y él solo abandonándolo a la mañana siguiente.

Cuando se levantó la sesión, Delaney se dirigió a la oficina para preparar la emisión de las seis y repasó las imágenes de Betsy Grant entrando y saliendo del palacio de justicia. La grabación de la tarde mostraba con toda claridad su rostro tenso y sus hombros caídos.

Parece demasiado cansada para enderezar la espalda, pensó Delaney con un repentino acceso de compasión. Ojalá algún amigo la esté esperando cuando llegue a casa.

16

Carmen Sanchez, la asistenta de Betsy, fue la primera testigo que subió al estrado a la mañana siguiente. Con manos húmedas y voz temblorosa, la mujer declaró su nombre y lugar de nacimiento y respondió a las preguntas iniciales del fiscal acerca de cómo llegó a trabajar como asistenta en la casa que los Grant tenían en Alpine.

—El doctor Ted me contrató justo después de que muriera su primera esposa —contestó Carmen.

—¿Cuánto tiempo hace de eso?

—Diecinueve años.

—Y desde que empezó a trabajar para el doctor Grant, ¿cuántos años pasaron antes de que volviera a casarse?

—Dos años. —Sin que nadie se lo preguntara, Carmen añadió entusiasmada—: No pueden imaginarse cuánto cambió el doctor Ted. ¡Era tan feliz! Su primera esposa había estado muchos años enferma de cáncer.

—Señora Sanchez, conteste solo a la pregunta que le formulen —le indicó el juez.

—¡Lo siento! —se disculpó Carmen—. Cuando pienso en el doctor Ted y la señora Betsy, y en cómo se miraban...

—Señora Sanchez, vuelvo a pedirle que no alargue sus respuestas. —Esta vez la voz del juez sonó un poco más firme.

—¡Ay, señoría, lo siento mucho! —exclamó la asistenta.

Acto seguido miró al fiscal y lanzó un suspiro—. Ya sabía yo que esto no se me daría nada bien.

—Señora Sanchez, ¿estuvo usted en la casa la noche anterior a la muerte del doctor Grant?

—Sí, la señora Betsy daba una cena por el cumpleaños del doctor Ted. Yo la preparé y la serví.

—¿Se enfadó mucho el doctor Grant en algún momento de la velada?

—Sí, pero yo estaba en la cocina cuando pasó. Oí el alboroto, fui corriendo al comedor y vi que el doctor Ted estaba muy alterado. El doctor Clifton, Alan Grant y Angela le llevaron al dormitorio.

—¿Qué hizo a continuación?

—Cuando el doctor Ted se cayó contra la mesa se rompieron unos cuantos platos y varios vasos. Limpié todo aquel desastre y anuncié que iba a servir el café y la tarta, pero nadie quiso. Acabé mi trabajo y me marché. Para entonces los invitados ya empezaban a despedirse, y me parece que se fueron poco después.

—¿Sabía que Angela Watts se marchó a casa en algún momento de la velada?

—Sí, no se encontraba bien y quería dormir en su casa.

—¿Le pidió la señora Grant que se quedara para sustituir a Angela Watts durante la noche?

—Yo me ofrecí a quedarme, pero ella me dio las gracias y dijo que no era necesario.

—Señora Sanchez, ¿a qué hora entró en casa de los Grant la mañana que encontraron muerto al doctor Grant?

—Siempre llego más o menos a las ocho y media.

—¿Llegó usted a las ocho y media el día en que encontraron muerto al doctor Grant?

—Bueno, en la carretera me tocó ir detrás de un autobús escolar, así que debían de ser las nueve menos veinte.

Carmen miró a Betsy, que le sonrió con gesto alentador. Que Dios la ayude, pensó Betsy.

—¿Llegó a la casa a las ocho horas y cuarenta minutos la mañana en que encontraron muerto al doctor Grant? —continuó el fiscal.

Carmen se concentró en contestar solo a la pregunta.

—Sí.

—Cuando entró en la casa, ¿quién estaba allí?

—El agente de policía estaba en el dormitorio con Angela Watts, la cuidadora, y con la señora Betsy. Angela me dijo que el doctor Ted había muerto.

—¿Qué hizo usted entonces?

—Subí al dormitorio principal.

—¿Por qué lo hizo?

—Quería ayudar, y eso fue lo único que se me ocurrió. Estaba segura de que la señora Betsy querría volver a su antiguo dormitorio ahora que el doctor Ted había muerto. Sabía que estaría mucho más cómoda arriba.

—¿Qué hizo en esa habitación?

—Cambié las sábanas, comprobé que el cuarto de baño estuviera perfecto, limpié el polvo y pasé la aspiradora.

—Antes de la mañana en que hallaron muerto al doctor Grant, ¿cuándo fue la última vez que estuvo en esa habitación?

—Bueno, siempre subía una vez por semana para asegurarme de que estuviera en orden.

—Entonces, ¿cuándo fue la última vez que se ocupó de esa habitación antes de la muerte del doctor Grant?

—La limpié el día anterior.

Carmen hizo una pausa. Se disponía a explicar que recordaba haber visto la alfombra un poco sucia, pero también se acordó de la advertencia del juez: solo debía responder a la pregunta. No sé cómo no vi esa suciedad en la alfombra el día anterior a la muerte del doctor Ted, pensó. Pero creo saber lo que pasó. Los limpiacristales debieron de entrar justo después de que yo pasara la aspiradora.

—¿Qué hizo cuando acabó de arreglar la habitación?

—Bajé a preparar café. Intenté convencer a la señora Betsy

para que comiera algo, pero solo quiso el café. Angela y yo nos quedamos con ella en el comedor cuando el encargado de la funeraria se llevó el cadáver del doctor Ted.

—¿Qué actitud tenía la señora Grant?

—¿Cómo? —preguntó Carmen.

—¿Cuál era el estado emocional de la señora Grant en ese momento?

—Estaba muy callada. Miraba por la ventana cómo colocaban el cadáver del doctor Grant en el coche fúnebre.

—¿Le dijo algo?

—Dijo: «Se acabó. Por fortuna, se acabó».

No fue así, recordó Betsy. Dije: «Por fortuna para él, se acabó».

—No tengo más preguntas —concluyó el fiscal.

Robert Maynard se puso de pie y anunció que la defensa tampoco tenía preguntas para esa testigo.

—Señoras y señores —proclamó el juez Roth mirando hacia el jurado—, han terminado los testimonios previstos para esta semana. Reanudaremos el juicio el próximo martes, a las nueve de la mañana.

17

El martes a las ocho de la mañana una miembro del jurado telefoneó al despacho del juez y le comunicó que estaba enferma de bronquitis. La mujer se disculpó hasta la saciedad y afirmó que esperaba encontrarse mejor al día siguiente. Tras debatir con los abogados si convenía dispensarla y continuar o bien cancelar la sesión prevista para esa jornada, el juez decidió a regañadientes posponer el juicio hasta el día siguiente.

18

Esa tarde, las noticias de las seis estuvieron dominadas por una triste primicia: Steven Harwin, el hijo de veintiún años del célebre director de cine Lucas Harwin, había sido encontrado muerto a causa de una sobredosis en su apartamento del SoHo. La tragedia se veía agravada por la circunstancia de que Steven había sobrevivido a una leucemia cuando era un adolescente y se había convertido en un activo recaudador de fondos para la investigación sobre la enfermedad. El joven había creado un fondo llamado «Cinco dólares al mes» que contaba ya con trescientos mil colaboradores. Solo una semana antes de su muerte, en un evento destinado a recaudar fondos, había asegurado durante su discurso: «Mi generación ha decidido asumir la responsabilidad que le corresponde e implicarse en la búsqueda de un tratamiento efectivo contra el cáncer».

—¡Qué lástima! —le susurró Delaney a Don mientras esperaban, sentados uno junto a otro, que les dieran la señal para entrar en directo.

—Acabo de enterarme de que le ha pasado lo mismo a un tío con el que fui a la universidad —respondió Don en voz baja—. Con treinta y seis años y dos críos. Ojalá pudiéramos detener a todos los traficantes y enviarlos a Marte.

—Opino lo mismo.

Acabaron los anuncios.

—Pasamos ahora a los deportes —comenzó Don, volviéndose hacia el comentarista deportivo, Rick Johnson—. ¿Qué perspectivas tienen los Giants esta temporada, Rick?

Tras el noticiario, Delaney emprendió su habitual paseo hasta casa. Muchas veces quedaba con amigos para cenar en uno de los restaurantes cercanos, pero esa noche no era una de ellas. Prefería disfrutar de un rato de tranquilidad. Estar en su propio apartamento siempre resultaba reconfortante cuando le entraba el ansia de querer encontrar a su madre biológica.

Supo que ese anhelo periódico había regresado cuando escuchó el reportaje sobre el encuentro entre un hijo y su madre, y el deseo se había hecho más profundo al comentar ese tema con sus amigos en el restaurante Patsy's. Mientras cruzaba la Sexta Avenida, se preguntó si Alvirah hablaba en serio cuando se ofreció a investigar por su cuenta. Se le escapó una sonrisa y decidió que, si Alvirah Meehan había dicho que iba a hacer algo, es que pensaba hacerlo. Bueno, ¿quién sabe? Era posible que encontrara alguna manera de localizar a la comadrona.

Esa idea la animó al instante y pudo centrar sus pensamientos en el juicio. La fiscalía se estaba mostrando muy hábil al acumular pruebas que parecían señalar sin duda a Betsy Grant como asesina de su marido. La defensa tenía en Alan Grant un hueso duro de roer, ya que Holmes podía demostrar que pasó la noche en Nueva York.

No dejaba de preguntarse por el paradero de la mano del mortero. Estaba claro que Betsy habría tenido tiempo de sobra para deshacerse de ella. Pero ¿dónde? Según lo que habían publicado los periódicos, tras recibir la llamada del encargado de la funeraria, el forense telefoneó a la policía para denunciar la fractura sospechosa. La policía obtuvo inmediatamente una orden judicial y registró a fondo tanto la casa como los jardines. Sin embargo, transcurrieron al menos treinta horas entre el momento en que el cadáver del doctor Grant llegó a la funeraria, se descubrió la lesión del cráneo, el forense practicó la autopsia, la policía solicitó una orden de registro y por último inspeccionó la casa.

¿Y la asistenta? Daba la impresión de sentirse incómoda en el estrado, pero podía deberse simplemente a que estaba muy nerviosa e intentaba reformular sus respuestas. Que el juez no dejara de recordarle que debía limitarse a responder las preguntas no había contribuido a tranquilizarla, desde luego.

Mientras esperaba a que el semáforo se pusiera verde, Delaney notó que una mano se deslizaba debajo de su brazo.

—¿Puedo invitarla a cenar, señorita? —le preguntó una voz familiar.

Sobresaltada, alzó la mirada. El hombre que se dirigía a ella era Jonathan Cruise, con quien había coincidido en la boda de una amiga, celebrada en Boston dos meses atrás. Jonathan era periodista de investigación en el *Washington Post*, y Delaney y él tenían mucho en común. Habían cenado juntos hacía un mes, aprovechando que él estaba en Manhattan para visitar a su hermana. Al día siguiente, Jonathan la llamó para decirle que lo había pasado muy bien con ella, y eso fue todo. Aquella era la primera vez que Delaney le veía o hablaba con él desde entonces. Había pensado mucho en él y se sentía muy decepcionada al comprobar que no le interesaba tanto como para volver a llamarla.

Delaney se había puesto unas zapatillas deportivas para regresar a pie hasta su casa. Eso explicaba por qué Jonathan le parecía tan alto, ya que en las otras dos ocasiones en que habían estado juntos llevaba zapatos de tacón y él solo medía un par de centímetros más que ella. El pelo negro del joven mostraba unos cuantos mechones plateados, y Delaney recordó su comentario sobre que seguramente tendría el pelo blanco antes de los cuarenta.

—Eso le pasó a mi padre —había dicho sin darle importancia—. Aunque quizá me dé un aire más distinguido.

Todo eso pasó por su mente mientras levantaba la vista hasta él.

—Hola, Jon. ¿Tienes la costumbre de aparecer como por arte de magia?

La sonrisa de Jonathan era cálida y desenvuelta, e iluminaba un rostro que en reposo podía parecer severo.

—La verdad es que no. He llegado de Washington a las cinco. He preguntado en la cadena y me han dicho que esta tarde presentabas el informativo. Mi gran plan consistía en estar esperándote en la puerta de los estudios cuando salieras, pero el tráfico se ha cargado mi idea. Con la mala suerte que tengo, lo normal sería que tuvieras planes para esta noche. ¿Los tienes?

—Me parece que ahora sí —respondió Delaney con una sonrisa.

19

Alvirah y Willy introdujeron «22 Oak Street, Filadelfia» en el sistema de navegación de su coche y pusieron rumbo a Pensilvania.

—Cariño, tienes que recordar que, según la vista aérea, esa casa ha desaparecido —advirtió Willy una vez más cuando el mapa del salpicadero mostró que estaban a tres kilómetros de su destino.

—Eso da igual —respondió Alvirah, desechando con soltura el posible obstáculo—. Siempre hay un modo de conseguir información cuando empiezas a husmear. Y no olvides que, aunque hayan desaparecido los edificios originales, puede que aún queden en la zona algunas de las personas que vivían allí hace veintiséis años.

Willy estuvo a punto de repetir que la dirección ya no correspondía a una vivienda sino a una empresa, pero decidió callarse. Sabía que Alvirah se había entregado en cuerpo y alma a buscar a la madre biológica de Delaney y que se sentiría muy decepcionada si no lograba encontrarla.

Oak Street resultó hallarse en una zona miserable donde las pequeñas viviendas unifamiliares antiguas estaban siendo gradualmente derribadas y sustituidas por naves industriales.

El número 22 de esa calle era ahora un edificio de tres plantas con un cartel que decía FÁBRICA DE BALDOSAS ECONÓMICAS SAM. El escaparate mostraba azulejos de todos los colores y formas, y en el interior del establecimiento había al menos dos dependientes y cuatro clientes.

—Déjamelo a mí —murmuró Alvirah mientras abría la puerta.

Un hombre mayor con poco pelo cuyo distintivo decía «Sam» se dirigió rápidamente hacia ellos.

—Bienvenidos a la Fábrica de Baldosas Económicas Sam —saludó con voz cálida y una sonrisa que parecía del todo sincera—. ¿En qué puedo ayudarles?

—No le haré perder el tiempo fingiendo que he venido a comprar, aunque viendo esas baldosas tan bonitas del escaparate me he dado cuenta de que nuestra cocina está anticuada.

Venga ya, Alvirah, pensó Willy, no necesitamos reformar la cocina. Al menos eso espero.

Sam volvió a sonreír.

—Me lo dicen muchos clientes. Vienen solo por curiosidad, porque han visto nuestro anuncio, pero cuando están aquí deciden reformar la cocina o el cuarto de baño. Puede que usted sea una de esas personas.

—Puede que sí, pero si tiene usted un par de minutos...

Sam exhibió de nuevo su agradable sonrisa.

—Por supuesto.

—¿Cuánto tiempo llevan aquí?

—Dieciséis años.

—¿Es este el edificio que compraron?

—No. Compramos dos casas contiguas que estaban en venta, luego las derribamos y levantamos este edificio.

—¿No recordará por casualidad cómo se llamaban las personas que le vendieron las propiedades?

—Recuerdo cómo se llamaba una: Cora Banks. Hubo un poco de lío con ella.

—¿Qué clase de lío? —preguntó Alvirah, casi incapaz de contener su excitación.

—Nos había dicho que era enfermera diplomada, pero justo después de vendernos la propiedad y antes de que la derribáramos se presentó aquí un policía con una orden de detención. Al parecer, era una comadrona que se dedicaba a vender bebés.

—¿Sabe si llegaron a detenerla?

—No lo creo. Se fue de la ciudad demasiado rápido.

Willy pensó que habían llegado al final del camino.

Después de darle las gracias a Sam por haberles atendido, Alvirah le comentó que le apetecía mucho echar un vistazo al surtido de baldosas del establecimiento.

Subieron las escaleras detrás del vendedor hasta la segunda planta, donde se exhibían grupos de baldosas con fotografías del aspecto que presentaban en una cocina o un cuarto de baño.

Sam resultó ser un hombre muy hablador.

—Los cambios en el barrio no fueron del agrado de todo el mundo. Algunos vecinos llegaron incluso a manifestarse cuando se enteraron de que habían recalificado la zona para poder construir edificios comerciales. La señora de la casa de al lado se molestó muchísimo. Dijo que llevaba aquí treinta años y que no quería vivir junto a una fábrica de baldosas. Estaba tan disgustada que me ofrecí a comprar también su casa, pero dijo que no se iría hasta que la sacaran con los pies por delante.

Willy se dio cuenta de que Alvirah había estado a punto de dejar caer la baldosa de color crema que tenía en la mano.

—¿Esa señora sigue viviendo ahí?

—¡Desde luego! Se llama Jane Mulligan. Ahora es viuda y vive sola. Debe de tener más de ochenta años, pero cada vez que me tropiezo con ella vuelve a decirme que el barrio en el que creció se ha echado a perder.

Alvirah estaba deseando comprobar si la vecina estaba en casa, pero se obligó a quedarse unos minutos más mientras examinaba distintos modelos de baldosa. Luego le dio las gracias a Sam y prometió reflexionar acerca de las muestras que insistió en darle.

—Si esa Jane Mulligan nos da una pista que nos lleve hasta Cora Banks —aseguró con fervor cuando salieron del establecimiento—, volveré aquí y escogeré unas baldosas para reformar la cocina y los cuartos de baño.

Alvirah se detuvo cuando llegaron a la casa adyacente.

—Con los tiempos que corren, si Jane Mulligan está en casa puede que desconfíe de la gente. Es mejor que esperes en el coche.

Willy sabía que su mujer tenía razón, pero no le gustaba nada que entrara sola en la casa, aunque allí solo hubiera una señora de más de ochenta años. Sin embargo, consciente de que no podía ganar esa discusión, volvió a subir de mala gana al Mercedes de segunda mano que acababan de comprar.

Alvirah tuvo que esperar unos momentos después de tocar el timbre hasta que alguien miró por la mirilla.

—¿Quién es usted y qué quiere? —preguntó una voz quejumbrosa.

—Soy Alvirah Meehan —se presentó, levantando su tarjeta de prensa para que Jane Mulligan la viera—. Trabajo como reportera para el *Daily Standard* y me gustaría escribir una serie de artículos sobre los cambios en los barrios y las opiniones de los residentes de toda la vida.

Se oyó el chasquido del pestillo. Instantes después, la anciana abrió parcialmente la puerta y la miró de arriba abajo. Satisfecha, la abrió del todo.

—¡Pase! —exclamó—. Tengo mucho que decir sobre ese tema.

La condujo a una salita impoluta, con un sofá muy mullido, butacas a juego, un piano vertical y una mesa redonda llena de fotografías.

Jane Mulligan la invitó a sentarse, pero antes Alvirah echó un vistazo a las fotos. Nietos, pensó de inmediato.

—¡Qué chicos más guapos! —comentó con sinceridad—. ¿Son sus nietos?

—Los diez —contestó Jane con orgullo—. No hay unos chicos más listos y simpáticos en todo el mundo.

—Se nota —convino mientras tomaba asiento.

—¿Qué quiere que le diga sobre la gente que echa a perder los barrios poniendo edificios comerciales?

Antes de que pudiera contestar, Jane comenzó a explicar que, años atrás, no había una calle más bonita que aquella. La señora habló y habló sin descanso.

—Todos nos conocíamos. No hacía falta cerrar con llave.

Alvirah consiguió hacer una pregunta:

—Tengo entendido que derribaron dos casas para dejar espacio a esa fábrica de baldosas. ¿Conocía usted a las personas que vivían en ellas?

—Desde luego. En la casa que estaba a dos puertas de aquí vivían unos amigos. La vendieron porque querían estar cerca de su hija, que vive en Connecticut.

—¿Y la otra casa?

—La propietaria original se mudó a una residencia. La mujer que le compró la casa era una sinvergüenza.

—¿Y eso?

—Era comadrona.

—¿Cuánto hace de eso?

—Unos treinta años.

Alvirah hizo un cálculo instantáneo. Así que Cora Banks seguía en la casa cuando nació Delaney.

—Ya sabía yo que había gato encerrado —siguió Jane—. De esa casa entraba y salía gente continuamente. Una o dos personas llegaban con una chica embarazada y, de una a diez horas después, salían sosteniéndola y la acompañaban hasta el coche.

»Tuve que verlo unas cuantas veces para saber lo que pasaba. Las personas que salían con el bebé no eran las mismas que entraban con la chica embarazada. Al principio pensé que Cora Banks llevaba una agencia de adopción. La cosa siguió adelante durante catorce años, pero luego, cuando vino ese policía con una orden de detención, me enteré de que vendía los bebés. Casi me muero.

—¿Sabe adónde fue?

—Ni lo sé, ni quiero saberlo.

—¿La visitaba alguna amiga?

—No se relacionaba con nadie.

Alvirah disimuló su decepción mientras intentaba confirmar la información.

—Entonces, ¿no se le ocurre nadie que pudiera ser amiga suya?

—¿Quién iba a querer ser amiga de una mujer que se dedicaba a vender bebés? La vida social de Cora Banks, si es que existía, no tenía lugar en esa casa.

Poco después se despidió de la anciana, salió y subió al coche.

—Vámonos a casa —le pidió a Willy.

Por el tono de decepción de su voz, este comprendió que no había llegado muy lejos en su conversación con Jane Mulligan.

—Entonces, ¿no has averiguado nada que ayude a Delaney a encontrar a su madre biológica? —preguntó tras escuchar un resumen de la charla entre las dos mujeres.

—No, pero ahora sé por qué le incomoda a Jennifer Wright hablar de la adopción con Delaney. No quiere que sepa que la compraron y pagaron por ella.

—Quizá esa fuese la única forma de conseguir un bebé —sugirió Willy—. Tenían casi cincuenta años cuando se la dieron. Puede que eso demuestre lo mucho que la deseaban.

—Supongo —admitió Alvirah—, pero una cosa es que una joven renuncie a su bebé y otra muy distinta que se lo venda al mejor postor. No voy a contárselo a Delaney —añadió tras una pausa—, le diré simplemente que era un callejón sin salida.

—¿Piensas dejarlo correr o seguirás buscando a su madre?

—Seguiré adelante, por supuesto —afirmó con decisión—.

Sé que la mujer que les puso en contacto con Cora Banks está muerta, pero con un poco de suerte no sería muy discreta y hablaría con sus amigos o familiares.

—¿Quiénes son sus amigos o familiares?

—Averiguarlo es cosa mía. Imagino que en su necrológica se nombrará a algún miembro de su familia. Empezaré por ahí.

Cruzaron el puente entre Pensilvania y New Jersey, y ya estaban en la autopista hacia Manhattan cuando Alvirah dijo de buenas a primeras:

—¿Sabes, Willy? Algunas de esas baldosas me han encantado. Las fotos que mostraban cómo quedaban en las cocinas y los cuartos de baño me han abierto los ojos. Me he hecho una promesa a mí misma: si podemos localizar a la madre de Delaney, haré unas reformas. Pero solo si la encontramos.

Willy suspiró.

—Cariño, lo que quieres decir es que yo haré unas reformas mientras tú miras.

Alvirah se volvió y le sonrió.

—Siempre he dicho que eres todo un filósofo.

20

Delaney y Jon bajaron por la calle Cincuenta y siete hasta que, justo antes de llegar a la Primera Avenida, entraron en el restaurante Neary's.

—Cuando era pequeño y vivía en Nueva York, mi abuelo y yo veníamos mucho por aquí —comentó Jon mientras les acompañaban a una mesa. Miró a su alrededor—. El tiempo parece haberse detenido en este sitio. No ha cambiado nada.

—Es la primera vez que vengo —confesó Delaney.

—¡Aquí se han vivido grandes momentos! Era el restaurante favorito del gobernador Carey, quien en una ocasión dijo que, si el Señor transformaba el agua en vino, Jimmy Neary era capaz de invertir el proceso.

Mientras se reía, se dio cuenta de que tenía la sensación de conocerlo de toda la vida. También se percató de lo absolutamente encantada que estaba de que hubiese aparecido de pronto después de un mes sin tener noticias suyas.

Era la ocasión perfecta para conocerse mejor. Ella le contó que era reportera de tribunales y que le gustaba mucho su trabajo, pero ahora, en lugar de ser copresentadora suplente, iba a convertirse en copresentadora titular del informativo de las seis.

—¡Menudo ascenso! —exclamó Jon—. Por cierto, si no recuerdo mal, te gusta el chardonnay.

—Y a ti te gusta el martini con vodka —replicó ella.

Estaba sentada en el banco acolchado, con Jon al otro lado de la mesa, mirándola directamente a los ojos.

—¿Percibo cierta vacilación en tu voz al hablar de ser copresentadora a tiempo completo? —preguntó Jon después de pedir las bebidas.

—No es eso. Se trata de una oportunidad estupenda. Lo que ocurre es que me encanta trabajar como periodista judicial. Me pregunto cuánta gente entiende de verdad lo que siente un acusado mientras los testigos le dan el golpe de gracia.

—Estás cubriendo el juicio contra Betsy Grant.

—Sí.

—He leído lo que dice la prensa y parece un caso muy claro. Sola en la casa con su marido. La cuidadora que se pone enferma de repente y tiene que irse a casa.

—¿Estás insinuando que Betsy Grant pudo darle algo a la cuidadora para que se pusiera enferma? —preguntó, sorprendida ante la rabia repentina que se apoderó de ella.

—No quiero que te enfades conmigo —protestó Jon—. Yo solo sé lo que leo en los periódicos.

Delaney asintió, más calmada.

—Por supuesto. Me lo he tomado demasiado a pecho, pero es que al observar a esa mujer mientras escuchaba al encargado de la funeraria y luego a ese hijastro suyo... lo pasé fatal por ella. Cuando el forense testificó sobre la fuerza del golpe que había matado a su marido, no dejaba de mover la cabeza de un lado a otro como si fuera incapaz de aceptar la realidad.

Jon la miró sin contestar.

—Sé lo que estás pensando —añadió ella, a la defensiva—. Su reacción podría ser exactamente la misma tanto si es culpable como inocente.

Él asintió con la cabeza.

Delaney comprendió que había llegado el momento de cambiar de tema. Siempre soy totalmente objetiva en los juicios, pensó. ¿Por qué me esfuerzo tanto para proteger a una mujer que podría ser culpable de homicidio por la muerte de una víctima indefensa, un enfermo de alzhéimer? No halló respuesta a esa pregunta.

El camarero llegó para servirles las bebidas.

—Cuando te he preguntado qué te traía a Nueva York, has dicho que venías por mí. Eso no es verdad, aunque sea un bonito cumplido. En serio, ¿por qué has venido desde Washington?

Jon esperó a que el camarero se alejara.

Bajó tanto la voz que Delaney tuvo que hacer un esfuerzo para oírle.

—Desde Washington hasta Boston, subiendo por la costa Este, hay una sofisticada red de farmacéuticos que obtienen recetas ilegales de médicos y se las venden a gente de clase alta, como famosos y tipos de Wall Street. Los médicos ganan una fortuna visitando a los pacientes durante un minuto, o sin visitarlos siquiera, y extendiéndoles recetas de potentes analgésicos opioides como Percocet, Oxycodone y otros. Los farmacéuticos tienen la obligación legal de avisar a las autoridades cuando se encuentran con recetas sospechosas, pero algunos se limitan a hacer la vista gorda y ganan dinero despachando esos medicamentos. El proceso crea y abastece a miles de adictos.

—¿Consumidores de drogas recreativas?

—Algunos empezaron así y se engancharon. Otros eran personas que tomaban medicación prescrita para aliviar el dolor de lesiones reales. Cuando sus médicos se negaron a seguir recetándosela, buscaron a otros médicos que estuvieran dispuestos a hacerlo. Estoy investigando una de esas redes para el *Washington Post*. Sé que la policía tiene vigilados a algunos farmacéuticos y médicos de Washington y Boston.

—¿Quieres decir que venden a gente como Steven Harwin? —preguntó Delaney.

—A eso me refiero exactamente. Ese chico debió de tomar

analgésicos potentes durante el tratamiento contra la leucemia y al final se convirtió en un adicto.

—¿Tienes algún nombre en esta zona?

—Algunos. No demasiados, pero sí los suficientes para un buen comienzo. Otra anécdota —comentó Jon mientras les entregaban las cartas—: Cuando Bloomberg era alcalde, telefoneaba para decirle a Jimmy que él y Diana venían de camino y que les preparara el pollo asado.

—Eso es exactamente lo que pensaba tomar.

Pidieron la cena y se concentraron en el martini y el vino. El mes anterior, durante su primera cena, compararon sus aficiones. Delaney le contó que lo que más le gustaba era montar a caballo, hacer senderismo y esquiar.

—Coincido en cuanto a las dos últimas —respondió él—. Nunca he tenido la oportunidad de recibir lecciones de equitación. De pequeño, a lo máximo que llegué fue a montar en metro. Mi padre y mi abuelo trabajaban como detectives en el Departamento de Policía de Nueva York.

Esa noche siguieron profundizando. Jon, que tenía dos años más que ella, le contó que tuvo un hermano gemelo que murió al nacer.

—Sé que mi madre no ha dejado de llorar su muerte. En mis cenas de cumpleaños veo lágrimas en sus ojos.

—Me pregunto si en mi cumpleaños mi madre biológica llorará por mí —murmuró, sorprendida por sus propias palabras, aunque él ya sabía que era adoptada.

—Seguro que sí.

Dos horas más tarde Jon pagó la cuenta y la acompañó hasta su apartamento. Delaney volvió a darse cuenta de lo cómoda que se sentía caminando de su brazo. Mientras estaban en el restaurante, la noche de septiembre se había vuelto mucho más fría.

—Puede que la temporada de esquí no tarde en empezar —comentó Jon en tono satisfecho.

—Eso espero —añadió Delaney con entusiasmo.

Al llegar a su edificio, ella le invitó a subir para tomar la última copa, pero él negó con la cabeza y contestó:

—Otra vez será.

La besó en la mejilla y luego, mientras el portero le sujetaba la puerta, se volvió y regresó junto a ella.

—¿Crees en el amor a primera vista?

Contestó su propia pregunta antes de que ella pudiera hacerlo:

—Yo sí.

Y se marchó.

21

Angela Watts, la cuidadora, era la siguiente testigo. Delaney tuvo la sensación de que estaba igual de nerviosa que Carmen Sanchez. Tras abordar su formación y experiencia como cuidadora interna, el fiscal se interesó por su relación con la familia Grant, pero a diferencia de la asistenta, Angela contestó a las preguntas sin florituras.

—¿Era usted la cuidadora del doctor Grant?

—Sí.

—¿Cuánto tiempo estuvo trabajando para él?

—Tres años, dos meses y cuatro días.

—¿Qué horario tenía cuando se ocupaba del doctor Grant?

—Trabajaba seis días las veinticuatro horas y tenía los domingos libres.

—¿Quién se ocupaba del doctor Grant los domingos?

—La señora Grant.

—¿Estuvo usted en la casa la noche anterior a la muerte del doctor Grant?

—Sí, se celebró una pequeña cena por su cumpleaños.

—¿Quién asistió a la cena?

—El doctor Grant y su esposa, Alan Grant y dos médicos que habían trabajado con el doctor Ted y que acudieron con sus esposas.

—¿Cómo estuvo esa noche el doctor Grant?

—Mientras los invitados tomaban unos cócteles en el salón, de pronto se alteró mucho, se levantó y empezó a murmurar para sí y a señalar a todo el mundo en actitud agresiva.

—¿Qué ocurrió entonces?

—La señora Betsy le abrazó y él se calmó enseguida. Pocos minutos después pasamos al comedor.

—¿Se sentó usted a la mesa?

—Así es. Carmen Sanchez preparó y sirvió la cena.

—¿Cómo estuvo el doctor Grant durante la cena?

—Al principio, bien. Callado, pero bien.

—¿Qué sucedió luego?

—Se levantó de pronto. Tenía el rostro ceñudo, casi torcido. Empujó su silla hacia atrás con tanta fuerza que se volcó. Se abalanzó hacia el otro lado de la mesa y tiró un montón de platos y vasos.

—¿Cuál fue la reacción de la señora Grant?

—Intentó que se echara atrás, pero él se giró y le dio un bofetón. Entonces los otros médicos y su hijo le agarraron y trataron de calmarle. Estaba alteradísimo y lloraba. Mientras le consolaban, sugerí que le lleváramos a su dormitorio y le acostásemos.

—¿Y qué sucedió a continuación?

—El doctor Clifton, Alan y yo le acompañamos a su habitación.

—¿Qué ocurrió entonces?

—Me disponía a ayudarle a ponerse el pijama cuando de pronto empecé a encontrarme mal.

—Describa ese malestar repentino.

—Me entraron náuseas y me mareé. Estaba fatal.

—¿Dice usted que eso ocurrió de repente?

—Apareció de sopetón.

—¿Qué hizo usted entonces?

—Todo el mundo me decía que me marchara a casa y me cuidase, que ellos se encargarían de acostarle. Me preguntaron si podía conducir, les dije que sí y me marché. Cuando llegué a casa, me fui derecha a la cama y me dormí casi al instante. Me desperté a la hora de siempre, las seis de la mañana. Lo que fuera que me había sentado mal, había desaparecido. Me encontraba perfectamente.

—¿Sabe si alguna otra persona, además de la señora Grant, se quedó a pasar la noche en la casa?

—La señora Grant me dijo que los demás invitados se quedaron más o menos una hora y que se marcharon cuando estuvieron seguros de que el doctor se había dormido.

—Lo que significa que la señora Grant pasó la noche sola en la casa con su marido, ¿correcto?

—Sí.

—¿Volvió a casa de los Grant a la mañana siguiente?

—Sí.

—¿A qué hora?

—A las ocho.

—¿Tenía usted llave de la puerta principal?

—Sí.

—¿Y conocía el código de cuatro dígitos para activar y desconectar el sistema de alarma?

—Sí.

—Cuando llegó a la casa esa mañana en que encontró muerto al doctor Grant, ¿la puerta principal estaba cerrada con llave?

—Sí, estaba cerrada con llave.

—¿En qué posición estaba el sistema de alarma?

—Estaba encendido. Utilicé el código para apagarlo.

—¿Qué hizo cuando entró en la casa?

—Colgué mi abrigo y fui directamente a la habitación del doctor. Al principio pensé que aún estaba durmiendo, pero luego, cuando me acerqué a la cama, vi que no respiraba. Le toqué el cuello y la cara. Estaban muy fríos. Supe que estaba muerto.

—¿Qué hizo cuando comprendió que estaba muerto?

—Telefoneé a la policía y luego fui corriendo a la habitación de la señora Grant para decírselo.

—¿La señora Grant estaba aún acostada?

—Estaba en el cuarto de baño. Cuando la llamé, abrió la puerta con el secador de pelo en la mano. Le dije que el doctor Grant había muerto mientras dormía.

—¿Cuál fue su reacción?

—Se me quedó mirando sin decir ni una palabra. Tiró el secador sobre la cama y pasó por mi lado rozándome. La seguí hasta la habitación del doctor Grant.

—¿Qué hizo?

—Le acarició la cara con las manos.

—¿Dijo algo?

—Sí, dijo: «Ay, pobrecito mío, ya no tendrás que sufrir más».

—¿Cuál era su actitud?

—Tranquila, muy tranquila. Dijo: «Angela, ¿dices que has telefoneado a la policía?». Cuando le dije que sí, ella añadió: «Más vale que me vista». Salió del dormitorio del doctor Grant sin volverse a mirarlo ni una sola vez.

Haces que parezca una persona horrible, pensó Betsy, desesperada. Me encontraba en estado de shock. Llevaba varios años sintiendo que un hacha se cernía sobre mi cabeza. Veía deteriorarse a ese hombre maravilloso. Acababa de decidir que tenía que internarle en una residencia para evitar que se hiciera daño o me lo hiciera a mí o a otra persona. Fue un alivio que muriera antes de poder hacerlo. Betsy notó un nudo en la garganta al recordar que en sus momentos de lucidez Ted le suplicaba que no le sacara de su casa.

—¿Y qué sucedió a continuación?

—La señora Grant se vistió muy deprisa. Volvió al dormitorio del doctor Grant justo cuando llegaba el policía.

Elliot Holmes hizo una pausa antes de continuar con el interrogatorio.

—Señora Watts, volvamos a lo que ocurrió justo después de la cena. Ha declarado que usted, Alan Grant y el doctor Scott Clifton acompañaron al doctor Grant a su habitación después del incidente. ¿Había algún objeto o adorno junto a su cama?

—Sí.

—¿Tendría la amabilidad de describirlo?

—Era un mortero que formaba parte de una placa que el hospital de Hackensack le había regalado al doctor Grant.

—Y la mano del mortero era un objeto que podía cogerse y retirarse, ¿verdad?

—Sí.

—Señora Watts, ¿recuerda si la mano del mortero estaba sobre la mesilla de noche cuando ayudó al doctor Grant a meterse en la cama después de la cena?

—Sí. Estaba allí. Estaba dentro del mortero.

—¿Está segura?

—Sí.

—Señora Watts, ahora voy a hacerle unas preguntas sobre otro asunto. ¿Vio alguna vez a un tal Peter Benson?

—No.

—¿Había oído ese nombre?

—Sí.

—¿Sabe si la señora Grant se veía alguna vez con el señor Benson?

—Sí. De vez en cuando salían a cenar, y la señora Grant siempre me daba el número de su teléfono móvil por si necesitaba hablar con ella y el suyo estaba apagado.

—Cuando utiliza la expresión «de vez en cuando», ¿a qué se refiere?

—Yo diría que era un par de veces al mes.

—¿Cuándo fue la última vez que cenó con él?

—La noche anterior a la cena de cumpleaños.

—¿Le habló alguna vez la señora Grant de Peter Benson?

—No, solo me dijo que era un viejo amigo del instituto. Nunca dijo mucho más. Pero siempre parecía estar contenta cuando iba a verle.

—No tengo más preguntas.

La sonrisa de suficiencia del fiscal resultó claramente visible cuando cruzó una mirada con el portavoz del jurado.

La sala guardó silencio mientras el fiscal regresaba a su asiento, mientras Delaney se preguntaba cómo iba a contrarrestar la defensa el testimonio de la cuidadora.

—Señor Maynard, su testigo —anunció el juez.

—Señora Watts, ha indicado usted que vivía en la casa seis días a la semana y que permanecía allí las veinticuatro horas. ¿Es así?

—Sí.

—Cuando la señora Grant salía para verse con Peter Benson, ¿a qué hora acostumbraba a salir de casa?

—Entre las cuatro y media y las cinco.

—¿Y a qué hora regresaba normalmente?

—Entre las diez y media y las once.

—¿Hubo alguna ocasión, que usted recuerde, en la que no volviese a casa o llegase más tarde de esa hora?

—Pues, si he de ser sincera, suelo dormirme antes de las diez. Sin embargo, tengo el sueño muy ligero y me despertaba cuando llegaba y levantaba la puerta del garaje. Pero no puedo jurar que nunca volviese a casa más tarde.

—¿Le dijo alguna vez que no regresaría a casa después de una de esas cenas?

—No, siempre volvía.

—¿Y dormía siempre en el pequeño dormitorio de la planta baja para poder estar cerca de su marido si se levantaba por la noche?

—Sí. Siempre me ayudaba a ocuparme de él si se levantaba por la noche.

—Señora Watts, ha declarado que tenía llave de la puerta principal y que conocía el código del sistema de alarma. ¿Es así?

—Sí.

—Que usted sepa, ¿había alguien más que tuviera llave y conociese el código de la alarma?

—Bueno, la señora Grant tenía llave, por supuesto, y la asistenta, Carmen; las dos conocían la combinación.

—Eso hace un total de tres llaves. ¿Había alguien más que tuviera llave, o existían llaves de reserva?

—Cuando empecé a trabajar, había cuatro llaves. El doctor Grant tenía una, pero la perdió hace años y nunca la encontramos.

—Señora Watts, la mayoría de los sistemas de alarma modernos incluyen un registro electrónico capaz de indicar con exactitud cuándo se activó y desconectó una alarma, e incluso qué llave se utilizó. ¿Podía hacer eso el sistema de la casa de los Grant?

—No, era un sistema muy antiguo. No tenía nada de eso.

—¿Se habló alguna vez de actualizarlo o sustituirlo por uno nuevo?

—Se lo pregunté a la señora Grant, pero ella dijo que para el doctor Grant era mejor dejar las cosas como estaban. Cuando empecé a ocuparme de él, el doctor podía abrir la puerta por sí mismo, y si tenía un buen día incluso introducía el código. Pero en los dos últimos años ya no era capaz de hacerlo.

—¿Alguna vez vio cómo introducía el doctor Grant el código de la alarma?

—Sí.

—Mientras tecleaba los cuatro dígitos en el panel de la alarma, ¿hacía algo más?

—Sí. Decía los números en voz alta.

—¿Los decía lo bastante alto para que usted los oyera?

—Sí.

—Entonces, afirma usted que cuando trabajaba en el domicilio de los Grant había un total de cuatro llaves, y que el código de la alarma fue el mismo durante años, que una de las cuatro llaves desapareció años atrás y que el doctor Grant tenía la costumbre de recitar el código en voz alta y que cualquiera que estuviese con él podía oírlo. ¿Es así?

—Sí.

Maynard guardó silencio durante unos momentos y miró al jurado. Luego se volvió hacia el juez y anunció:

—No tengo más preguntas.

22

El padre de Steven Harwin convocó una rueda de prensa dos días después del fallecimiento de su hijo.

—En sus veintitrés años de vida, Steven luchó contra la leucemia y la venció, se graduó en la Universidad de Bowdoin con las máximas calificaciones y fundó el club «Cinco dólares al mes» para implicar a los jóvenes en la donación de fondos para la investigación sobre la leucemia. Empezó a tomar analgésicos mientras combatía esa enfermedad y se convirtió en drogadicto, una condición contra la que luchó con valentía pero que fue incapaz de superar. Las pastillas halladas en su apartamento eran muy fuertes. Encontraré a la persona o personas que se las vendieron y las presentaré ante la opinión pública como los auténticos canallas que son.

Tras pronunciar estas palabras, el hombre que había dirigido cuatro películas premiadas por la Academia ahogó un sollozo y volvió la espalda a las cámaras.

Delaney vio la comparecencia desde el estudio, junto a Don Brown.

—No me gustaría nada ser el tío que le vendió las pastillas al hijo de Lucas Harwin —comentó la joven.

—Yo sentiría lo mismo si fuese mi hijo Sean —reconoció Don con fervor—. Tiene dieciséis años, la edad en la que muchos chavales se meten en problemas. Me cuesta una fortuna enviarle a una escuela privada, y sé que eso no garantiza en absoluto que permanezca alejado de las drogas, pero el año pasado expulsaron a un chico de su antigua escuela que se dedicaba a traficar en los vestuarios.

Vince Stacey, el realizador del informativo, inició la cuenta atrás hasta uno. Ya en directo, Delaney presentó las últimas noticias sobre el juicio por asesinato contra Betsy Grant:

—El testimonio de Angela Watts, la cuidadora del difunto Edward Grant, no ha sido favorable para Betsy Grant —comenzó—, sobre todo cuando ha declarado que Betsy había cenado con Peter Benson, un antiguo compañero de clase, la noche anterior a la fiesta de cumpleaños.

»Por otra parte —continuó, resumiendo el resto del testimonio—, la cuidadora encontró la alarma activada cuando llegó a la casa esa mañana, una gran baza para la fiscalía. Desde luego, su declaración dificulta la teoría de la defensa de que un intruso se coló en la casa.

—¿Cómo estaba Betsy Grant al escuchar ese testimonio? —preguntó Don.

—Parecía muy tranquila, pero cada persona reacciona de una manera diferente.

—Un gran reportaje, Delaney. Gracias. —Don se volvió hacia la cámara número uno—. La policía de Nueva York busca a...

¿Cada persona reacciona de manera diferente?, se preguntó durante la pausa publicitaria. Aunque lo cierto era que, en sus veintiséis años de vida, nunca había sufrido la muerte de ningún amigo o miembro cercano de su familia. Cuando su madre adoptiva celebró su setenta y cinco cumpleaños, se tranquilizó a sí misma pensando que esa edad era los nuevos sesenta, y que sus padres podían vivir fácilmente otros quince o veinte años más.

Se lo comentó a Don cuando terminó el programa.

—Tú también has tenido momentos tristes a lo largo de tu vida —contestó él sin darle importancia—. ¿Recuerdas cuánto te emocionaste con el reportaje que emitimos sobre el encuentro entre madre e hijo? Lo que sentiste fue dolor por tu propia situación, ni más ni menos.

—Creo que tienes razón —convino Delaney—. Tienes toda la razón.

Un pensamiento cruzó su mente. Se trataba de una noticia que la cadena había dado seis meses atrás. Una niña de dos años había salido de su casa en plena noche. La angustiada madre había aparecido ante las cámaras a la mañana siguiente, muy temprano, suplicando ayuda para encontrarla. La niña fue hallada ilesa a un kilómetro y medio, durmiendo en el banco de un parque. Delaney recordaba vívidamente la alegría de la madre con su hija en brazos mientras daba las gracias entusiasmada a la mujer que la había encontrado.

Se animó con la esperanza de que Alvirah se las arreglara de algún modo para hacer realidad ese encuentro que necesitaba desde hacía tanto tiempo.

23

Alvirah se encontraba entre el público que asistía al juicio contra Betsy Grant cuando testificó la cuidadora del doctor Grant, aunque no tuvo ocasión de hablar con Delaney, que regresó a toda prisa a los estudios.

Era una tarde cálida. En la terraza de su apartamento, Willy y ella disfrutaban de sus copas a pequeños sorbos. Alvirah miró con aire reflexivo hacia el parque situado al otro lado de la calle.

—¿Cómo te sentirías si te dijeran que tus padres te compraron? —le preguntó a su marido.

—Creo que me halagaría saber que alguien quiso pagar dinero por mí.

—Pero ¿cómo te sentirías si tu madre biológica, o sus padres, dado que era muy joven, hubieran decidido venderte meses antes de que nacieras?

—No tendría muy buena opinión de ellos —reconoció Willy con firmeza.

—Yo tampoco. Eso es lo que me preocupa. Imagina que acabo localizando a la madre biológica de Delaney. ¿Se alegrará de saber que, siendo un bebé, la vendieron como si fuese una prenda de vestir o un electrodoméstico?

—Es difícil saberlo. Sin embargo, si la propia madre era una cría, sus padres pudieron pensar que era demasiado joven para ocuparse de un bebé.

—Entonces, ¿por qué no acudieron a una agencia de adopción legal que seleccionara cuidadosamente a los padres adoptivos?

—Cariño, estoy de acuerdo contigo. Aunque, por otro lado, ¿no eran los Wright muy mayores cuando la adoptaron? Delaney tiene ahora veintiséis años, y su madre acaba de cumplir los setenta y cinco. Eso significa que tenía cuarenta y nueve. Sé que su padre tiene uno o dos años más. Últimamente las normas no son tan estrictas, pero seguro que hace veintiséis años una agencia de adopción normal habría rechazado su solicitud.

Willy dio un sorbo a su whisky escocés con hielo. Nunca tomaba dos, por lo que saboreaba cada gota, al contrario que Alvirah, quien en ocasiones disfrutaba de una segunda copa de vino.

Estaba refrescando muy deprisa.

—En vez de tomarnos otra copa aquí, ¿por qué no entramos? —sugirió ella.

Como siempre, su marido estuvo de acuerdo. Entró y se sentó en su cómoda butaca de cuero mientras Alvirah ocupaba su lugar habitual en el sofá, todavía absorta en sus pensamientos.

Transcurrieron unos minutos. Willy estaba pendiente del reloj para no perderse las noticias de las seis y poder ver el reportaje de Delaney sobre el juicio.

Justo cuando alargaba el brazo hacia el mando a distancia para encender el televisor, su mujer comenzó a hablar de nuevo con voz pausada.

—Pude ver muy bien a Betsy Grant. Es una mujer de aspecto encantador, pero te juro que tenía algo que...

—¿Qué pasa con Betsy Grant?

—No lo sé —respondió Alvirah despacio—, pero ya me acordaré. Siempre me acuerdo.

24

El doctor Kent Adams fue el siguiente testigo. El médico, de sesenta y dos años, delgado y con cada mechón de su escaso pelo blanco en su sitio, llevaba gafas sin montura sobre unos cálidos ojos color avellana y un traje mil rayas de color gris. Era la viva imagen del aplomo y la seguridad en sí mismo.

El fiscal inició su interrogatorio en cuanto Adams prestó juramento. Su actitud resultaba mucho menos agresiva que al interrogar a Carmen y Angela.

Declaró que era cirujano y que durante muchos años había sido copropietario de una clínica traumatológica junto con los doctores Edward Grant y Scott Clifton.

—Doctor Adams, tengo entendido que hubo un momento en que observó ciertos cambios en el doctor Grant.

—Sí, por desgracia. Todos los observamos.

—¿Cuáles fueron esos cambios?

—Ted había sido un destacado cirujano que mantenía una relación maravillosa con los enfermos. Era muy atento con todos sus pacientes y se mostraba cordial y servicial con nuestro personal administrativo. Sin embargo, hubo cambios. Empezó a manifestar olvidos frecuentes y luego se volvió cada vez más irritable e impaciente con todos nosotros. A medida que pasaban los meses, esos cambios se fueron agravando.

—¿Qué hicieron?

—El doctor Scott Clifton y yo hablamos con Betsy Grant y le expresamos nuestra inquietud.

—¿Cuál fue su reacción?

—Se disgustó mucho, pero no con nosotros. Estuvo completamente de acuerdo en que algo grave le ocurría a Ted, y decidimos hablar con él todos juntos.

—¿Lo hicieron?

—Sí. Fue muy desagradable.

—¿En qué sentido?

—Creo que Ted se enfadó con nosotros por sacar ese tema, aunque al mismo tiempo reconoció que le estábamos diciendo la verdad y que estábamos muy preocupados por él.

—¿También estaban preocupados por el bienestar de sus pacientes?

—Desde luego. El doctor Clifton y yo sabíamos que había que abordar esa cuestión.

—¿Qué ocurrió después?

—Ted se sometió a regañadientes a una serie de pruebas y, por desgracia, se le diagnosticó la enfermedad de Alzheimer de inicio precoz.

—¿Cuál fue su participación en la clínica a partir de ese momento?

—Continuó acudiendo a la consulta con bastante frecuencia, pero dejó de practicar intervenciones y de actuar como médico principal de ningún paciente. A medida que transcurrieron los meses, el tiempo que pasaba allí disminuyó considerablemente.

—¿Afectó eso al funcionamiento de la clínica?

—Sí. Cuando Ted dejó de participar activamente llegó el momento de evaluar la situación. El doctor Clifton y yo teníamos puntos de vista diferentes acerca de la gestión de la clínica, así que después de hablarlo mucho, decidí marcharme y abrir mi propia consulta. Algunos de los pacientes del doctor Grant vinieron conmigo y otros se quedaron con el doctor Clifton.

—¿Cuánto tiempo hace que dejó la clínica?

—Unos siete años.

—¿Qué ocurrió?

—Abrí una consulta a un kilómetro y medio más o menos, también en Fort Lee. El doctor Clifton se quedó en el mismo lugar.

—¿Continuó viendo al doctor Grant y a su esposa?

—Sí, iba a visitarles a su casa.

—¿Sabe si el doctor Grant continuó pasándose por la clínica a ver al doctor Clifton?

—Betsy Grant me dijo que le llevaba a la consulta del doctor Clifton más o menos cada seis semanas. Él disfrutaba charlando con el personal y estando en su antiguo ambiente.

—Doctor Adams, ahora le pido que dirija su atención al 21 de marzo del año pasado, la noche antes de que encontraran muerto al doctor Grant. ¿Dónde estuvo usted?

—Betsy había decidido celebrar esa noche el cumpleaños de Ted con una fiesta, y nos invitó a mi esposa y a mí.

Las siguientes preguntas del fiscal obtuvieron la misma información que habían ofrecido testigos anteriores, incluyendo las dos ocasiones en las que tanto se había alterado el fallecido. Recordaba que, cuando Ted Grant señaló a todo el mundo con gesto enojado mientras tomaban los cócteles, gritó una palabra que a él le sonó como «encontrar».

Cuando el fiscal le preguntó por el bofetón que el doctor Grant le propinó a su esposa aquella noche, el médico respondió que Betsy sollozaba cuando dijo «Ya no puedo soportarlo». Kent Adams añadió que, cuando Ted se abalanzó hacia el otro lado de la mesa, tuvo la sensación de que intentaba atacar a Lisa Clifton.

—Doctor Adams, solo quiero hacerle un par de preguntas más acerca de aquella noche. ¿En qué parte de la mesa estaba sentada Angela Watts?

—Era una mesa redonda. Angela Watts se sentaba a la derecha de Ted. Su hijo estaba sentado a su izquierda.

—¿Dónde estaba sentada Betsy Grant?

—Entre Angela, a su izquierda, y yo mismo, a su derecha.

—Gracias, doctor, no tengo más preguntas.

Delaney vio claramente adónde quería ir a parar el fiscal. Betsy pudo haber echado algo en la bebida de Angela Watts para que se encontrara mal. Sin embargo, si pensaba matar a su marido, ¿por qué iba a invitar a cenar a nadie esa noche? Aunque puede que el fiscal tenga razón, concluyó. Puede que el bofetón acabara sacándola de sus casillas.

Robert Maynard se puso en pie.

—Señoría, tengo algunas preguntas. Doctor Adams, ¿diría que Betsy Grant hacía todo lo que estaba en su mano para que Ted se sintiera feliz?

—Sí.

—A medida que su salud se deterioraba, ¿puede describir cómo se ocupaba de él?

—Siempre estaba pendiente de él. Vivía dedicada a cuidarle. Estaba destrozada por la enfermedad de su esposo, sobre todo porque durante mucho tiempo él fue consciente de lo que le ocurría. Había sido un marido maravilloso y un destacado médico, pero con el paso del tiempo se convirtió en alguien completamente dependiente de Betsy y de su cuidadora.

—Ha declarado usted que, cuando estuvo en la cena aquella noche, él la atacó y ella pronunció la frase «Ya no puedo soportarlo». ¿Alguna vez la oyó amenazar con hacerle daño a su marido de algún modo?

—Desde luego que no.

—¿Qué pensó acerca de su comentario aquella noche?

—Me compadecí de ella. Parecía agotada. Acababa de recibir un golpe muy fuerte. Creo que dijo lo que habría dicho cualquiera en esas circunstancias.

El fiscal Holmes hizo una mueca y Robert Maynard anunció que no tenía más preguntas.

El doctor Scott Clifton fue el siguiente testigo. Su testimonio resultó prácticamente idéntico al del doctor Kent Adams, aunque su tono y su actitud al hablar de Betsy dejaron muy claro que se mostraba mucho más reservado y menos comprensivo. Declaró que estaba centrado en calmar a Ted Grant y que no se había fijado en el mortero, por lo que no podía decir si la mano estaba allí o no.

Cuando el doctor Clifton finalizó su declaración, el juez dejó libres a los miembros del jurado hasta el siguiente martes por la mañana.

25

Alvirah continuaba su decidida búsqueda para encontrar a la madre biológica de Delaney.

—Paso dos —le dijo a Willy de camino a Oyster Bay, en la costa septentrional de Long Island—. Quiero echarle un vistazo a la casa en la que creció Delaney —añadió, hablando por encima de la voz del sistema de navegación.

—Ha dicho «Dentro de ciento cincuenta metros, gire a la derecha».

Willy, que no conocía la zona, confió en haber oído bien mientras trataba de concentrarse en las indicaciones.

Hizo el giro y vio que el mapa mostraba una línea recta a lo largo de al menos un kilómetro y medio. La voz mecánica confirmó: «Un kilómetro y medio para giro a la derecha».

—Esta zona es preciosa —comentó Alvirah, admirada—. Acuérdate de que hace años me ofrecieron un trabajo de lunes a viernes en una casa de Oyster Bay, pero era demasiado complicado llegar sin coche y tú lo necesitabas para trabajar.

—Me acuerdo muy bien, cariño. En aquellos tiempos jamás habría creído que algún día nos tocaría la lotería.

—Yo tampoco.

Suspiró al recordar sus tiempos como limpiadora, cuando pasaba la aspiradora, quitaba el polvo y arrastraba pesadas sábanas y toallas escaleras abajo hasta los cuartos de la colada situados en los sótanos.

El último giro les llevó a Shady Nook Lane, una calle sin salida con viviendas situadas en fincas de al menos una hectárea. Los árboles seguían cubiertos de hojas, y las entradas aparecían flanqueadas por azaleas y crisantemos. Había varias elegantes construcciones de ladrillo y estuco de estilo Tudor, y también unas cuantas mansiones enormes con porche delantero.

Willy miraba los buzones para ver los números.

—Es esta —dijo, aminorando la velocidad hasta detenerse delante de una residencia alargada de dos plantas.

—Esa casa me recuerda a la de George Washington —comentó Alvirah en tono de aprobación—. Se nota que está vacía porque no hay cortinas —añadió—, pero Delaney me dijo que la acababan de vender, así que supongo que los nuevos propietarios se mudarán pronto.

—Yo diría que Delaney tuvo suerte de que la adoptasen unas personas como los Wright —observó Willy—. Con ese tipo de tratos privados, le podía haber tocado cualquier clase de padres.

—Estoy de acuerdo, y ahora vamos a hablar con su niñera. Es una suerte que siga viviendo en Long Island.

Media hora después aparcaban delante de una casa estilo rancho en Levittown, una población creada después de la Segunda Guerra Mundial para acoger a los veteranos que regresaban del frente.

Fue la propia Bridget O'Keefe, antigua niñera de Delaney, quien abrió la puerta. A pesar de sus setenta y ocho años, la mujer tenía un aspecto vigoroso, las caderas anchas y el pelo blanco y muy corto. Les recibió con una efusiva calidez y les invitó a pasar a la sala, donde en la mesita baja esperaba una bandeja con tazas y un plato de galletas.

—Siempre es agradable disfrutar de una taza de té —anunció—. Pónganse cómodos, vuelvo enseguida.

Y desapareció en la cocina.

—No me extraña que a Delaney le cayera tan bien —susurró Willy.

Bridget regresó al cabo de unos minutos con una tetera humeante.

—Nunca utilizo esas dichosas bolsitas. Además, si preparas té de verdad siempre puedes leer el futuro en las hojas.

Sirvió el té, les pasó la leche, el azúcar y las galletas y fue directa al grano.

—Están tratando de encontrar a la madre biológica de Delaney.

No era una pregunta, sino una afirmación.

—En efecto. Encontramos a una mujer que vivía al lado de la comadrona, pero no tiene la menor idea de dónde está ahora —confirmó Alvirah, que se abstuvo de mencionar que aquella comadrona vendía los bebés que ayudaba a nacer.

—Empecé a trabajar para los Wright el día que Delaney llegó a casa. Nunca había visto a un recién nacido más hermoso. La mayoría no son demasiado guapos hasta que engordan un poco, pero ella era preciosa, con esos hermosos ojos castaños y esa piel color marfil.

—¿Qué le contaron de su verdadera familia?

—Victoria Carney, la amiga de la señora Wright que había organizado la adopción, le dijo que la madre era muy joven y que era de origen irlandés por parte de ambos padres.

—¿Nunca supo nada más acerca de la verdadera madre?

—No, y tampoco creo que los Wright lo supieran. Desde que a los tres años se enteró de que era adoptada, Delaney empezó a fantasear sobre su madre.

—Sí, nos lo ha contado —comentó Alvirah—. ¿Y la amiga que ayudó a organizar la adopción?

—Victoria Carney era una señora muy amable. Murió cuando Delaney tenía diez años. Sé que para los Wright fue una dura pérdida.

—También nos contó eso. Se puso en contacto con la sobrina de Victoria Carney, pero esta le dijo que su tía nunca le dio ningún detalle acerca de su nacimiento y que había tirado a la basura todos los documentos que recibió a su muerte. Delaney también expresó cierta preocupación por la comadrona que organizó la adopción. ¿Se le ocurre alguna otra persona que pueda tener información sobre la verdadera familia de Delaney?

Alvirah no pudo disimular cierto tono de derrota en su voz.

—He estado dándole vueltas desde que usted me telefoneó —reconoció Bridget.

Dejó su taza de té sobre la mesita y se dirigió al escritorio que ocupaba un rincón de la sala. Sacó una fotografía de uno de los cajones.

—Después de mucho buscar he encontrado estas fotos. No estaba segura de haberlas guardado. Un día vino a casa la señorita Carney con su amiga Edith Howell y me pidió que les hiciera una foto con Delaney. Me dijo que había presumido tanto ante la señorita Howell de lo guapa que era Delaney que Edith quería hacerse una foto con la niña.

»Hice dos fotos de la niña con la cámara de la señorita Carney: en una aparecía ella misma y en otra salía también la señorita Howell. Tuvo la amabilidad de enviarme una copia de las dos y escribió algo en la parte de atrás.

Alvirah alargó el brazo con impaciencia y cogió las fotos. En el reverso de una se leía «Delaney y yo», además de la fecha; en la otra, «Delaney, Edith Howell y yo».

Resultaba evidente que la otra mujer era mucho más joven que Victoria Carney.

—¿Tiene usted idea de dónde vivía Edith Howell? —preguntó Alvirah.

—Solo sé que era vecina de la señorita Carney en Westbury. La busqué en la guía de teléfonos. Si es la misma Edith Howell, sigue viviendo allí.

Era una pista muy débil, pensó Alvirah con resignación

mientras le agradecía cumplidamente su ayuda a Bridget O'Keefe. Sin embargo, si Edith Howell era vecina de Victoria Carney, siempre existía la esperanza de que Victoria le hubiera confiado algún detalle sobre la adopción mientras compartían una taza de té o una copa de vino. Se dirigía a la puerta cuando se detuvo un momento.

—Usted habla a menudo con Delaney, ¿verdad?

—Sí.

—Por favor, no le cuente todavía lo de la vecina de Victoria Carney. Si se entera de su existencia, se hará ilusiones y luego se decepcionará mucho si la pista no nos lleva a ninguna parte.

Bridget se lo prometió y acto seguido se echó a reír.

—Cuando yo era pequeña, al hacer una promesa siempre se decía «Palabrita del Niño Jesús» —dijo.

Alvirah y Willy se dirigieron al coche.

—Cariño, ¿por qué no llamamos a esa señora y le preguntamos si podemos ir a verla? —propuso Willy cuando ya estaban dentro.

—Ya lo he pensado —reconoció Alvirah—, pero he decidido que no era buena idea. Bridget acaba de decirnos que mi llamada le ha refrescado la memoria. Si hablo con Edith Howell, quiero darle tiempo para recordar después de decirle por qué la llamo.

—Eso tiene lógica.

El tráfico en dirección oeste empezaba ya a complicarse. Willy se resignó a conducir un buen trecho hasta casa y encendió la radio. Supo así que se había producido un accidente de tráfico en la autovía de Long Island y se esperaban grandes retenciones.

26

Después de comentar por teléfono que a ambos les gustaba la cocina del norte de Italia, Jon y Delaney acordaron verse en Primola's. Solo era su tercera cita, pero ya era consciente de lo cómoda que se sentía con él.

Le preguntó por su reportaje sobre los traficantes de drogas.

—Fui a visitar a Lucas Harwin, el padre de Steven —respondió Jon—. Le conté que estoy llevando a cabo una investigación para el *Washington Post* sobre una red de traficantes que al parecer vende pastillas a gente de clase alta de Washington, Nueva York y New Jersey, y él me aseguró que no lo comentaría con nadie.

—¿Cómo estaba el padre cuando hablaste con él?

—Era la viva imagen del dolor. Su mujer estaba presente. De los dos, es la que parece llevarlo mejor, aunque está fatal. Steven era hijo único.

»Ella me contó que le hacía mucha ilusión tener nietos algún día y que ahora nunca llegaría ese momento. Dijo que la sobredosis no solo había matado a Steven, sino también a la siguiente generación y a las que hubieran podido venir después.

—¿Tenía Lucas Harwin alguna idea sobre dónde había conseguido las pastillas su hijo?

—Como dijo en la rueda de prensa, no eran de las que

pueden comprarse en cualquier esquina. El chico debería tener una receta, pero las pastillas que encontraron en su apartamento venían en frascos sin etiqueta. Ese detalle sugiere que el farmacéutico al que acudió tuvo la prudencia de eliminar del frasco el nombre de su farmacia. Sin duda, la policía estará comprobando el teléfono móvil de Steven para saber si habló con médicos o farmacéuticos. La entrevista con Harwin será mi primera columna en el *Washington Post*. Saldrá mañana y se centrará en la vida del joven y en el impacto que ha tenido su pérdida en su familia, aunque, claro está, no revelará nuestra investigación.

—¿Y ahora qué?

Jon bajó la voz.

—Empezaré a ir a un par de clubes de esos a los que van algunos famosos de poca monta.

—¿Famosos que consumen drogas?

—Exacto. Entre los consumidores de alto nivel se corre la voz. Algunos son nombres conocidos, pero no de esos que van por ahí rodeados de guardaespaldas. Trataré de hacer amistad con uno o dos miembros de ese grupo, a ver qué pasa.

Mientras el camarero retiraba los platos, Jon cambió de tema.

—He seguido por televisión tu cobertura del juicio contra Betsy Grant siempre que me ha sido posible. Te has mostrado objetiva, por supuesto, pero ¿qué opinas de ella ahora?

Delaney hizo una pausa y luego le miró directamente.

—Es como ver cómo clavan la tapa de un ataúd con ella dentro. Todas y cada una de las palabras de los testigos resultan devastadoras. Su arrebato después de que Ted Grant le diera el bofetón. La cuidadora que se puso enferma de repente. El sistema de seguridad activado. El profesor Peter Benson, su novio. Cenó con él la noche anterior a la fiesta de cumpleaños de su marido.

—¿Hay alguna posibilidad de que lo hiciera él?

—Ninguna. Puede demostrar que estaba en Chicago en el

momento del asesinato, reunido con varios profesores a los que iba a contratar en nombre de la universidad.

—Por lo que me dices, da la impresión de que las cosas no pintan bien para Betsy Grant.

—Así es. Pero si la vieras... Es tan guapa... Tiene cuarenta y tres años pero no los aparenta. Está muy delgada, y sentada junto a ese abogado famoso que la defiende parece tan... No sé cómo explicarlo... Ya sé, tan vulnerable... Se me parte el corazón.

—Leí que había trabajado como profesora de historia en un instituto de New Jersey.

—El Pascack Valley. Telefoneé a Jeanne Cohen, la directora del centro. Me dijo en términos muy claros que Betsy Grant era una profesora fantástica, que los alumnos la querían y que tanto los profesores como los padres la apreciaban mucho. Me contó que había pedido una excedencia voluntaria para cuidar de su marido unos dos años antes de que muriese. Me aseguró muy convencida que antes de que Betsy Grant matara a nadie, y menos al marido al que tanto amaba, el cielo caería sobre nuestras cabezas.

—Muy vehemente —observó Jon.

—Pero no creo que Robert Maynard la esté defendiendo precisamente con pasión. Por ejemplo, si hubiera matado al doctor Grant, y digo «si», ¿por qué iba a ser de un golpe en la parte posterior de la cabeza? Según todos los testigos, le administraron sedación adicional después del número que montó en la cena. ¿Se supone que ella fue a su cuarto, consiguió sentarle, le golpeó con la mano del mortero en la parte posterior de la cabeza y luego se volvió a la cama? No tiene sentido.

—Me da la impresión de que deberías ser tú la abogada de Betsy Grant.

—Ya me gustaría, aunque hay un pequeño problema: no soy licenciada en derecho. Pero creo que podría hacerlo mejor.

Ambos sonrieron, y luego Jon añadió:

—¿Recuerdas lo que dije la semana pasada sobre el amor a primera vista?

—Estoy segura de que fue una exageración, pero es una buena frase.

—Lo cierto es que no, aunque seguramente lo dije demasiado pronto. Ojalá hubiera esperado un par de meses.

Delaney se echó a reír.

—La cosa mejora por momentos.

Durante un instante pasaron por su mente las imágenes de los hombres con los que había salido desde la universidad. Dos de ellos habían sido vagamente interesantes, aunque no lo suficiente como para iniciar una relación estable.

—No es una frase —replicó Jon—, pero dejémoslo así.

Intercambiaron una mirada prolongada. Después, Jon alargó el brazo y, durante un breve instante, tocó la mano que Delaney le había tendido de manera inconsciente.

27

Alan Grant y su colega Mike Carroll acudían a menudo a los clubes nocturnos del SoHo. Habían crecido juntos en Ridgewood y tenían mucho en común. Mike también estaba divorciado y eso le había liberado de ataduras, como le gustaba decir.

Al igual que Alan, Mike vivía en la zona oeste de Manhattan, cerca del Lincoln Center. Sin embargo, a diferencia de Grant, él era socio de una empresa de ingeniería y podía vivir con holgura incluso después de pagar la pensión de su exesposa y sus dos hijos.

Mike tenía treinta y siete años, el rostro rubicundo y un ligero sobrepeso. Gracias a su sentido del humor y a una sonrisa irresistible, le resultaba fácil ligar en los bares.

—Tú tienes clase; yo tengo gancho. ¡Somos la leche! —le dijo a Alan en una ocasión.

Sin embargo, pese a ser amigos, Mike se había disgustado al leer en el *Post* que Alan había recibido un pago de ciento cincuenta mil dólares hacía tres meses. Cuando se encontraron, sacó al instante de su cartera una hoja de papel doblada.

—Hora de pagar, colega —le soltó en tono alegre pero firme.

Alan abrió los ojos como platos al ver que, sumando los préstamos y los intereses, el importe total era de sesenta mil dólares.

—No sabía que te debiera tanto —reconoció.

—Pues así es. No olvides que llevas años con el agua al cuello. Te ayudé a salir de apuros, y prometiste devolverme el dinero en cuanto recibieras algo de tu padre.

Poco quedaba de la sensación de euforia que experimentó Alan después de recibir el talón a cuenta de la herencia. ¿Por qué tuvo que salir el tema en el juicio? Nada más leer el artículo del *Post* sobre la suma que había recibido, la madre de Justin le había llamado para exigirle la manutención del niño. Su exesposa telefoneó el mismo día. Por supuesto, también lo había visto.

Abonó a Carly los atrasos de cincuenta mil dólares en cuanto cobró el cheque, pero en los tres meses transcurridos desde entonces no le había dado nada más. Acababa de pagarle a la madre de Justin los ocho mil dólares que le debía. Además, se había demorado en el pago del préstamo bancario y en el del mantenimiento del piso, y tenía un montón de facturas pendientes. Después de hacer frente a sus gastos personales del último trimestre y saldar su deuda con Mike, le quedaría la ridícula suma de diez mil dólares para vivir. Y no sabía si tras el juicio pasarían semanas o meses hasta que pudiera recibir el resto de su dinero.

Tengo que encontrar más trabajos, pensó mientras le firmaba a Mike un talón de sesenta mil dólares y se lo entregaba. No es que fuesen muchas las revistas dispuestas a contratar sus servicios. Tenía fama de ser muy buen fotógrafo, pero poco de fiar.

—Parece que van a condenar a tu madrastra —comentó Mike mientras le hacía un gesto al camarero para que le sirviera otra copa—. Leí en el periódico que tenía un amigo. Eso no la ayudará nada, desde luego. ¿Sabías algo de él?

—No —respondió Alan con vehemencia—. Siempre estaba haciendo el numerito de la esposa dulce y cariñosa, y ahora resulta que tenía un lío con ese tipo. Me quedé de piedra cuando me enteré.

Sin embargo, la pregunta le animó mucho. Mike era muy listo y sin duda acertaba al interpretar el asunto del amigo. ¡Genial! Cuando declaren culpable a Betsy lo recibiré todo, pensó, hasta el último centavo.

El camarero puso la bebida de Mike delante de él. Alan, optimista de pronto, restó importancia a la rápida disminución de sus reservas de efectivo.

—No se olvide de mí —le dijo al camarero, señalando su vaso vacío.

Tres horas más tarde entraba tambaleándose en su apartamento. La luz del teléfono parpadeaba.

«Llámame mañana a primera hora», decía el breve mensaje.

¿De qué va esto?, se preguntó, nervioso.

Esa noche durmió mal. A las ocho en punto del día siguiente hizo la llamada.

Cuando finalizó la conversación, se cubrió el rostro con las manos y empezó a sollozar.

28

A aquellas alturas del juicio, Delaney veía una tensión creciente en el rostro de Betsy Grant. La acusada, lívida, entraba en la sala como si tuviera que luchar consigo misma para no salir huyendo. Acudía a todas las sesiones vestida con la misma clase de ropa discreta, chaqueta y falda de color azul marino o gris oscuro, luciendo la misma gargantilla de perlas con pendientes a juego y su ancha alianza de oro.

Tenía la sensación de que había perdido peso en esas pocas semanas, pasando de tener un aspecto esbelto a adquirir un evidente aire de fragilidad. Aun así, permanecía erguida en su asiento con expresión serena, salvo cuando se mencionaba en algún testimonio el golpe que mató a su marido. En esos momentos Delaney la veía cerrar los ojos, como si tratara de eliminar la imagen mental que estaba viendo.

La sala se llenaba a diario. Ya era capaz de identificar a algunos de los partidarios de Betsy, padres del instituto en el que había trabajado y amigos de su comunidad. Entrevistó a alguno de ellos durante el descanso para comer, y todos declararon indignados que era inconcebible pensar siquiera que Betsy Grant fuese una asesina.

Sabía que en las noticias de las seis tenía que informar sobre lo que había sucedido y no expresar una opinión que arraigaba cada vez más en su interior, la sensación creciente de que, pese a lo que sugerían las pruebas, Betsy Grant era inocente.

—He visto que Betsy no cuenta con ningún apoyo familiar —le comentó a Don Brown cuando dejaron de estar en antena—. He averiguado que es hija única, que su madre murió hace unos veinte años y que su padre se volvió a casar y vive en Florida. ¿No sería normal que viniera hasta aquí para estar con su hija en estos momentos?

—Yo lo haría, eso seguro. —Don respondió sin vacilar y, después, hizo una pausa—. A no ser, claro, que el padre sea demasiado mayor para hacer el viaje o esté enfermo.

Delaney le pasó su portátil para que viera la pantalla.

—Ayer se publicó esto en Facebook. Es el padre de Betsy, Martin Ryan, con sus nietos en un partido de fútbol americano disputado en su instituto de Naples.

La foto mostraba a un hombre de unos setenta años, de aspecto vigoroso, que exhibía una amplia sonrisa mientras pasaba el brazo por los hombros de dos chicos que aparentaban tener unos quince y dieciséis años. El pie de foto decía: «No puedo estar más orgulloso de mis nietos. Los dos en el equipo vencedor. ¡Qué afortunado soy!».

Don Brown leyó la publicación y luego, incrédulo, se volvió hacia Betsy.

—¿Están juzgando a su hija por matar a su marido y este imbécil presume de sus nietos?

—Los nietos de su mujer —le corrigió Delaney—. Y su única hija, de su propia sangre, no tiene a un solo pariente que la apoye.

Esperó mientras Don releía el post de Facebook con una incredulidad creciente.

—Tengo la corazonada de que el evidente distanciamiento entre Betsy Grant y su padre puede ser relevante. Voy a investigar un poco en mi tiempo libre.

29

Jonathan Cruise, vestido con ropa informal aunque cara, recorría los clubes nocturnos de moda del SoHo. Su aspecto atractivo, el Rolex bien visible en su muñeca y las generosas propinas que daba a los relaciones públicas (o a los matones) de la puerta le aseguraban la bienvenida incluso en aquellos locales sin mesas disponibles, en los que le invitaban a sentarse en la barra.

Al cabo de una semana empezó a entender las pautas de comportamiento de los famosos, algunos de ellos verdaderas celebridades, y también de los clientes habituales, muchos con aspecto de drogadictos. Tras informarse con discreción, le preguntaron por sus preferencias y le pidieron que se reuniera con alguien en el servicio de caballeros para cerrar el trato.

Hizo dos transacciones con fondos del *Washington Post*. Un análisis de las pastillas realizado por un laboratorio privado reveló que la mercancía que había adquirido estaba diluida y no presentaba la alta calidad que estaba buscando.

Diez días después de su entrevista con Lucas Harwin y su esposa, Jon recibió por sorpresa una llamada telefónica de la leyenda del cine, quien le pidió que acudiera a sus oficinas lo antes posible.

—Estoy rodando un documental —explicó Harwin—. Vamos muy justos de tiempo, lo cual, dadas las circunstancias, no deja de ser una suerte para mí. Este fin de semana tengo que filmar unas escenas en Massachusetts y no quiero irme sin mostrarle algo que podría llevarle hasta la persona que le vendió esas pastillas a Steven.

Jon supo a qué se refería. La mejor forma de sobrellevar la pena era mantenerse ocupado.

Le sorprendió descubrir que su despacho era relativamente pequeño y estaba amueblado con sencillez, pero entonces recordó que la sede principal de Harwin Enterprises estaba en Hollywood.

—Pase. El señor Harwin le está esperando —le saludó la recepcionista.

Lucas Harwin vestía de manera informal, con camisa sin corbata y jersey de manga larga. Su mesa de trabajo, cubierta de guiones con las páginas salpicadas de posits, mostraba todas las señales que le identificaban como un director de cine muy ocupado.

Jon vio en la pared fotografías brillantes de caras conocidas y se preguntó si aparecerían en el documental.

El rostro de Harwin aparecía surcado por profundas arrugas y sus ojos tenían una expresión de tristeza, pero el director le recibió con un enérgico apretón de manos. Después le entregó una pila de papeles que cogió de una esquina de su mesa.

—He estado revisando las cosas de Steven —dijo—. Esperaba encontrar algo, cualquier cosa que pudiera conducirme a la persona que le vendió las pastillas.

—¿Y lo ha logrado? —se apresuró a preguntar Jon.

—No estoy seguro. Puede que esto no signifique nada, pero son los extractos de la tarjeta de telepeaje de mi hijo correspondientes a los tres últimos meses. He incluido una factura de hace año y medio, cuando estuvo a punto de morir por una sobredosis. Léalos y dígame si ve algo que le llame la atención.

Jon leyó atentamente, línea por línea, la factura del último mes de la vida de Steven Harwin y a continuación la del período que precedió a su primera sobredosis.

Se sobresaltó al darse cuenta de lo que Lucas pretendía mostrarle. En las tres semanas anteriores a su muerte, la tarjeta de telepeaje de Steven mostraba dos viajes a New Jersey. En la factura previa a su recaída anterior, había cruzado el puente George Washington tres veces en menos de tres semanas.

Jon alzó la vista.

—¿Los viajes a New Jersey? —preguntó.

—Exacto. Es cierto que Steven tenía amigos allí, pero ¿por qué fue con tanta frecuencia en el breve período que precedió a su recaída?

—¿Cree que su proveedor podía estar en New Jersey?

—Sí.

—¿Le ha dicho algo la policía acerca de los registros de su teléfono móvil?

—Sí. Me dijeron que consiguieron una orden judicial y repasaron sus comunicaciones del último año. No hizo ninguna llamada a médicos o farmacéuticos. Me explicaron que es muy posible que hubiera comprado uno de esos móviles desechables que no llevan ningún nombre asociado y en los que solo pagas los minutos. Afrontémoslo —añadió Lucas, derrotado—, el proveedor vendía las pastillas ilegalmente y Steven las compraba ilegalmente. No quería dejar ningún rastro.

—¿Tiene algo más que apunte a New Jersey?

—Así es. —Lucas Harwin abrió el cajón superior de su mesa—. Acaba de llegar esta factura de Visa, que podría reducir la zona de búsqueda. Steven almorzó en el Garden State Diner de Fort Lee hace solo una semana. Pagaba con tarjeta de crédito todas sus compras, aunque fuese un café en Starbucks —añadió cuando le entregó la nota al periodista—. Solía bromear diciendo que si pagaba en efectivo se quedaba sin puntos para conseguir billetes de avión gratis.

Mientras Jon miraba la factura, Harwin volvió a meter la mano en el cajón y sacó otros dos extractos bancarios, uno correspondiente al mes de la recaída anterior de su hijo y el segundo relativo a las últimas semanas.

—Eche un vistazo y dígame qué piensa.

La mirada de Jon examinó las transacciones y se vio atraída hacia la sección del primer extracto que mostraba dos retiradas de efectivo de seiscientos dólares cada una. Correspondían respectivamente a la víspera del viaje de Steven a Fort Lee y al día concreto en que había ido hasta allí antes de recaer en su adicción. El segundo extracto probaba que había retirado mil trescientos dólares justo antes de su última visita a Fort Lee, tres días antes de morir.

La rabia alteró la voz de Harwin.

—Mi hijo no tenía ningún motivo para ir a Fort Lee, New Jersey, dos veces en el escaso tiempo que transcurrió hasta su muerte, y menos para llevar un montón de dinero en efectivo en el bolsillo, a no ser que fuese allí donde vivía o trabajaba su camello.

—En efecto, parece que el rastro nos lleva hasta Fort Lee —convino Jon—, pero puede que no nos sirva de mucho. Esa población está llena de grandes edificios de viviendas de alto nivel. A la gente le gusta ver el río Hudson desde su casa. También hay muchas casas unifamiliares y negocios.

—Hay otro aspecto que podría ayudarnos. Steven acudía religiosamente a las reuniones para adictos. Su terapeuta me llamó ayer. Cuando sufrió la recaída anterior, le advirtió que esas pastillas eran peligrosas en cualquier circunstancia, pero que si se las compraba a un traficante de la calle no podía saber de qué estaban hechas.

Lucas apretó los labios, reprimiendo el torrente de palabrotas que estaba a punto de soltar.

—El terapeuta dijo que Steven le aseguró que eso era algo por lo que no tenía que preocuparse, que quien le vendía las pastillas era un médico.

—Me temo que eso no es nada raro. Por desgracia, resulta frecuente que el proveedor sea un médico.

—¿Recuerdan alguna vez esos médicos que hicieron el juramento hipocrático? —preguntó Lucas con sarcasmo.

—El equipo de investigación del *Washington Post* es el mejor de su campo —le aseguró Jon con firmeza—. Voy a contarles sus sospechas, es decir, que el proveedor es un médico de Fort Lee. Revisaremos la lista de los médicos de esa población que sean sospechosos de vender esas pastillas y nos centraremos especialmente en los que puedan hallarse en las proximidades del Garden State Diner. Siempre existe la posibilidad de que encontremos alguna relación.

Cuando se levantó para marcharse, Lucas le tendió la mano.

—Tal como le dije la semana pasada, no quiero que nadie más sea víctima del despreciable canalla que mató a mi hijo.

30

Lo primero que hizo Alvirah en cuanto llegaron a casa después de ver a Bridget O'Keefe fue telefonear a Edith Howell, la vecina de Victoria Carney.

—¡Victoria se sentía muy culpable por esa adopción! —le aseguró Edith—. Decía que, siendo aún muy pequeña, Delaney ya preguntaba por su madre biológica. Se reprochaba haber organizado la adopción privada. Si los Wright hubieran podido adoptar a Delaney a través de una agencia acreditada, habría sido posible localizar a su madre biológica. Sé que Victoria volvió a esa casa de Filadelfia poco antes de morir para intentar conseguir información.

—¿Cuánto tiempo hace de eso? —se apresuró a preguntar Alvirah.

—Fue justo después de que derribaran la casa donde nació Delaney para construir la fábrica de baldosas. Victoria se quedó muy decepcionada. Me contó que llamó al timbre de las vecinas que vivían a uno y otro lado del nuevo edificio para preguntar por aquella comadrona y que llegó a hablar con una de ellas. Le dijo que Delaney había nacido un 16 de marzo de unos veintiséis años atrás. La vecina recordaba algo de esa fecha, pero no era suficiente para seguir adelante. Victoria no me contó exactamente qué era.

—¿Habló con una vecina? —exclamó Alvirah.

—Sí, llamó a un par de timbres de la calle, pero solo estaba en casa una de las vecinas. No sé cómo se llamaba. No puedo decirle gran cosa.

Alvirah dio las gracias efusivamente a Edith Howell.

—Si esa vecina sigue allí, puede que tengamos una pista —comentó, esperanzada.

Dos días después de hablar con Edith Howell, Alvirah y Willy volvían a introducir la dirección de Oak Street en el sistema de navegación de su coche.

—Ya estamos aquí otra vez —exclamó Alvirah alegremente cuando vieron el cartel que decía BIENVENIDOS A FILADELFIA.

—Sí, aquí estamos —convino Willy—, y esperemos conseguir esta vez un poco más de información.

—Debí llamar al timbre de la vecina del otro lado de la fábrica.

A Willy no se le ocurrió decir que estaba de acuerdo. Aunque los Yankees eran su primer amor, se había visto arrastrado por la emoción ahora que los Mets les disputaban con uñas y dientes a los Philadelphia Phillies el título de la división. Sabía que habría podido pedirle a su mujer que esperara unos días para hacer ese viaje, pero intuía que estaba tremendamente impaciente por seguir aquella pista en concreto.

El tiempo era nublado y a ratos lloviznaba. Cuando entraron en Oak Street y aparcaron frente a la fábrica de baldosas, la calle tenía el mismo aspecto deprimente que ambos recordaban.

—Sería mejor que volvieras a quedarte en el coche —sugirió Alvirah una vez más—. Esa vecina, si es que sigue ahí, puede ponerse nerviosa si nos presentamos los dos en su puerta.

Esta vez él no tuvo ningún inconveniente en quedarse en el coche y encendió la radio de inmediato.

Alvirah bajó del coche y pasó por delante de la fábrica de baldosas para llegar hasta la casa de al lado. Era la clase de residencia que ella solía limpiar cuando trabajaba, una vivienda al estilo de Nueva Inglaterra, con dos plantas y una buhardilla. Le habría venido bien una mano de pintura, pero el césped estaba recién cortado y las plantas situadas bajo la ventana que daba a la calle parecían bien cuidadas.

Bueno, esperemos que quien viva aquí no me dé con la puerta en las narices, pensó al tocar el timbre. Sin embargo, al cabo de un momento le abrió la puerta un hombre de unos setenta años ataviado con un jersey de los Philadelphia Phillies.

—Soy Alvirah Meehan —se presentó— y estoy ayudando a una joven que nació en la casa de al lado y que intenta localizar a su madre biológica. También soy columnista.

A través de la puerta parcialmente abierta vio que se aproximaba una mujer. Era evidente que había oído sus palabras.

—No pasa nada, Joe. Esta mujer entrevistó a Jane Mulligan la semana pasada. Jane me habló de ella.

Era evidente que a Joe le molestaba que le dijeran lo que debía hacer.

—De acuerdo, pase —cedió de mala gana.

Al entrar en la casa, Alvirah oyó el sonido del partido de béisbol procedente del salón. La tele estaba muy alta, lo que le hizo pensar que Joe debía de ser duro de oído.

—Están viendo el partido. No quisiera interrumpirles.

—Soy Diana Gibson —se presentó la mujer, cuyo carácter parecía muy distinto al de su marido—. Venga a la cocina y podremos hablar.

Agradecida, Alvirah siguió a Diana hasta una cocina pequeña pero ordenada.

—Siéntese, siéntese —le rogó la mujer—. No se preocupe por mi marido. Es el mayor fanático del béisbol sobre la faz de la tierra.

—Mi marido también, y ahora que los Mets disputan los playoffs está feliz como una perdiz.

Por un momento se sintió culpable al imaginar a Willy en el coche escuchando el partido en lugar de estar viéndolo en casa sentado en su cómoda butaca y con una lata de cerveza en la mano, pero pronto desechó la idea.

—Sé que a su vecina, la señora Mulligan, le desagrada que construyeran el almacén al lado de su casa —empezó—. ¿Qué le parece a usted?

—A mí no me importa. Nos bajaron los impuestos y eso nos vino muy bien. Además, Sam, el propietario de la fábrica, es un hombre muy agradable. Cuando nieva, le encarga a su quitanieves que despeje también nuestra entrada.

—¿Le dijo la señora Mulligan que le pregunté por Cora Banks, la dueña de la casa que derribaron para construir la fábrica?

—Sí. La marcha de Cora no supuso ninguna pérdida para el barrio. Supongo que Jane le comentaría que era comadrona y que siempre había vehículos aparcados delante de la casa. Llegaban chicas embarazadas en un coche; horas después, otras personas se marchaban en otro coche con un bebé en brazos. Pensé que Cora dirigía un servicio privado de adopción, pero cuando vino la policía con una orden para detenerla comprendí que vendía bebés. ¿No le parece horrible?

—Desde luego —convino Alvirah—. Un servicio de adopción legal investiga a los padres adoptivos y los selecciona cuidadosamente. Creo que Cora, en cambio, vendía los bebés al mejor postor. ¿Recuerda usted a Victoria Carney, una señora que vino hace años buscando información sobre un bebé que fue adoptado aquí?

—Sí. Me acuerdo de ella porque me dijo que el bebé había nacido un 16 de marzo de diez años atrás. El 16 de marzo es nuestro aniversario de boda. Y hace dieciséis años, cuando vino la señora, celebrábamos nuestro treinta aniversario. Por eso lo recuerdo con mucha claridad. Le dije que el día que nació el bebé yo estaba paseando al perro cuando vi llegar a una pareja con una chica embarazada que lloraba. La sujetaban por los brazos y la metieron a empujones en casa de Cora. Era una chica muy guapa y resultaba evidente que estaba de parto. El coche de aquella gente era un viejo Ford negro con matrícula de New Jersey.

Alvirah contuvo el aliento y luego preguntó, esperanzada:

—No recordará usted el número de matrícula del coche, ¿verdad?

—¡Oh, no! Lo siento mucho.

Le costó disimular su decepción. No me extrañaba que Victoria le hubiera dicho a Edith Howell que la información que había obtenido no era útil.

Se levantó para marcharse, le agradeció sinceramente a la señora Gibson su colaboración y salió a la calle en dirección al coche. Justo cuando pasaba por delante de la fábrica de baldosas, el propietario, Sam, abrió la puerta.

—¡Hola, me alegro de verla! —la saludó—. Después de que se marcharan ustedes se me ocurrió una cosa. Guardo una copia de los documentos de compraventa de la casa de Cora Banks y recordé que en ellos constaba el nombre de su abogado. Lo anoté por si alguna vez volvían para comprar algo. Lo tengo aquí dentro.

Se metió detrás del mostrador, sacó de un cajón una hoja de papel doblada y se la tendió.

Alvirah hizo un esfuerzo para no arrancársela de la mano. El nombre escrito en el papel era Leslie Fallowfield.

—¡Leslie Fallowfield! —exclamó—. No puede haber muchos abogados que se llamen así.

—Eso mismo pensé cuando le conocí —convino Sam.

—¿Sabe usted si era de por aquí?

—Me parece que sí. No valía gran cosa. Era bajito, flaco y medio calvo.

—¿Qué edad tenía más o menos?

Por favor, Señor, que no fuese tan viejo como para haber muerto a estas alturas, rezó Alvirah.

—¡Oh, tendría unos cincuenta años! Creo que era amigo

de Cora, porque le dijo algo de quedar en el sitio de siempre para tomar unas copas.

Le entraron ganas de darle un beso, pero se contuvo. En lugar de eso, le estrechó la mano, moviéndola de arriba abajo sin parar.

—Sam, no sé cómo darle las gracias, de verdad.

Alvirah se dirigió al coche.

—¿Ha habido suerte? —preguntó Willy.

—Si lo que acabo de saber nos conduce a algo, voy a alicatar todos los suelos, paredes y techos del apartamento.

31

—Señoría, el Estado llama a declarar a su siguiente testigo, Peter Benson —anunció el fiscal Holmes.

Se abrió la puerta del fondo de la sala y todo el mundo se volvió para verle entrar. Un hombre extraordinariamente atractivo, con el pelo castaño oscuro salpicado de gris y una estatura aproximada de metro ochenta y cinco, caminó hasta el centro de la sala, levantó la mano derecha, juró decir la verdad y tomó asiento en el estrado.

El fiscal se le aproximó mientras el jurado observaba atentamente el inicio del interrogatorio de aquel testigo tan esperado.

A lo largo de su carrera, Elliot Holmes se había enfrentado a muchos testigos como Peter Benson. A veces era necesario llamar a declarar a alguien que tenía una relación muy estrecha con el acusado y mostraba una hostilidad absoluta contra el fiscal. Sin embargo, no tenía otro remedio que hacerlo, porque era la única forma de sacar a la luz cierta información.

Holmes sabía también que debía andarse con cuidado, porque a veces esas personas buscaban una oportunidad para dar una respuesta que perjudicara al caso. Y Peter Benson, doctor en filosofía, era un hombre muy inteligente y culto.

Las preguntas iniciales del fiscal establecieron que Benson era director del departamento de humanidades de la Universidad Franklin de Filadelfia. Su esposa, que trabajaba como profesora adjunta en la misma universidad, había muerto en un accidente de tráfico ocurrido hacía casi cinco años. Llevaban casados cerca de trece años y no tenían hijos.

—Señor, ¿cuánto hace que conoce a la acusada, Betsy Grant?

—Los dos crecimos en Hawthorne, New Jersey, y estudiamos en el instituto de esa localidad. Nos graduamos hace veintiséis años.

—Durante sus años de secundaria, ¿qué contacto tuvo con ella?

—La veía con mucha frecuencia. De hecho, salimos juntos durante los dos últimos cursos.

—Después de que se graduaran, ¿continuó viéndola?

—Solo unas cuantas veces más. Se había saltado un curso en primaria y recuerdo que sus padres opinaban que, con diecisiete años, era demasiado joven para marcharse a la universidad. Decidieron que sería mejor que fuese a Milwaukee a vivir con su tía durante un año y trabajara en su taller de costura antes de empezar los estudios superiores. Así que a mediados del verano se trasladó a Milwaukee.

—¿La vio en los dos años siguientes?

—No. Fui a la Universidad de Boston y la empresa de mi padre se trasladó a Carolina del Norte, por lo que era allí donde yo pasaba las vacaciones. Perdimos el contacto.

—¿Cuándo volvió a verla o a tener algún contacto con ella?

—Nos encontramos por casualidad en una exposición en el Metropolitan Museum of Art de Manhattan, hace unos tres años y medio. Yo pasaba por su lado, nos miramos, reaccionamos y nos reconocimos enseguida.

—Después de eso, ¿recuperaron su amistad?

—Si me pregunta si volvimos a hacernos amigos, la respuesta es sí.

—¿Le dijo que estaba casada?

—Sí, me contó que su marido estaba muy enfermo de alzhéimer y, como es natural, yo le conté que mi mujer había muerto en un accidente de tráfico.

—Usted vive ahora en Filadelfia, ¿verdad?

—Sí.

—Y ella reside en Alpine, ¿no es así?

—Sí.

—¿Y cuánto se tarda en viajar en coche desde Filadelfia hasta Alpine?

—Lo ignoro. Nunca he hecho ese trayecto.

Holmes hizo una pausa y luego continuó.

—¿Con qué frecuencia la ha visto en los últimos tres años y medio?

—Una o dos veces al mes hasta que murió el doctor Grant.

—¿Y dónde se encontraba con ella?

—Solíamos cenar en un restaurante de Manhattan.

—¿Alguna vez cenaron en New Jersey?

—No.

—¿Y eso?

—No había ningún motivo en concreto. Simplemente preferíamos quedar en la ciudad, donde había varios restaurantes de nuestro agrado.

—¿Iba usted directamente a Manhattan desde su domicilio?

—Sí.

La voz de Holmes adquirió un matiz de sarcasmo al preguntar:

—Así pues, ¿ni una sola vez cenaron en New Jersey, cerca de donde vivía ella?

—Como he dicho, cenábamos en Nueva York.

—Y al ir a Nueva York, ¿puede decirse que era mucho menos probable que se encontraran con personas a las que conociese alguno de ustedes?

Peter Benson vaciló.

—Sí, puede decirse eso —afirmó finalmente en voz baja—. Sin embargo, que salíamos a cenar no era ningún secreto. La señora Grant siempre le daba a la cuidadora el número de mi teléfono móvil para más seguridad, por si se producía un cambio repentino en el estado del doctor Grant.

—¿La cuidadora le telefoneó alguna vez a lo largo de esos tres años?

—No.

—Señor Benson, acaba de indicar que dejó de ver a Betsy Grant después de que muriese su marido. ¿Cuándo fue la última vez que vio a la acusada?

—Hasta que he entrado hoy en la sala, fue la noche del 20 de marzo del año pasado.

—Y el doctor Grant fue hallado muerto el 22 de marzo por la mañana, ¿no es así?

—Eso tengo entendido.

—Señor Benson, ¿tenía usted una aventura con Betsy Grant?

—No.

—¿Estaba enamorado de Betsy Grant?

—La respetaba por la lealtad que mostraba a su marido.

—No es eso lo que le he preguntado. Señor Benson, ¿estaba enamorado de Betsy Grant?

Peter Benson miró más allá del fiscal, directamente a Betsy, y contestó la pregunta:

—Sí, estaba y estoy enamorado de Betsy Grant, pero debo añadir que ella mostraba hacia su marido una lealtad a toda prueba.

—Entonces, ¿dice usted que no la ha visto desde que murió su marido?

—Sí, eso es lo que digo.

—¿Por qué no la ha visto desde que murió su marido?

—La señora Grant me telefoneó el 22 de marzo y me contó que su marido había muerto. Al día siguiente llamó otra vez y me dijo que el encargado de la funeraria había descubierto una lesión sospechosa en la cabeza de su marido y que la policía pensaba que podía haberla causado ella.

—¿Cuál fue su reacción?

—Me quedé absolutamente asombrado cuando Betsy dijo que la policía la estaba investigando. Yo sabía que ella no tenía nada que ver con su muerte.

Holmes se detuvo.

—Señoría, solicito que se elimine ese último comentario porque no respondía a mi pregunta.

El juez Roth asintió con la cabeza y se volvió hacia el jurado.

—Señoras y señores, no deben tener en cuenta ese comentario. ¿Entendido?

Todos los miembros del jurado asintieron con la cabeza y volvieron a mirar al fiscal.

Holmes reanudó el interrogatorio.

—¿Qué más le dijo la señora Grant?

—Me dijo que no quería arrastrarme a una situación tan terrible, que no podríamos vernos o hablar siquiera hasta que todo terminara y que no tenía la menor idea de cuándo llegaría ese momento. Un par de semanas después leí que la habían detenido.

—Y, una vez más, ¿dice usted que desde entonces no ha habido comunicación alguna?

—Eso es exactamente lo que he dicho.

—Señor Benson, volveré a preguntárselo: antes de la muerte del doctor Grant, ¿tenía usted una aventura con Betsy Grant?

—En absoluto. Acabo de decírselo, no, en absoluto.

—Pero reconoce que está enamorado de ella, ¿no es así?

Peter miró de nuevo a Betsy.

—Cuando empezamos a quedar para cenar, yo aún estaba muy afectado por la muerte de mi mujer. Con el paso del tiempo, comprendí que estaba desarrollando unos sentimientos muy fuertes hacia Betsy. Creo que la tragedia de la enfermedad de su marido y la de la muerte de mi mujer eran un vínculo que nos unía. Y ahora, en respuesta concreta a su pregunta, repito: sí, estaba y estoy enamorado de Betsy Grant, pero también debo insistir en que ella se mostraba absolutamente leal a su marido.

—¿Le ha pedido que se case con usted desde que su marido fue asesinado?

—Como ya le he dicho, no hemos tenido comunicación alguna.

—¿Hablaron de matrimonio en algún momento de su relación?

—No. —Peter Benson se removió en su asiento con el rostro enrojecido por la ira—. Señor Holmes, Betsy Grant amaba a su marido y le cuidó en su casa cuando él ya no pudo cuidar de sí mismo. Es absolutamente incapaz de hacerle daño a nadie. Cuando quede absuelta de esta acusación horrenda y falsa, entonces sí, le pediré que se case conmigo.

Elliot Holmes se planteó momentáneamente la posibilidad de pedirle al juez que anulara esos comentarios, pero comprendió que el jurado había oído las palabras y que eso no podía deshacerse. Se ocuparía de ello más adelante, en sus conclusiones.

—No tengo más preguntas, señoría.

El juez se volvió hacia la mesa de la defensa.

—Señor Maynard, puede comenzar su interrogatorio.

—No tengo preguntas, señoría —contestó, para sorpresa de todos los presentes.

Mientras Peter Benson bajaba del estrado, lo único que se oyó en la sala fueron los sollozos descontrolados de Betsy Grant.

32

El día que Peter Benson declaró en el juicio, tres vecinos fieles apoyaron a Betsy en la sala. La invitaron a cenar en casa de uno de ellos, pero ella rechazó la oferta con vehemencia.

—Son ustedes muy amables, pero estoy agotada. Me voy derecha a la cama.

Una vez más, los medios de comunicación se apiñaron a su alrededor mientras se dirigía al coche en compañía de sus abogados. Desde que Peter había abandonado el estrado, Betsy y él no habían intercambiado ni una sola mirada. Sin que Peter se lo dijera, ella sabía que tenía mucho miedo de haberla perjudicado con su testimonio.

Pero ella sabía que estaba de su parte cuando le dijo al fiscal que la quería y que le pediría que se casara con él. Y si me hacen esa misma pregunta cuando me llamen a declarar, tendré que contestar del mismo modo, pensó, porque es cierto. Lo ha sido desde que me tropecé con él en el museo.

Sabía que Peter la telefonearía esa noche. Habían pasado dieciocho meses desde la última vez que hablaron y se necesitaban desesperadamente el uno al otro. Tan pronto como supo que era sospechosa de haber asesinado a Ted y contrató los servicios de Robert Maynard, este le advirtió que no tuviera ningún contacto con Peter hasta que finalizara el juicio.

Por algún motivo recordó el breve período que había vivido en Nueva York cuando tenía poco más de veinte años.

Alquiló un apartamento en el West Side, pero luego, cuando comprendió que no estaba hecha para trabajar en una empresa de relaciones públicas, comenzó a estudiar por las noches. Al acabar, la contrataron como profesora en el Pascack Valley y regresó a New Jersey.

Y conoció a Ted.

Durante el resto del camino de regreso cerró los ojos y se obligó a no pensar en lo que ocurriría si la declaraban culpable de asesinato.

Le había dicho a Carmen que no se molestara en prepararle la cena, pero cuando llegó a casa se la encontró allí.

—Señora Betsy, no puedo consentir que no coma nada, y esta mañana me ha dicho que no pensaba ir a cenar a casa de nadie.

—Ya.

Por el aroma a pollo asado, dedujo que Carmen debía de estar preparando empanada, uno de sus platos favoritos. Subió a ponerse unos pantalones y una camisa de manga larga. Como siempre que estaba en el dormitorio, echó un vistazo a su alrededor con la esperanza de averiguar dónde habría escondido Ted la pulsera de diamantes y esmeraldas. Pero, por supuesto, fue en vano. Carmen y ella habían revuelto no solo esa habitación, sino la casa entera buscándola. *Más me valdría reclamar a la compañía de seguros*, pensó.

Cuando volvió a bajar, Carmen tenía una copa de vino a punto para ella. Se lo tomó a pequeños sorbos en el estudio mientras veía el final de las noticias de las cinco, donde solo hicieron una escueta referencia al juicio. Durante la cena vio las noticias de las seis, en las que Delaney Wright informó extensamente acerca de lo ocurrido en aquella jornada.

En la sala, Betsy se había fijado en Wright y notaba que ella también la observaba constantemente a lo largo del día. Por supuesto, era de esperar, porque le pagaban por informar sobre lo que sucedía. Cuando Delaney Wright apareció ante las cámaras, dijo que Peter Benson, el director del departamento de humanidades de la Universidad Franklin, había declarado bajo juramento que estaba enamorado de Betsy Grant e iba a pedirle que se casara con él. Finalizó diciendo que, cuando oyó esa declaración, el fiscal tenía la misma expresión que el gato que se ha tragado al canario.

Luego, el presentador le preguntó su opinión acerca de la evolución del juicio.

—«Desde luego, Don, no creo que hoy haya sido un buen día para Betsy Grant. Me he sorprendido mucho cuando el abogado defensor ha rehusado hacer preguntas. Supongo que no habrá querido seguir llamando la atención sobre el hecho de que la acusada saliese con un hombre que estaba enamorado de ella, pero por otra parte me ha parecido que el jurado esperaba que interrogara a Peter Benson para tratar de suavizar el impacto de lo que el testigo había dicho.»

Betsy pulsó el botón de apagado del mando a distancia. Supuso que Carmen había estado viendo el programa en la cocina, porque cuando retiró la empanada casi intacta no le insistió para que tratara de comer un poco más.

Estaba a punto de acabarse el café cuando sonó el teléfono. Era su padre, que llamaba desde Florida.

—¿Cómo estás, Bets?

Él sabía que no soportaba que la llamaran Bets, pero siempre lo olvidaba o fingía olvidarlo. Antes incluso de decir nada, Betsy finalizó su reflexión: si continuaba llamándola así no era para fastidiarla, sino porque simplemente no se tomaba la molestia de acordarse de no llamarla Bets.

—Hola, papá. ¿Cómo estás?

—Bueno, nada mal para ser un tipo que ya lleva diez años jubilado.

Era su forma de decirle que el domingo anterior había cumplido setenta y cinco años y que su hija había olvidado felicitarle.

—Felicidades, aunque sea con retraso —dijo ella con poco entusiasmo.

—Gracias. He estado leyendo las noticias sobre el juicio. Lo creas o no, sales en todos los periódicos de por aquí. Me alegro de que no te hayan preguntado por tus parientes. ¿O sí?

—Dije que mi madre había muerto y que mi padre era mayor y vivía en Florida. No me preguntaron nada más.

—Si he de ser sincero, me alegro. No he dicho nada y no quisiera que a los nietos les preguntasen en la escuela.

¡Los nietos! A Betsy le entraron ganas de colgar el teléfono de un golpe.

—Papá —añadió, en cambio—, siento mucho cortarte, pero estoy esperando una llamada de mi abogado.

—¡Ay, te dejo en paz! Ánimo, Bets. Todo saldrá bien.

Cuando colgó el teléfono, trató de reprimir el familiar torrente de ira que siempre había sentido hacia su padre. Había vuelto a casarse hacía veinte años, pocos meses después de que muriera su madre, y luego se jubiló, vendió la casa y se trasladó a Florida con su nueva esposa, que quería estar cerca de sus hijos, ya mayores. Betsy estaba segura de que para ellos era como si sus difuntos cónyuges jamás hubieran existido.

Ni yo, pensó Betsy. Ni yo.

Si veo en Facebook una foto más en la que aparezca sonriendo con sus nietos, creo que me volveré loca. Entonces, ¿por qué miras lo que publica?, preguntó una voz en su cabeza.

Carmen vino desde la cocina para desearle buenas noches.

—Intente dormir bien, señora Betsy —se despidió.

El dormitorio se había convertido en su santuario. Betsy recorrió la casa apagando las luces que Carmen había dejado encendidas en la planta baja: el salón, el vestíbulo, el estudio, la biblioteca, que volvía a cumplir la función que tenía antes de convertirse en la habitación de Ted. Antes de apagar esa luz, miró los estantes y sus hileras de libros de medicina. Él los sacaba muchas veces cuando se despertaba en plena noche y Angela no le oía. Del mismo modo, sacaba los cajones de toda la casa siempre que tenía ocasión.

Una vez más, Betsy se preguntó si Ted creía buscar algo o si se trataba de arrebatos aleatorios y sin sentido.

Peter telefoneó a las nueve. Ella ya se había metido en la cama e intentaba concentrarse en el libro que estaba leyendo. Cuando oyó su voz, la gélida calma que protegía sus emociones hasta ese momento se hizo añicos.

—¡Oh, Peter! —dijo entre sollozos—. ¿Cómo acabará esto? ¿Cómo puede acabar?

33

Jon había telefoneado a Delaney para decirle que a las siete menos cuarto, cuando saliera del estudio, la estaría esperando en la acera.

Al abrir la puerta, él contemplaba el tráfico de Columbus Circle y pudo observarle durante un momento. A diferencia de muchos hombres de su edad, llevaba el pelo bien cortado. Con las manos en los bolsillos de su cazadora con cremallera, parecía relajado y cómodo, como si se sintiera completamente a gusto consigo mismo y en paz con el mundo.

Fue hasta él y le dio unos golpecitos en el hombro.

—¿Está usted disponible, señor?

Él se volvió, alargó los brazos para darle un breve abrazo y la besó en los labios.

—Me temo que no. Estoy esperando a una señorita guapa, inteligente y encantadora. Nadie puede competir con ella.

Ambos se rieron.

—Tengo una de mis excelentes ideas —añadió—. Hace una noche perfecta para cenar al aire libre, y he pasado por delante del antiguo local de Mickey Mantle, en Central Park South. Han puesto unas mesas en la acera.

—Estupendo. Podemos ver pasar a la gente.

—¿Cómo ha ido en el juzgado? —le preguntó mientras cruzaban Columbus Circle.

—Creo que a Betsy Grant no le ha ido nada bien. El hombre con el que salía ha declarado como testigo y el fiscal ha logrado que admitiera que estaba enamorado de ella y que pensaba pedirle que se casara con él.

Jon silbó.

—Eso no es bueno.

—No. Como acabo de decir en directo, me he quedado asombrada al ver que el abogado defensor no le hacía preguntas. Ya sé que tal vez no haya querido profundizar en el hecho de que Peter Benson fue novio suyo hace años, pero se notaba que el jurado esperaba algo más de él. Desde un principio dije que Robert Maynard no estaba a la altura de sus honorarios de Park Avenue.

Caminaron en silencio por Central Park South hasta llegar al restaurante que Jon había escogido, donde les acomodaron y les sirvieron dos copas de vino.

—Soy periodista —empezó Delaney— y sé que debería ser objetiva, pero en mi fuero interno estoy segura de que Betsy Grant es inocente. No puedo imaginármela asesinando a nadie, y menos a un marido al que según todo el mundo trataba con ternura.

—Estoy de acuerdo contigo en que parece ilógico, pero por otra parte, los tribunales están llenos de personas que jamás habrían soñado con cometer un acto de violencia y que acaban perdiendo la cabeza.

—Lo sé —reconoció Delaney—, pero por lo que he visto en las fotos, Ted Grant era un hombre muy corpulento, aunque no estuviera obeso. ¿Cómo es posible que, mientras dormía, Betsy le sentara y le golpeara precisamente en el punto adecuado para fracturar el cráneo sin que sangrara?

—¿Sabes si ella tiene conocimientos médicos?

—Nada que se haya descubierto, aunque tengo entendido que la biblioteca estaba llena de libros de medicina —admitió.

Jon no insistió.

—Esperemos a ver qué pasa.

Delaney comprendía que no tenía sentido seguir especulando. Por otra parte, llevaba en la mente y en el corazón la expresión atormentada de Betsy Grant mientras el encargado de la funeraria describía el golpe que mató a su marido.

La joven forzó una sonrisa.

—Ponme al día sobre tu investigación.

—Las cosas se están poniendo interesantes. Pero miremos antes la carta. A la hora del almuerzo solo he comido un bretzel en un puesto callejero y tengo hambre.

—Pues yo he comido un sándwich de queso a la plancha en la cafetería de los juzgados. En realidad el sándwich estaba bien, pero yo estaba tan ocupada tratando de oír lo que decía la gente que estaba sentada a mi alrededor que me he olvidado de comer y se me ha quedado frío.

—¿Qué clase de comentarios has oído?

—Más o menos los mismos que la semana pasada: «Es fácil comprender por qué lo hizo, aunque, por otra parte, ¿cómo pudo aplastar el cráneo de ese pobre enfermo? Por muy estresada que estuviera, esa mujer no puede salirse con la suya». —Suspiró—. Bueno, será mejor que miremos la carta.

Ambos decidieron tomar salmón y ensalada.

—El año pasado salí con un hombre que detestaba el salmón —comentó ella—. Insistía en decirme que era un pescado muy pesado y que seguramente estaba lleno de mercurio.

—El año pasado salí con una mujer que solo comía ensaladas. Una noche se puso a darme la lata, diciéndome que jamás debía comer carne roja. Pedí una hamburguesa solo por fastidiarla.

Cambiaron una sonrisa. Jon alargó el brazo por encima de la mesa y le cogió la mano.

—Hasta ahora, me parece que coincidimos en muchos temas importantes.

—Como la carta.

El camarero anotó sus pedidos.

—Ya que me preguntas por mi investigación —continuó Jon—, te diré que he avanzado mucho gracias a Lucas Harwin, el padre del chico que murió por sobredosis la semana pasada. Harwin me telefoneó para que fuese a verle y me entregó los extractos de la tarjeta de telepeaje de Steven, donde constaban dos viajes a New Jersey en las tres semanas anteriores a su muerte y tres viajes en las tres semanas anteriores a la recaída que tuvo hace casi dos años. Ese chico pagó dos veces con su tarjeta de crédito en el mismo restaurante de Fort Lee y sacó mucho dinero de su cuenta bancaria justo antes de sus visitas a New Jersey. Lucas me contó que Steven le había comentado a su terapeuta que era un médico quien le proporcionaba los fármacos.

—¿Qué vas a hacer con eso?

—Estoy haciendo una lista de todos los médicos de Fort Lee, y en particular de los que tienen su consulta cerca del restaurante.

—¿Algún nombre interesante?

—Sí. Esto debe quedar estrictamente entre nosotros. En esa lista se incluyen las clínicas de los antiguos colegas del doctor Grant: Kent Adams y Scott Clifton. Las dos están a muy poca distancia del restaurante.

Delaney no se fijó siquiera en que el camarero les estaba sirviendo los platos.

—¿Cuál es el próximo paso?

—Seguir con la investigación, por supuesto. Comprobar los antecedentes de los médicos de esa zona. Tratar de averiguar si alguno de ellos ha estado extendiendo un número sospechosamente elevado de recetas de opioides.

—Ambos somos investigadores, aunque de forma distinta. ¿Es solo coincidencia que los doctores Clifton y Adams estén en la misma zona en la que estás indagando?

—A veces la realidad supera a la ficción. —Jon sonrió—. Cómete el salmón. Que no te pase como con el sándwich de queso a la plancha; no lo dejes enfriar.

34

A Alvirah no le costó mucho localizar a Leslie Fallowfield, que había sido inhabilitado y había cumplido una condena de diez años por tráfico de recién nacidos. Su dirección más reciente era un apartado de correos de Rowayton, Connecticut.

—Nos estamos acercando, Willy —exclamó exultante—. Ese hombre era amigo de Cora Banks, ¿verdad? Debía estar al tanto de su negocio.

—De eso no cabe duda. No es posible caer más bajo. Pero no será fácil hallar a ese tipo si solo tiene un apartado de correos. Podría vivir en California.

—Paso a paso —replicó, segura de sí misma—. Si tuvimos la suerte de que Sam nos viera el otro día cuando estuvimos en Filadelfia, la tendremos también ahora para localizar a ese tipo. Mañana nos vamos a Connecticut.

Esta vez a Willy no le costó nada mostrarse de acuerdo. Los Mets y los Phillies tenían los mismos resultados y jugarían una serie de tres partidos para acabar la temporada. Los dos equipos tenían la jornada libre. De no haber sido así, se habría visto obligado a negarse en redondo.

El clima de septiembre seguía variable: un día cálido como el anterior y ahora otra vez uno gélido.

—Por algo hizo Dios hizo cuatro estaciones —solía decir Alvirah—. No nos quejemos en agosto de que hace demasiado calor y luego de que la temperatura empieza a bajar.

Guardó silencio durante casi media hora a lo largo del trayecto, algo nada habitual en ella, como muy bien sabía Willy.

—¿Te pasa algo, cariño? —le preguntó, inquieto.

—¿Qué? ¡Ah, no! No pasa nada. Es que me estoy estrujando el cerebro. Sabemos que los padres adoptivos de Delaney pagaron por ella, quizá mucho dinero. Sin embargo, aunque tengamos la suerte de encontrar a Cora a través de Leslie Fallowfield, ¿crees que se molestaba en llevar un registro de la gente que vendía los bebés y la que los compraba? Al parecer estuvo haciéndolo durante años. Las vecinas de Filadelfia dijeron que cada pocos días entraban chicas embarazadas en su casa. Y Delaney tiene veintiséis años. Aunque encontremos a Cora, es posible que nos diga que no tiene la menor idea del nombre de los vendedores y los compradores, a los que siempre llamaba «los Smith y los Jones». En ese caso, habríamos llegado al final.

—Cielo, no es propio de ti creer que te vas a llevar una decepción.

—Bueno, no es que lo crea, pero, naturalmente, me preocupa esa posibilidad. —Alvirah suspiró y miró a su alrededor mientras se desviaban en la salida 13 de la carretera 95 Norte—. ¿No he dicho siempre que Connecticut es el estado más bonito? Ya sé que solo vemos un poquito cuando vamos a Cape Cod, pero ¿recuerdas cuando la señora Daniels, mi jefa de los jueves, se trasladó a Darien porque a su marido le dieron aquel trabajo tan bueno y yo fui unos días para ayudarla a instalarse? Entonces lo vi.

—Sí, claro.

Willy buscó en su mente aquella ocasión y cuándo ocurrió. Él se había pasado aquellos días arreglando la fontanería de la residencia de ancianos dirigida por la hermana Paulina.

Recordó también que fue una de las pocas veces de su vida de casados en que habían pasado unos días separados, y no le había gustado. Ahora se lo dijo.

—Estoy de acuerdo —aseveró ella—. Y con todo el trabajo que hice, la señora Daniels no me pagó ni un céntimo más de lo acordado, a pesar de todos los objetos pesados que tuve que mover. Ya sabes que no me gusta presumir, pero fue una de las primeras personas a las que telefoneé cuando nos tocaron los cuarenta millones de dólares.

—Ya me acuerdo.

—Le oí rechinar los dientes cuando dijo: «Es fantástico». Qué bien me sentí. ¡Ah, mira! Ahí está el indicador de Rowayton.

Diez minutos después estaban en la oficina de correos, hablando con uno de los empleados, que se presentó como George Spahn. El hombre, bajito y con el pelo ralo, tenía un problema nasal que le obligaba a carraspear con frecuencia.

—Sí, claro, conocemos a muchas de las personas que tienen casillas. La mayoría viene una vez por semana a buscar su correo. Las demás, que suelen ser de las que viajan a menudo, deciden solicitar una para evitar que el correo se les amontone en el porche y los ladrones sepan que la casa está vacía.

—Muy sensato —reconoció Alvirah en tono alentador—. ¿Qué puede decirnos acerca de Leslie Fallowfield?

—Ese nombre no es de los que se olvidan —contestó el funcionario con una sonrisa—. Oh, claro que le conozco. Un caballero muy callado, pero muy agradable. Viene una vez por semana sin falta.

Alvirah trató de seguir hablando en tono despreocupado:

—Ah, entonces, ¿vive por aquí cerca?

De pronto, George Spahn pareció preocupado.

—¿Por qué me preguntan tanto por el señor Fallowfield?

—Solo porque una amiga mía muy querida está intentando encontrar a su madre biológica. El señor Fallowfield es el abogado que organizó la adopción. Es la última esperanza que le queda para conseguir la información que necesita.

Spahn observó el rostro de su interlocutora y pareció satisfecho con lo que veía.

—Eso puedo entenderlo, pero quizá sea mejor que yo hable con él y les diga a ustedes si quiere verles.

Jamás querrá, pensó Alvirah con desesperación.

Willy intervino en ese momento:

—Mi esposa ha agotado todas sus energías para llegar hasta aquí. Si nos reunimos con el señor Fallowfield, una de dos: o podrá facilitarnos el nombre de la madre biológica, o no podrá. ¿Cómo se sentiría usted si fuese adoptado y tuviera la necesidad de conocer sus orígenes? ¿Nunca ha sentido curiosidad por su árbol genealógico?

—He buscado información sobre mis antepasados en internet —reconoció Spahn con orgullo—. Mi tatarabuelo fue veterano de la guerra de Secesión.

—Entonces, comprenda que una mujer de veintiséis años necesita saber quiénes son sus padres.

Se produjo un silencio prolongado. Luego Spahn les miró y apartó la vista.

—Verán —accedió finalmente—, el señor Fallowfield viene cada miércoles a la una en punto. ¿Por qué no le esperan aquí a esa hora? Yo le diré en voz alta: «Buenas tardes, señor Fallowfield», y lo que hagan luego es cosa de ustedes. Pero yo no quiero tener nada que ver.

—Me parece muy bien —respondió Alvirah, entusiasmada—. Willy, ¿no es fantástico?

—Desde luego —confirmó el aludido, mientras se le caía el alma a los pies al recordar que estaba previsto que el partido de los Mets comenzara precisamente a esa hora.

35

A pesar de los tímidos intentos que hacía Scott por comportarse de forma atenta y cariñosa, Lisa sabía que era un esfuerzo inútil para tratar de salvar su matrimonio. O simulacro de matrimonio, se corrigió.

Conocía los motivos de esos intentos, o por lo menos algunos de ellos. El fallecimiento de Ted Grant había causado una profunda impresión en su marido. La idea de que Betsy hubiera asestado un golpe tan cruel a un hombre indefenso parecía haberle impactado hasta la médula. Por las noches, Scott soñaba a menudo con Ted y murmuraba su nombre.

Cada vez más a menudo, desvelado después de uno de esos sueños, bajaba a ver la televisión, o al menos eso decía.

Lisa sabía que su marido estaba sometido a una presión económica creciente. Lo del alzhéimer de Ted ya había sido bastante malo, pero luego, pocos años antes de que Scott y ella se casaran, su marido y Kent habían puesto fin a su sociedad. Tenía entendido que fue Adams quien decidió marcharse y que la mayoría de los pacientes se fueron con él.

Además, Scott tenía a tres hijos en la universidad. Los gemelos acababan de empezar el último curso en Michigan, y su hija estudiaba tercero en Amherst.

Las matrículas universitarias eran una pesada carga, pero el final estaba ya a la vista. Desde luego, cuando Scott la cortejaba parecía estar en una situación muy holgada.

Sin embargo, había un factor muy evidente: por más que él lo negara, Lisa no tenía ninguna duda de que Scott tenía una aventura. Eran demasiadas las noches en que después de cenar le decía que tenía que ir a ver cómo estaba algún paciente.

Una de esas noches le llamó al hospital y le dijeron que en ese momento el doctor Clifton no tenía ningún paciente en el centro.

Había dejado un empleo estupendo en J&J Pharmaceuticals para casarse con él. Ahora, al darse cuenta de que tenía que pensar en su futuro, telefoneó a su antigua jefa, Susan Smith.

—Susan, ¿no tendrás por casualidad algún puesto que pueda desempeñar? —preguntó, directa al grano.

—Tratándose de ti, desde luego que sí. Llamas en el momento perfecto, aunque lo que puedo ofrecerte implica tener que viajar mucho todas las semanas.

—Eso no será ningún problema.

—¿Qué opinará Scott?

—Lo que opine no importa demasiado. La boda fue un error, y de nada sirve negarlo. Voy a pedir cita con un abogado y presentaré la demanda de divorcio.

—Lo siento mucho. Parecíais muy felices.

—«Parecíais» es la mejor palabra. Era evidente casi desde el principio que Scott dejó de estar encaprichado conmigo muy pronto.

—Si tan decidida estás —añadió Susan tras un prolongado silencio—, tengo una sugerencia que hacerte. ¿Cuántos de tus objetos personales tienes en la casa?

—Aparte de mis joyas, muchos. Algunos cuadros que eran de mi abuelo y que han aumentado su valor. Él y mi abuela entendían bastante de antigüedades. Tengo dos alfombras persas, cajas de porcelana y plata, un escritorio del siglo XVII, mesas y lámparas, y unas butacas Shaker originales que compró ella.

»Scott le dio dinero a su primera esposa para que se marchara de la casa, y ella dejó aquí casi todos los muebles originales. Llevo tres años con la sensación de vivir en la casa de otra. Él me dijo que compraríamos otra y venderíamos esta, pero nunca ha cumplido su promesa. Yo no quise mezclar mis cosas con las sobras de la primera señora Clifton.

—Pues te voy a dar un consejo. Antes de decirle a Scott una sola palabra de tus planes, saca de ahí todo lo que puedas y mételo en un trastero. Ya sabes lo que dicen: la posesión es lo que cuenta. Esa casa está a su nombre. Puede que un día intentes entrar y te encuentres con que ha cambiado la cerradura, y entonces te costará mucho recuperar tus cosas.

—¡Madre mía, no se me había ocurrido! En los próximos días buscaré un apartamento cerca de Morristown.

Cuando Lisa puso fin a la llamada, se sentía abatida y triste. Había depositado todas sus esperanzas en que ella y Scott serían felices y comerían perdices. Él se mostraba muy ardiente y deseoso de casarse con ella, pero esa emoción desapareció en un año.

Sabía que no era culpa suya: fue comprensiva con los problemas de su consulta, soportaba sus agitados hábitos de sueño y trataba de tomarse con paciencia sus constantes desprecios en público.

Mi autoestima en este momento está bajo mínimos, se dijo a sí misma. Treinta y siete años y a punto de divorciarme. Sabía que todos los sentimientos que tenía hacia Scott habían sido destruidos por su actitud, y quizá hubiera una tercera señora Clifton esperando entre bastidores.

Le deseo buena suerte, pensó, levantándose del sillón desde el que había telefoneado a Susan. Estaba en el salón de la casa de Ridgewood. Era una sala amplia y agradable, pero su decoración monótona y severa no le agradaba demasiado. La primera esposa de Scott había redecorado el salón y el comedor antes de irse. Lisa estaba segura de que solo había dejado los muebles nuevos por la frialdad que transmitían. Quedarían mejor en la sala de espera de la consulta.

Había conocido a un abogado matrimonialista y a su esposa en el club de campo de Ridgewood. Aunque Paul Stephenson y Scott tenían en común su condición de miembros, esperaba que aceptara el caso. Las capitulaciones prematrimoniales eran muy sencillas: «Lo tuyo es tuyo; lo mío es mío». Lisa no pediría pensión, ni tampoco la necesitaba. Solo le hacía falta que alguien se ocupara del papeleo. Más tarde llamaría al abogado.

En ese momento sintió el impulso repentino de contemplar el precioso escritorio, las mesas, las lámparas y los cuadros con los que había crecido.

Sintiéndose un poco mejor, subió el primer peldaño de las escaleras en dirección al desván.

36

A las doce y media Alvirah y Willy entraban en la oficina de correos de Rowayton, Connecticut. Ella tenía tanto miedo de que Leslie Fallowfield se les escapara que insistió en llegar treinta minutos antes de la hora a la que, según George Spahn, el antiguo abogado solía recoger su correo.

Spahn, que parecía preocupado, les saludó con un leve gesto de la cabeza. Dedicaron el tiempo a pegar sellos en sobres vacíos para abonar facturas que no vencerían hasta tres semanas después. Por supuesto, todos aquellos pagos podrían haberse efectuado mediante domiciliación bancaria, pero Alvirah no quería ni oír hablar de esa posibilidad.

—Nadie saca dinero de nuestras cuentas salvo dos personas —solía decir—. Una eres tú y la otra soy yo.

A medida que se aproximaba la hora convenida, Alvirah empezó a mirar constantemente el reloj.

—¡Ay, Willy! ¿Y si no aparece? —preguntó con un suspiro.

—Aparecerá —respondió su marido en tono alentador.

A la una en punto, un delgado setentón con poco pelo abrió la puerta de la oficina de correos y entró.

Alvirah no necesitó el efusivo «Hola, señor Fallowfield» de Spahn para saber que había llegado el hombre al que tan desesperadamente quería conocer. Mientras se aproximaba a él, cruzó por su mente el pensamiento de que habría sido preferible que Willy se quedase en el coche por si Fallowfield se la quitaba de encima y huía.

Demasiado tarde, pensó al acercarse a él con una cálida sonrisa mientras el hombre sacaba su correo de una casilla.

—Buenas tardes, señor Fallowfield —saludó.

Sobresaltado, el antiguo abogado se volvió hacia ella.

—¿Quién es usted?

—Soy Alvirah Meehan y tengo una buena y joven amiga que busca desesperadamente a su madre biológica —se apresuró a decir—. Hable conmigo, por favor. La comadrona se llamaba Cora Banks, y usted fue el abogado que se ocupó de la venta de su casa al propietario de la Fábrica de Baldosas Sam hace dieciséis años.

Fallowfield parecía incrédulo.

—¿Cómo ha averiguado todo eso?

—Soy una buena detective.

—Supongo que sí.

—¿Sabe usted dónde está Cora Banks?

Fallowfield miró a su alrededor. La oficina de correos se estaba llenando de gente que hacía cola para enviar paquetes o comprar sellos.

—Este no es sitio para hablar —murmuró—. En esta misma manzana hay una cafetería.

El hombre cerró con llave su casilla y se metió en el bolsillo de la chaqueta los pocos sobres que había sacado.

—Este es Willy, mi marido —presentó Alvirah, señalándole.

—Entonces tráigale también, por supuesto.

Cinco minutos después, Fallowfield estaba sentado frente a ellos en un banco de la cercana cafetería.

—Dicen ustedes que una niña a la que Cora trajo al mundo está buscando a su madre biológica —empezó el abogado tras pedir café.

—Sí, necesita encontrarla —repitió Alvirah con vehemencia—. Sé que es posible que Cora Banks no llevase ningún registro, pero tenemos la esperanza de que sí lo hiciera.

Fallowfield pareció divertido.

—Puedo garantizarles que Cora llevaba un registro.

Alvirah tardó casi un minuto en asimilar el impresionante impacto de esas palabras.

—¿Llevaba un registro? —repitió.

—Cora es una mujer muy inteligente. Es evidente que esa clase de información posee un gran valor potencial.

—¿Sabe usted dónde está Cora Banks?

—Sí.

Fallowfield dio un sorbito a su café.

—¿Puede darme su dirección?

—Desde luego. Reside en la cárcel de mujeres de Danbury; por suerte, la sueltan mañana.

—¿Adónde irá?

—¡Oh, vendrá directamente a mi casa de Rowayton! Cora es amiga mía desde hace muchos años. Les puedo organizar una entrevista.

Fallowfield se metió la mano en el bolsillo de la pechera y sacó un pequeño bloc.

—Deme los detalles de la madre biológica que está buscando; el lugar y la fecha del nacimiento, el sexo de la criatura...

El sexo de la criatura, pensó Alvirah. ¿Significa eso que ayudó a nacer a más de un bebé en un mismo día? Hizo un esfuerzo para evitar que su expresión delatase lo escandalizada que estaba.

—Entonces, ¿puede usted organizarnos una entrevista con Cora cuando llegue aquí?

—¡Oh, claro que puedo! Pero deben tener en cuenta una cosa: Cora lleva diez años en la cárcel. Tendrá muchos gastos cuando salga. Necesitará un seguro médico, tendrá que comprarse ropa y llevar algo de dinero en el bolsillo. No podrá volver a trabajar como comadrona. Perdió su licencia y no puede volver a solicitarla nunca más.

Willy, que había estado escuchando la conversación en silencio, descubrió al instante que se trataba de una extorsión descarada, aunque era evidente que Alvirah no compartía su inquietud.

—¿Cuánto? —preguntó.

Fallowfield se volvió para mirarle directamente.

—Usted es de los míos —observó—. Me he fijado en que conduce un automóvil muy caro. Yo diría que cincuenta mil dólares en efectivo, en billetes de veinte, sería suficiente para que a Cora le merezca la pena revisar su registro.

Fallowfield hablaba en tono suave, como si estuvieran comentando el tiempo que hacía.

—Los tendrá —le aseguró Alvirah enfáticamente.

—¡Excelente! Y, por supuesto, todos estamos de acuerdo en que esta es una transacción confidencial. Los únicos que estaremos al tanto somos nosotros tres y Cora.

—Por supuesto.

Fallowfield se volvió de nuevo hacia Willy, esperando su respuesta.

—De acuerdo —masculló finalmente, levantándose de la silla.

Diez minutos más tarde emprendían el regreso a casa.

—Cariño, estoy intentando pensar cómo vamos a reunir cincuenta mil dólares en efectivo sin despertar sospechas —empezó Willy.

—Todo irá bien —contestó su mujer—. Una vez leí que el banco solo está obligado a informar a las autoridades si ingresas o retiras más de diez mil dólares en efectivo, pero cuando nos tocó la lotería repartimos nuestro dinero en diez bancos distintos. Sacaremos cinco mil dólares de cada uno.

—Desde siempre hemos sido muy cuidadosos con el dinero. ¿De verdad tienes ganas de darles tanto a esos sinvergüenzas?

—Claro que no, pero lo que más deseo en el mundo es

ofrecerle a Delaney esa información. ¿Quién sabe? Puede que su madre biológica también la esté buscando a ella. Solo espero estar presente cuando se encuentren.

Con un suspiro de felicidad, Alvirah se arrellanó en su asiento.

37

El doctor Mark Bevilacqua era el último testigo de la fiscalía. Delaney escuchó mientras el fiscal le preguntaba por su formación académica y experiencia. Declaró que tenía sesenta y seis años, que se había graduado en la facultad de medicina de Harvard y que en los últimos veinte años se había especializado en el diagnóstico y tratamiento de la enfermedad de Alzheimer. A petición del fiscal, el juez le aceptó como perito en el ámbito de la enfermedad.

A continuación, el magistrado se volvió hacia los miembros del jurado y les explicó que la evaluación del testimonio del perito dependía completamente de ellos.

A instancias del fiscal, el doctor Bevilacqua explicó al jurado la naturaleza de la enfermedad de Alzheimer y sus distintas repercusiones.

—¿En qué circunstancias conoció al doctor Ted Grant?

—Fue hace ocho años y medio. Su esposa había solicitado visita en nuestra consulta. Tanto ella como los socios del doctor Grant estaban preocupados por una serie de cambios de comportamiento que habían observado en este y querían saber a qué se debían.

—¿Y pudo usted darles una respuesta?

—Sí. Tras una serie de pruebas mi diagnóstico fue que el doctor Grant padecía la enfermedad de Alzheimer de inicio precoz.

—Por favor, ¿puede usted explicar qué significa eso?

—En la mayoría de los casos, la enfermedad de Alzheimer se diagnostica a partir de los sesenta y cinco años. Sin embargo, el diez por ciento de los pacientes recibe su diagnóstico antes de esa edad. Se dice que esos pacientes padecen alzhéimer de inicio precoz. El doctor Grant tenía cincuenta y un años cuando le diagnostiqué el trastorno.

—¿Siguió visitando y tratando al doctor Grant tras su dictamen?

—Sí, fui su médico hasta que falleció hace año y medio.

—¿Qué tratamiento seguía?

—No existe ningún tratamiento concreto que pueda detener de manera eficaz el avance de la enfermedad. Le prescribí varios fármacos para retrasar el avance de síntomas como el insomnio, la agitación, la incoherencia, la ansiedad y la depresión. Tratar esos síntomas ayuda a que el paciente con alzhéimer se sienta más cómodo y suele facilitar la tarea de quienes le atienden.

—¿Y esos fármacos le fueron útiles al doctor Grant?

—En los primeros años de su enfermedad, desde luego. Sin embargo, hacia el final, y sobre todo en el último año, presentaba síntomas agudos de depresión, agitación e insomnio a pesar de la medicación.

—Doctor Bevilacqua, quiero hablar de la mañana del 22 de marzo del año pasado, cuando el doctor Grant fue hallado muerto en su cama. Para entonces usted llevaba casi siete años tratándole, ¿es así?

—En efecto.

—¿Cómo le avisaron esa mañana?

—Un agente de policía de Alpine me telefoneó para decirme que, al parecer, el doctor Grant había muerto mientras dormía.

—¿Cuál fue su reacción en ese momento?

—Me quedé un tanto sorprendido.

—¿Qué quiere decir?

—El doctor Grant había acudido a mi consulta para una revisión cuatro semanas antes de esa fecha. El alzhéimer ataca tanto a la mente como al cuerpo. Aunque su estado mental se deterioraba a pasos agigantados, sus órganos vitales parecían encontrarse en bastante buena forma.

—Sin embargo, ¿estaba convencido de que había muerto por causas naturales cuando accedió a firmar el certificado de defunción?

—Basándome en la información que me dieron en aquel momento, sí, lo estaba. Me explico. La medicina está lejos de ser una ciencia exacta. Hay muchos ejemplos de pacientes que no muestran signos de enfermedades evidentes cuando se someten a una exploración física y mueren de un infarto o de un ictus ese mismo día. No resulta demasiado insólito que una persona que padece alzhéimer desde hace siete años muera de pronto, aunque parezca gozar de una salud física relativamente buena.

—Doctor Bevilacqua, en este juicio se han presentado pruebas que indican que el doctor Grant no murió por causas naturales, sino a consecuencia de un golpe en la parte posterior de la cabeza. Según su opinión médica, si no hubiera sufrido esa lesión, ¿cuánto tiempo podría haber vivido?

—Cada caso es diferente, aunque la esperanza de vida media a partir del diagnóstico suele ser de entre ocho y diez años.

—Ha dicho usted «media». ¿Existe una amplia variación?

—Sí. Algunos pacientes solo viven tres años, mientras que otros sobreviven nada menos que veinte años a partir de su diagnóstico.

—Entonces, ¿cabe decir que el doctor Grant habría podido sobrevivir al menos varios años más?

—Le repito que cada paciente es distinto. Sin embargo, basándome en su estado cuando le vi un mes antes de su muerte y en el alto nivel de atención que recibía, lo más probable es que hubiera vivido varios años más, tal vez incluso cinco.

—No tengo más preguntas, señoría.

Robert Maynard se levantó.

—Doctor Bevilacqua, ha declarado que se quedó un tanto sorprendido cuando el 22 de marzo del año pasado le llamaron para decirle que el doctor Grant había fallecido.

—Un tanto sorprendido, pero no conmocionado.

—Y también ha declarado que la mayoría de los enfermos con alzhéimer de inicio precoz, por término medio, no viven más de ocho o diez años. ¿Es así?

—Sí.

—En el momento de su muerte, ¿cuántos años llevaba el doctor Grant padeciendo la enfermedad?

—Yo le trataba desde hacía siete años, pero, cuando diagnostico la enfermedad en un paciente, suele estar presente desde hace al menos un año.

—Entonces, por término medio, los pacientes con esta enfermedad sobreviven entre ocho y diez años a partir del diagnóstico. Y, con toda probabilidad, en el momento de su muerte el doctor Grant estaba enfermo desde hacía al menos ocho años. ¿Es correcto?

—Sí.

—También ha declarado que, a pesar de los medicamentos que usted le prescribía y del alto nivel de atención que recibía de Betsy Grant y de la cuidadora en su domicilio, la depresión, la agitación y el insomnio habían aumentado significativamente en el último año. ¿Es así?

—Sí, así es.

—No tengo más preguntas, señoría.

El fiscal Elliot Holmes se levantó.

—Señoría, el ministerio público ha terminado.

El magistrado miró a Robert Maynard.

—Señoría, solicitamos un descanso de una hora. La defensa estará preparada para empezar en ese momento.

—Muy bien —concedió.

38

Alvirah se estremecía de emoción mientras se dirigían hacia Rowayton por tercera vez.

—¡Y pensar que sabremos cómo se llama la madre de Delaney, y seguramente también el padre! Solo espero que su madre no se haya ido a vivir a Japón o a China.

—Es muy poco probable —contestó Willy con sequedad, recordando que el día anterior había visitado diez bancos para retirar el dinero. Había pronunciado la misma frase en cada banco: «Espero tener suerte en los casinos de Atlantic City». Comprobó con alivio que los cajeros se limitaban a sonreír mientras contaban los billetes y los empaquetaban.

Habían quedado en reunirse con Cora a las dos en punto en la casa que Leslie Fallowfield tenía en Wilson Avenue. Se sorprendieron cuando el antiguo abogado había dicho «mi casa», término que se apresuró a cambiar por «la casa que tengo alquilada» cuando se percató de la mirada que intercambiaron Willy y Alvirah.

Según el mapa de navegación que Alvirah miraba con impaciencia, les faltaba solo un kilómetro y medio para llegar a la dirección que les había dado Fallowfield. Poco después, la voz mecánica del GPS anunció: «Su destino está a ciento cincuenta metros a la derecha». Segundos después, añadió: «Ha llegado a su destino».

Estaban frente a un bungalow como los que se construían

en los años cuarenta, después de la guerra, con una pequeña zona de césped y solo unos pocos arbustos debajo de la ventana de la fachada.

—Deprimente —murmuró Willy mientras apagaba el motor.

Abrió el maletero desde el interior, se bajó y sacó una vieja maleta en la que habían embutido los cincuenta mil dólares en cincuenta paquetes.

Alvirah se bajó también y juntos se encaminaron por el pavimento de piedra en dirección a la puerta principal.

Era evidente que Fallowfield les estaba esperando, porque abrió la puerta antes de que Willy tocase el timbre.

—¡Qué puntuales! —exclamó el abogado, como si recibiera a unos viejos amigos.

Alvirah notó que echaba una rápida ojeada a la maleta mientras les hacía pasar a un pequeño estudio.

—Siéntense aquí. Voy a buscar a Cora.

Cuando tomaron asiento, Alvirah se quitó el ligero abrigo de otoño que llevaba puesto. Había renovado todo su vestuario antes de emprender el crucero por el río que hicieron a primeros de septiembre. Llevaba ese abrigo cuando Willy y ella bajaron del barco después de cenar y dieron un paseo por las inmediaciones del puerto. Durante un instante tuvo un vívido recuerdo de lo mucho que se habían divertido en ese viaje, pero su mente volvió enseguida al presente, justo cuando regresó Fallowfield.

—Antes de bajar, Cora quiere contar el dinero. Se lo llevaré...

—Cuente el dinero aquí mismo —respondió Willy con firmeza, y apoyó la maleta sobre la mesita baja de cristal que tenían delante.

Fallowfield estuvo a punto de protestar, pero cambió de parecer cuando se abrió la maleta y vio las ordenadas hileras de billetes de veinte dólares.

—Enseguida vuelvo.

Alvirah miró a su alrededor. La habitación era agradable, con dos sofás tapizados situados uno frente a otro en extremos opuestos. A cada lado de la chimenea había dos butacas a rayas azules y marrones, y una alfombra oriental de imitación de vivos colores cubría el suelo. ¿Qué me importa a mí el aspecto que tiene la habitación?, se recriminó a sí misma, molesta ante su costumbre de observar siempre cuanto la rodeaba.

Se irguieron en su asiento al oír unos pasos de la planta de arriba. Momentos después, entraron Leslie Fallowfield y Cora.

La mujer aparentaba unos setenta años. Estaba muy pálida, seguramente por los años pasados en la cárcel. Los pantalones y el jersey le quedaban muy holgados, y su pelo, de color castaño sucio, aparecía salpicado de canas. Apenas les miró; sus ojos se posaron en los billetes que Willy había apilado sobre la mesita baja. Fallowfield acercó dos sillas y ambos se sentaron.

Su sonrisa reveló unos dientes manchados.

—Confío en ustedes, pero, como es natural, queremos contarlo.

—No hay problema —accedió Willy—, pero mantenga todo el dinero encima de la mesa.

Les observaron mientras se ponían manos a la obra. Me recuerdan a unos niños contando los dulces de Halloween, pensó Alvirah. Tengo que decírselo a Willy en el trayecto de vuelta.

Cora y Fallowfield escogieron al azar cuatro paquetes, rompieron los precintos de papel y contaron, uno por uno, los cincuenta billetes que había en cada paquete. Tras comprobar que cada montón contenía mil dólares, empezaron a revisar el resto de los paquetes, abriéndolos en abanico como una baraja de cartas para asegurarse de que todos los billetes fuesen de veinte. Apilaron estos junto a los que habían contado y compararon la altura hasta convencerse de que eran iguales.

—Es agradable hacer negocios con gente honrada —dijo Cora, sonriente.

Alvirah no estaba de humor para conversaciones.

—Vale, ya tiene el dinero. Ahora denos el nombre de la madre biológica de Delaney.

Cora se metió la mano en el bolsillo y desplegó una hoja de papel.

—La madre tenía diecisiete años, era de Hawthorne, New Jersey, y se llamaba Betsy. Sus padres eran Martin y Rose Ryan. La niña nació el 16 de marzo en Oak Street, Filadelfia. En la partida de nacimiento se hizo constar como padres biológicos a Jennifer y James Wright, de Long Island, Nueva York, que pusieron a la niña el nombre de Delaney.

39

Robert Maynard llamó a declarar inicialmente a seis testigos que darían fe de la personalidad de la acusada. Se trataba de dos profesores del instituto Pascack Valley, dos vecinos, el director del hospital Villa Claire para enfermos terminales, donde Betsy había trabajado cientos de horas como voluntaria hasta hacía tres años y, por último, el padre Thomas Quinn, párroco de la iglesia de San Francisco Javier, a cuya misa dominical Betsy asistía los domingos.

Todos ellos testificaron que conocían a Betsy desde hacía muchos años y que habían observado la inquebrantable dedicación que mostraba hacia su marido.

La declaración del párroco resultó especialmente convincente.

—Padre Quinn, ¿con qué frecuencia visitaba el domicilio de los Grant?

—Durante los dos últimos años, cuando el doctor Grant ya no podía acudir a la iglesia, yo iba a su casa cada dos semanas para llevarle la comunión. Betsy estaba siempre allí, cuidando de él.

—¿Qué observó en cuanto a su estado general durante su último año de vida?

—Pude ver cómo se hundía cada vez más en los terribles efectos del alzhéimer. El pobre hombre estaba tremendamente afectado.

—¿Le habló alguna vez Betsy Grant de ingresarle en una residencia?

—El último año lo hizo en dos ocasiones. Me contó que él había sufrido unos arrebatos tremendos y que la había golpeado. Comentó que quería tenerle en casa hasta el final, pero que si su comportamiento empeoraba podía resultar necesario ingresarle, aunque solamente como último recurso. Ella sabía que el doctor Grant se sentiría destrozado si ya no podía estar en su propia casa y en compañía de su mujer.

—Padre, con respeto al carácter de Betsy Grant, ¿qué reputación tiene en su barrio en cuanto a sinceridad y veracidad?

—Todos los que la conocen la consideran una persona de buen carácter y sincera.

Su respuesta fue casi idéntica a la de los demás testigos.

—No tengo más preguntas, señoría.

El juez se volvió hacia Holmes y le invitó a comenzar su interrogatorio.

Elliot Holmes era un fiscal de gran experiencia y sabía que nada podía ganarse atacando a aquella clase de testigos. Por ello, interrogó al sacerdote igual que a los demás testigos, formulando sus preguntas con cuidado y en un tono respetuoso.

—Padre Quinn, ha declarado usted que, durante los dos últimos años de vida del doctor Grant, visitaba su domicilio cada pocas semanas. ¿Es correcto?

—Sí, en efecto.

—¿Cuánto tiempo pasaba normalmente en la casa durante esas visitas?

—Por lo general, media hora más o menos.

—¿Puede decirse que no tiene usted conocimiento personal de lo que pasaba en ese domicilio entre sus visitas?

—Así es.

—¿Y que no estuvo presente en la fiesta de cumpleaños celebrada la noche anterior a la muerte del doctor?

—Sí, así es.

—Entonces, con todos los respetos, padre, ¿no tiene usted ningún conocimiento personal acerca de los acontecimientos que se produjeron durante aquella velada o de las circunstancias que rodearon la muerte del doctor Grant?

—Aparte de lo que he leído en el periódico, no.

—Gracias, padre. No tengo más preguntas.

Se acercaba la hora de la pausa para el almuerzo. El juez Roth indicó a los miembros del jurado que volvieran a su sala y anunció que en breve se reuniría con ellos.

—Señor Maynard, ¿la acusada tiene previsto testificar? —preguntó el juez.

—Desde luego —respondió el aludido.

—Señora Grant —comenzó el magistrado—, ¿entiende que tiene el derecho constitucional de declarar o negarse a hacerlo?

—Sí, señoría.

—¿Comprende que, si testifica, los dos abogados podrán hacerle preguntas, y el jurado tendrá en cuenta sus palabras como una prueba más a la hora de dictar su veredicto?

—Sí.

—Si decide no testificar, instruiré al jurado para que no tengan en cuenta su negativa al alcanzar un veredicto. ¿Lo entiende?

—Sí, señoría.

—Por último, ¿ha tenido tiempo suficiente para comentar su decisión con su abogado?

—Sí, señoría.

—Muy bien. Señor Maynard, daremos inicio a la declaración de la acusada después del almuerzo.

—Señoría —respondió el letrado—, ya es jueves, casi la hora de comer, y mañana no hay sesión. En cualquier caso, la declaración de la señora Grant ocupará sin duda la mañana del lunes. Ruego a su señoría que nos deje tiempo hasta entonces para preparar esta declaración tan decisiva para el caso.

A todas luces molesto, Elliot Holmes protestó brevemente, aunque sabía que era muy probable que el juez accediera a la petición.

—Estamos en un punto muy importante de este juicio —reconoció el juez Roth—. No hay duda de que, aunque empezásemos esta tarde, ese testimonio no concluiría hasta bien entrado el lunes o el martes. Accedo a la petición de la defensa.

El juez se volvió hacia el ayudante del sheriff que se encontraba de pie junto a la puerta de la sala del jurado.

—Haga pasar al jurado. Se lo haré saber.

40

Lisa Clifton empezó a revisar los muebles, objetos de adorno, cajas y alfombras que había traído consigo cuando se casó con Scott.

—Puesto que vamos a comprar una casa nueva, preferiría guardar mis cosas aparte —le había dicho a Scott tres años antes, cuando estaban haciendo planes de boda—. Mi abuelo tiene que ingresar en una residencia y me ha pedido que saque de su casa todo lo que quiera. Fue un coleccionista muy cuidadoso y tiene objetos muy bonitos.

Scott estuvo de acuerdo.

—A mi ex, Karen, le dio un ataque consumista el año anterior al divorcio. Creo que intuía que el matrimonio se iba al garete y quiso endosarme todas estas modernidades. No hay una sola silla cómoda en toda la casa.

Se habían reído juntos. Fue entonces cuando pensé que iba a ser feliz para siempre, recordó Lisa. Lo fuimos durante un año, quizá un poco más, y luego todo cambió. Cambió él.

Lisa tendría que comprar muebles nuevos para una sala de estar y un dormitorio, pero por lo demás, estaba lista para empezar en su nuevo hogar en cuanto saliera de esa casa.

Hizo una lista de todo lo que había almacenado en el desván. Después bajó y telefoneó a una empresa de mudanzas. No podían aceptar su encargo antes de una semana.

—Está bien, pero insisto en que vengan sobre las diez de

la mañana. Buscaré un apartamento en la zona de Morristown. Si no lo encuentro enseguida, tendrán que guardarlo todo en un almacén.

—No habrá problema.

Lisa no podía saber que, al colgar el teléfono, el empleado estaba convencido que se hallaba ante otra ruptura desagradable, pensando en si se pelearían por las cosas que se llevaría ella. En fin, sea como fuere, las rupturas eran buenas para su negocio.

Scott llegó a las cinco y media. Su beso fue cálido; su abrazo, estrecho.

—¿Cómo está mi niña? —preguntó efusivamente.

Tu niña, pensó Lisa. ¡Por favor! No soy la niña de nadie, y menos la tuya.

—Estupendamente —contestó con una sonrisa forzada, poniendo en duda para sus adentros que él captara el sarcasmo de su voz.

Como de costumbre, Scott se quitó la americana y sacó un jersey del armario del vestíbulo.

—¿Qué clase de cóctel puedo prepararle a la señora de la casa?

Madre mía, ¿cuántas frases hechas tendrá preparadas esta noche?, se preguntó mientras empezaba a percatarse de que el amor que sentía hacia su marido se había transformado en una pena y un desprecio profundos.

—¡Oh, solo una copa de vino! —exclamó—. Podemos tomárnosla mientras vemos las noticias de las seis. Me muero de ganas por saber lo que dirá Delaney Wright sobre lo que ha pasado hoy en el juzgado.

Scott frunció el ceño.

—Lo cierto es que no me apetece ver ni oír nada sobre el caso.

—¿Y por qué no esperas en el salón mientras tanto?

Vio la expresión sorprendida de Scott. Ten cuidado, se advirtió a sí misma. Que no sospeche que piensas dejarle.

Exhibió una sonrisa forzada.

—¡Perdona! No pretendía ser brusca. Es que Betsy me da mucha pena y sigo confiando en que surja algo que la exculpe. No sé cómo nadie que esté en su sano juicio puede creer que ella asesinó a Ted. Cuando les conocí, Ted estaba ya muy enfermo, pero ella le trataba con tanta ternura y cariño... No se enfadó con él ni siquiera aquella noche, cuando él la abofeteó. Solo estaba triste.

—No todo el mundo lo ve así —le espetó Scott, y empezó a subir las escaleras dando fuertes pisotones y olvidándose del cóctel.

Cuando empezó el reportaje, Lisa concentró toda su atención en la pantalla. Tuvo la impresión de que, aunque Delaney Wright trataba de ser objetiva, cuando informó sobre el testimonio condenatorio que afirmaba que el doctor Grant podría haber vivido hasta cinco años más, lo hizo casi a regañadientes. Le pareció que, aunque no podía decirlo, Delaney Wright estaba convencida de que, a pesar de que las apariencias la señalaran como culpable, Betsy no habría podido matar a Ted y no lo hizo. La periodista parecía profundamente conmovida por la declaración sincera y firme de los testigos que hablaron sobre su calidad humana y que habían dado fe de la bondad de Betsy como persona.

A las seis y media, cuando terminó el programa, Scott bajó las escaleras.

—Perdona que me haya puesto tan gruñón, pero ya sabes lo duro que es para mí oír cosas nuevas sobre el pobre Ted.

—Sí, ya.

—Muy bien. Has reservado en el club, ¿verdad?

—Sí, para las siete.

—Estupendo, pero es mejor que nos vayamos ya y nos llevemos los dos coches. Tengo que ir a ver cómo están algunos de mis pacientes del hospital.

O una paciente de tu nidito de amor, pensó Lisa.

—Me parece bien —accedió en tono agradable.

41

Betsy Grant salió del palacio de justicia acompañada de Robert Maynard, intentando asimilar emocionalmente la posibilidad de que Ted hubiera vivido varios años más. Sabía que ese testimonio había sido perjudicial, aunque confiaba en que la declaración de los testigos que hablaron sobre su personalidad le beneficiase de algún modo.

Se volvió para evitar las numerosas cámaras y se apresuró hacia el coche. Richie Johnson era el chófer que, casi desde el principio, la llevaba al juzgado por las mañanas y la devolvía a su casa al acabar el día. Betsy le había dicho a Robert Maynard que no era necesario que la acompañara cada día desde Manhattan hasta Alpine para volver luego hasta Hackensack, así que los tres abogados se reunían con ella en la acera cada mañana y la acompañaban al interior del palacio de justicia. Lo que Betsy no le había dicho era que necesitaba mantener la mente clara y que sus penosas frases de consuelo le resultaban molestas e inoportunas.

Aquella noche, como de costumbre, sus amigos la habían invitado a cenar o a ir de visita a su casa durante un rato.

—Necesito el sonido del silencio —se había disculpado Betsy—. La cabeza me da vueltas.

Sabía que lo habían comprendido, pero también que estaban muy preocupados por ella.

Yo estoy igual de preocupada por mí misma, pensó con desesperación. Richie echaba un vistazo de vez en cuando por el espejo retrovisor para ver cómo estaba, pero si ella no iniciaba una conversación, él tampoco lo hacía.

Como de costumbre, Carmen estaba preparando la cena cuando llegó a casa. Le había sido imposible convencerla para que dejara de pasarse allí todo el día, de lunes a viernes. Solo la promesa de que estaría el fin de semana con unos amigos le impediría acudir a su trabajo también el sábado y el domingo.

Antes de la muerte de Ted, Carmen le preparaba la cena temprano, Angela se la servía y Betsy se sentaba con él. Se iba a la cama al terminar y luego, muchas noches, ella salía al gimnasio, al cine o a cenar con alguien en el club.

O con Peter. Pero, como máximo, eso ocurría dos veces al mes.

—Señora Betsy, póngase cómoda. Cuando baje, le tendré preparada una copa de vino en el estudio.

Aunque Carmen decía lo mismo cada noche, oírlo le resultaba extrañamente reconfortante. Tengo alguien que cuida de mí, pensó. No podía hablar con Peter. Después de aquella apasionada llamada telefónica el día de su declaración, le había rogado que no volviera a ponerse en contacto con ella hasta que terminara el juicio.

—Peter, mi teléfono debe estar pinchado —le explicó—, y quizá el tuyo también.

Estaba helada. Cuando se quitó la chaqueta, en lugar de ponerse una blusa de manga larga eligió una bata abrigada que le llegaba hasta las rodillas. Trató de apartar de su mente la aterradora idea de que la semana siguiente sería ella quien subiera al estrado.

Carmen tenía el estudio a punto. Las luces y los radiadores estaban encendidos y una copa de vino la esperaba sobre la mesa alta.

Eran cerca de las seis. Le costó concentrarse en las noticias locales: un accidente de tráfico en el puente de Verrazano-Narrows, un atraco en Central Park, una estafa por parte de un casero.

Entonces apareció en pantalla Delaney Wright. Con el corazón en un puño, Betsy escuchó lo que ya sabía: que el doctor Bevilacqua había declarado que Ted podría haber vivido varios años más.

Van a declararme culpable de la muerte de Ted, pensó. Eso no puede ser. No puede ser. Cuando vaya a la cárcel para el resto de mi vida, ¿se olvidará todo el mundo de mí? Aunque puede que dentro de veinte años averigüen que yo no lo hice y me dejen salir con una sincera disculpa. Veinte años. Tendré sesenta y tres.

Delaney Wright acabó de hablar y apagó el televisor, pero el rostro de la joven periodista seguía ocupando su mente. Cuando resumía la declaración del doctor Bevilacqua, a Betsy le pareció que intentaba disimular su propia angustia ante las respuestas condenatorias del médico.

Carmen la avisó de que la cena estaba lista. Se obligó a comer estofado de cordero con verduras. No quería desmayarse en el tribunal y parecer aún más culpable.

Al servirle el café, Carmen sacó el tema de la pulsera desaparecida.

—No hay ni un lugar de la casa donde no la haya buscado. No está aquí. ¿No cree que debería denunciar ya su desaparición? Cuando he recogido el correo, he visto una factura de la compañía de seguros. ¿Esa pulsera no sigue asegurada?

—Así es. Gracias, Carmen, me ocuparé de eso. Es una tontería pagar para asegurar una joya y luego no utilizar el seguro cuando sabemos que ya no vamos a encontrarla.

Apenas había mirado el correo desde que empezó el juicio, pero no podía ignorar todo lo demás. Pasó por su cabeza otra tarea que quería realizar. Años atrás, cuando abrieron su clínica, Ted, Kent y Scott compraron una serie de libros de medicina. Cuando Kent se trasladó a su nueva consulta, dejó sus libros y otros efectos personales en un guardamuebles mientras la reformaba, pero un incendio los destruyó.

Aunque Kent nunca se los había pedido, ella sabía que estaría encantado de tener los libros de Ted. Mientras se tomaba el café, pensó que Kent y su esposa Sarah se habían portado como verdaderos amigos durante todo aquel calvario. En su declaración, por supuesto, los dos habían hecho hincapié en lo mucho que ella cuidaba a Ted y en la ternura que siempre mostraba hacia él.

Además, en sus peores momentos, Ted sacaba aquellos libros de los estantes y los arrojaba enloquecido hacia el otro extremo de la habitación. Era un recuerdo que ella quería borrar de su memoria, y sabía que regalárselos a Kent sería el primer paso.

—Carmen, ¿sabes los libros de medicina que están en los dos primeros estantes de la biblioteca? —le preguntó cuando la asistenta entró para desearle buenas noches.

—Claro.

—Una vez que termine el juicio, haz un paquete con ellos, por favor. Los enviaremos a la consulta del doctor Adams.

—Por supuesto.

Después de que Carmen se marchara, se le ocurrió que quizá Alan quisiera los libros. Sin embargo, desechó esa posibilidad con desdén. Los tiraría a la basura o los vendería, se dijo. Esta sigue siendo mi casa. Todo lo que hay en ella me pertenece, y puedo conservarlo o regalarlo.

Se preguntó si Alan se quedaría con todas sus cosas si la declaraban culpable. Por un momento se apoderó de ella un sentimiento de inmensa soledad. No podía telefonear a Peter. Tal como estaban las cosas, los medios de comunicación ya iban tras él. El titular de la página 3 del *Post* decía: «¡La esposa del médico muerto y su antiguo amor vuelven a estar juntos!».

Subió a la planta de arriba, aunque solo eran las ocho y cuarto. No tenía sueño, pero pensó que si se ponía el pijama quizá pudiera leer un rato en la salita, la habitación en la que Ted y ella habían pasado tantas horas serenas y felices juntos.

Acababa de sentarse en una butaca cuando sonó el teléfono. Vio el número de su padre en el identificador de llamada. Lo último que necesitaba eran sus alegres palabras de consuelo.

—Hola, papá —saludó con voz monótona.

—Bets, hoy las cosas no te han ido bien en el juzgado. Quiero decir que no te beneficia mucho que el médico de Ted haya dicho que podría haber vivido varios años más.

—Ya lo sé.

—Gert me estaba diciendo que yo debería estar allí para apoyarte. Dice que los nietos son ya lo bastante mayores para comprender que estas cosas pasan y que, al fin y al cabo, tú también eres parte de su familia.

No doy crédito a mis oídos, pensó Betsy. No puedo creerlo.

—Te he pedido muchas veces que no me llames Bets. —Habló eligiendo con cuidado cada palabra—. No quiero que vengas al juzgado, pero dale las gracias a tu querida esposa por el ofrecimiento. La única persona que habría podido ser un consuelo, alguien que de verdad era parte de la familia, es la niña que vendiste por cuarenta mil dólares. Ahora tendrá veintiséis años, y me encantaría tenerla a mi lado. No te molestes en volver a llamarme.

Colgó el teléfono de un golpe y cerró los ojos antes de que su padre pudiera contestar. Su abrumadora necesidad de la hija que nunca había conocido le destrozaba el alma. Volvía a sentir los breves momentos durante los cuales la comadrona le había dejado coger a su bebé.

El sentimiento pasó. Exhausta de pronto, apagó la luz y entró en el dormitorio.

42

Al igual que al resto de los testigos, a Alan Grant se le habían impuesto medidas de incomunicación. El juez les había ordenado que, hasta que finalizara el juicio, no comentaran su testimonio entre sí ni estuvieran presentes en la sala durante las declaraciones de otros testigos. Además, tenían prohibido leer los periódicos y escuchar las noticias del juicio en radio y televisión.

A excepción de la obligación de volver al juzgado, Alan Grant infringía todas las normas. Leía todos los periódicos que encontraba y cada noche recorría los canales de televisión en busca de información sobre el proceso. Además, había estado hablando con otro testigo.

Tenía miedo de abrir el correo electrónico o los mensajes del móvil. Con toda la publicidad sobre el dinero que había recibido y la herencia que cobraría tan pronto como Betsy fuera declarada culpable, la presión era incesante. Todos querían el dinero que les debía, y lo querían ya. Pudo ablandar a la mayoría asegurándoles que, en cuanto su madrastra fuese declarada culpable y sentenciada, volvería al juzgado para solicitar el desbloqueo de los bienes y podría acceder a su dinero al instante. Para suavizar la situación, prometió a cada uno de sus acreedores que le pagaría un plus de diez mil dólares en compensación por todas las molestias.

Eso fue suficiente para todos salvo para una persona, que

se negaba a creer que Alan no pudiera conseguir de inmediato algo de dinero y le advirtió muy irritada que se anduviera con cuidado.

En las pocas horas que Alan conseguía dormir, sus sueños estaban llenos de imágenes de su querido padre siendo golpeado en la parte posterior de la cabeza con la mano de mortero de mármol.

43

Estaba previsto que el lunes por la mañana Betsy Grant fuese el último testigo de la defensa. Alvirah y Willy ocupaban el primer puesto de la cola que se había formado junto a la puerta de la sala para entrar como público. Habían hablado mucho sobre si debían decirle a Delaney que Betsy era su madre y habían decidido esperar hasta que se pronunciara el veredicto para darle la noticia. Sabían que le afectaría mucho y que a partir de ese momento no podría seguir informando sobre el juicio. Cuando ocuparon sus asientos en la sala del tribunal, vieron que Delaney estaba sentada justo delante de ellos, en los bancos de la prensa.

La noche anterior, una mujer de Milwaukee había publicado en su página de Facebook la fotografía de una adolescente embarazada que sostenía un vestido. Bajo la foto, la mujer había escrito: «Casi me desmayo al comprender que Betsy Grant es la Betsy Ryan que hace veintiséis años trabajaba en el taller de costura que su tía tenía en Milwaukee. Yo conocía a su tía desde el instituto y vi a Betsy varias veces. Era una chica muy cariñosa. Le hice esta foto después de que me ayudara a escoger este vestido para la boda de mi hermana. Es imposible que matara a su marido. No habría sido capaz de matar a una mosca». La noticia había caído como una verdadera bomba.

El jurado permaneció en su sala cuando empezó la vista.

—Señoría —empezó Elliot Holmes, puesto en pie—, todos estamos enterados de la noticia que se publicó en Facebook a las diez de la noche de ayer y que tuvo un amplio eco en las noticias de las once, así como en los periódicos de esta mañana. En este sentido, creo que hay dos cuestiones que afectan a este tribunal.

»La primera es que esa fotografía constituye una prueba de gran relevancia. Rogamos a su señoría que recuerde el testimonio de Peter Benson, quien declaró haber salido con Betsy Ryan durante los dos últimos cursos de secundaria. Poco después de la graduación, los padres de la chica dijeron a familiares y amigos que era demasiado joven para ir a la universidad y que tenía previsto trabajar durante un año en el taller de costura de su tía en Milwaukee. El señor Benson declaró que a partir de ese momento perdió el contacto con ella.

»Señoría, está claro que la verdadera razón que llevó a la chica a aplazar su marcha a la universidad fue que se había quedado embarazada y que se trasladó a Milwaukee para mantener en secreto ese embarazo. Si realmente la acusada dio a luz a una criatura, doy por supuesto que esa criatura fue dada en adopción.

»En condiciones normales, el hecho de que la acusada se quedara embarazada hace veintiséis años no tendría relevancia alguna en este juicio. Sin embargo, sostenemos que deberíamos poder preguntarle durante su declaración si Peter Benson era el padre de esa criatura. Tal como argumenté en mi alegato inicial y pretendo insistir en mis conclusiones, el ministerio fiscal afirma que el principal motivo que tuvo la procesada para matar a su marido fue su deseo de iniciar una nueva vida con Peter Benson. Si efectivamente él es el padre de aquella criatura, ello constituiría una prueba de peso de la existencia de un vínculo aún más profundo entre la acusada y el señor Benson.

»Por último, con respecto a esta primera cuestión, si la acusada cambia de opinión y decide no declarar, solicitaremos volver a llamar a Peter Benson para interrogarle sobre esa información.

»En cuanto a la segunda cuestión —continuó el fiscal—, aunque solicitemos la admisión de esta prueba, creemos que resultaría adecuado que el tribunal preguntara de manera individual a cada uno de los miembros del jurado sobre si tiene conocimiento de esa información y, en caso afirmativo, comprobar si la frase "No habría sido capaz de matar a una mosca" puede influir en su decisión en este caso.

El juez Roth se volvió hacia Robert Maynard.

—¿Qué opina usted?

—Señoría, por supuesto he hablado con Betsy Grant de esa publicación en Facebook. Como todo el mundo, tuvimos conocimiento de ella anoche, cuando apareció en las noticias. Nos oponemos a que esa prueba tan tardía se someta a la consideración del jurado.

Delaney observó a Maynard mientras este presentaba su alegato, breve y poco convincente. Le llamó la atención que el abogado no indicara si Betsy Grant reconocería o negaría que Peter Benson era el padre. Le dio la impresión de que sabía que su alegato era una causa perdida y que la prueba sería escuchada por el jurado. Lanzó una ojeada a Betsy Grant, que miraba hacia delante sin mostrar ninguna emoción.

Ese día llevaba una chaqueta de tweed azul y blanca, una falda azul marino y unos tacones altos de ante negro. Un collar de perlas de una sola vuelta, discretos pendientes a juego, su ancha alianza de oro y un estrecho reloj de pulsera de plata eran las joyas que había elegido. Siempre había acudido al juicio con el cabello recogido, pero ese día, seguramente por consejo de Robert Maynard, se lo había dejado suelto sobre los hombros. El resultado la hacía parecer aún más joven, como si tuviera poco más de treinta años, y mucho más guapa.

Delaney se preguntaba qué pasaría por su cabeza en esos momentos. Si Peter Benson es el padre de su hijo, el fiscal tenía razón al afirmar que esa circunstancia mostraría un vínculo aún más profundo entre ellos y podría hundirla a ojos del jurado.

—Señores letrados. —La voz del juez Roth interrumpió sus pensamientos—. No cabe duda de que esta prueba resulta tardía, pero podría ser muy relevante. Es evidente que no se trata de que el fiscal tuviera conocimiento previo de una prueba y no la hubiera presentado a la defensa. Si fuera así, la prohibiría sin ninguna duda. Sin embargo, esa información fue publicada en Facebook anoche. Interrogaré uno por uno a cada miembro del jurado acerca de si conoce esa información y, en caso afirmativo, me aseguraré de que será capaz de evaluarla de modo imparcial y formarse su propia opinión sobre el veredicto a pesar del comentario que acompaña a la fotografía publicada.

El magistrado pasó la siguiente hora y media llamando a su despacho por separado a los miembros del jurado. Todos habían visto o leído la noticia, pero le aseguraron al juez que considerarían la prueba de modo imparcial y no se dejarían influir por las palabras que aparecían en la publicación.

El juez determinó que todos los componentes del jurado podían quedarse y que, si Betsy Grant seguía deseando testificar, podía hacerse referencia a esa información. Si ella optaba por no hacerlo, se autorizaría al fiscal a volver a llamar a Peter Benson.

Maynard volvió a levantarse.

—Señoría, Betsy Grant está dispuesta a testificar.

El juez Roth ordenó que el jurado volviera a entrar en la sala. Cuando el último de sus miembros estuvo sentado, Robert Maynard se levantó de nuevo.

—Señoría, la defensa llama a declarar a Betsy Grant.

Todas las miradas se posaron en ella mientras se ponía de pie y caminaba hasta la zona situada frente al estrado. El juez le ordenó que alzara la mano derecha para que el secretario pudiera tomarle juramento.

—¿Jura solemnemente decir la verdad, toda la verdad y nada más que la verdad?

—Sí —respondió en voz baja pero firme.

Subió al estrado, se sentó y el ayudante del sheriff le ajustó el micrófono. Robert Maynard comenzó repasando su matrimonio con el doctor Edward Grant, los detalles de la larga enfermedad de este y los esfuerzos que Betsy había hecho para ofrecerle la mejor atención posible. A continuación se centró en las áreas que más influirían en el veredicto en uno u otro sentido.

—Señora Grant —empezó, dirigiéndose a ella de la manera en la que lo haría el resto del interrogatorio—, ¿es cierto que, durante la cena de la noche que precedió a la muerte de su marido, el doctor Grant sufrió una explosión de ira y la abofeteó con fuerza?

—Sí.

—¿Y usted cayó en su silla sollozando?

—Sí.

—¿Y dijo varias veces «Ya no puedo soportarlo»?

—Sí.

—¿Le importa decirle a este jurado a qué se refería?

Betsy se volvió en su asiento y se situó directamente de frente al jurado.

—A lo largo de los más de siete años de la enfermedad de mi marido, yo había hecho todo lo posible para cuidar bien de él. Le amaba profundamente. Dos años antes de su muerte pedí una excedencia de mi puesto de profesora, y con el tiempo acabé abandonando mis labores como voluntaria para quedarme en casa y pasar todo el día con él. Pero durante el último año de su vida me atacó e insultó en varias ocasiones.

Con la voz quebrada, necesitó un sorbo de agua para poder continuar.

—Mi propio médico, al ver cómo me estaba afectando aquello, me aconsejó ingresar a Ted en una residencia. Siempre me había resistido a seguir ese consejo, porque sabía que no haría sino agravar la depresión y la ansiedad de Ted. Sin embargo, después de que me pegara esa última noche, supe que no podía seguir soportándolo y que había llegado el momento de tomar esa decisión.

—¿Y qué decisión era esa?

—Tenía que hacer lo que nunca quise hacer. Iba a ingresarle en una residencia.

—Señora Grant, esa noche antes de acostarse, ¿encendió usted el sistema de alarma?

—Estaba tan trastornada que sencillamente no me acuerdo. No creo haberlo hecho. No he podido comprobarlo porque tenemos un sistema de alarma antiguo que no guarda un registro electrónico de cuándo ha estado encendido o apagado.

—¿Conectaba usted normalmente la alarma por las noches?

—Lo hacíamos Angela o yo.

—Después de que se marcharan la cuidadora, la asistenta y sus invitados, ¿fue a ver a su marido antes de acostarse?

—Sí, entré en su habitación para ver cómo estaba. Dormía profundamente. Sabía que Angela le había dado un somnífero después de su arrebato.

—¿Qué hora era?

—Sobre las diez menos cuarto.

—¿Qué hizo usted entonces?

—Me dirigí a mi dormitorio, que está al fondo del pasillo en la planta baja, y me acosté enseguida.

—¿Cuándo volvió a ver a su marido?

—Más o menos a las ocho de la mañana, justo después de que Angela Watts entrara en mi habitación y me dijera que estaba muerto.

—Señora Grant, en este juicio se han presentado pruebas que indican que la alarma estaba encendida cuando llegó la cuidadora esa mañana. Las pruebas han mostrado también que, tras la marcha de todo el mundo la noche anterior, se quedó sola con su marido. ¿Oyó entrar a alguien en su domicilio esa noche?

—No, pero estaba tan trastornada que, como Ted parecía dormir plácidamente, decidí tomarme un somnífero, cosa que no suelo hacer y que me indujo un sueño muy profundo.

—Aparte de usted y de la cuidadora, ¿quién más conocía el código de la alarma?

—Por supuesto Carmen, mi asistenta. Y, aunque estaba muy enfermo, hasta un par de años antes de su muerte había momentos en que Ted murmuraba los números del código. Y no lo habíamos cambiado desde el día en que nos mudamos a la casa.

—¿Le dio alguna vez el código a Alan Grant?

—Nunca, pero no sé si Ted se lo comunicó o si recitó los números alguna vez en presencia de Alan.

—¿Quién tenía llave de su domicilio?

—Como es lógico, Ted y yo, además de Carmen y Angela.

—¿Tuvo Alan Grant llave alguna vez?

—No lo sé. Yo nunca se la di y Ted jamás me contó que lo hubiera hecho. Sé que Angela y Carmen no le habrían dado a nadie una llave sin nuestro permiso.

—Cuando falleció su marido, ¿dónde estaba su llave?

—Durante los dos últimos años de su vida mi marido no iba solo a ninguna parte. Su llave estaba colgada en la cocina. De vez en cuando, Ted cogía esa llave de la pared y yo la encontraba en un estante de la biblioteca que se había convertido en su dormitorio.

—¿Qué hacía usted con la llave cuando la encontraba en su dormitorio?

—Me limitaba a volver a colgarla en la pared de la cocina.

—¿Cuándo vio esa llave por última vez?

—Tres o cuatro meses antes de que muriera Ted me di cuenta de que no estaba en la cocina. Esperaba encontrarla en la biblioteca, pero no fue así.

—¿Encontró alguna vez esa llave?

—No. Carmen y yo la buscamos por todas partes, pero nunca la encontramos.

—¿Le preocupó que esa llave hubiera desaparecido?

—No demasiado. Supuse que estaría en algún lugar de la casa, o que él la habría tirado a la basura.

—En los últimos años de la vida de su marido, ¿estuvo alguna vez Alan Grant a solas con él?

—Muchas veces. En ocasiones se lo llevaba a dar un paseo en coche, y otras veces se quedaban solos en el estudio a ver la televisión.

—Ahora, señora Grant, voy a hacerle unas preguntas sobre una publicación en Facebook. Permítame mostrarle esta prueba. ¿Es usted la de la foto?

—Sí.

—¿Está embarazada en esta foto?

—Sí, de unos seis meses.

—¿Trabajaba en ese momento en el taller de costura de su tía en Milwaukee?

—Así es.

—¿Cuándo fue a Milwaukee?

—A mediados de julio, después de graduarme en el instituto.

—¿Cuándo se quedó embarazada?

—A finales de mayo, la noche del baile de graduación.

—Antes de quedarse embarazada, ¿tenía previsto ir a la universidad ese mes de septiembre?

—Sí, me habían aceptado en la Universidad George Washington, en Washington, D.C.

—¿Cuál fue la reacción de sus padres ante su embarazo?

—Ambos se mostraron muy disgustados y avergonzados. Mi padre se enfadó mucho conmigo.

—¿Cambió usted sus planes de ir a la universidad?

—Sí. Mis padres insistieron en que, a excepción de la hermana de mi madre que vivía en Milwaukee, nadie debía enterarse nunca de mi embarazo. Mis padres dijeron a todo el mundo que habían decidido que era demasiado joven para marcharme a la universidad y que debía pasar ese año trabajando con mi tía.

—¿Dio a luz a un bebé?

—Sí, a una niña. Me quitaron a mi hija inmediatamente. En su lecho de muerte, mi madre reconoció que mi padre había vendido el bebé al mejor postor. Le pagaron cuarenta mil dólares. Esa información supuso y todavía supone para mí una fuente de intenso dolor.

—¿Le contó alguna vez al doctor Grant que había tenido una hija?

—Desde luego. Antes de casarnos. Estaba convencida de que era justo que lo supiera.

—¿Cuál fue su reacción?

—Se ofreció a ayudarme para tratar de encontrar a mi hija.

—¿Y qué hizo usted?

—No hice nada. Me sentía avergonzada. Mi padre había vendido a mi bebé. Más de veinte años antes, justo antes de morir, mi madre me dijo que ella pensaba que el dinero iba a destinarse a mis estudios universitarios. En cambio, mi padre utilizó ese dinero para cortejar a su actual esposa, aunque mi madre seguía viva.

Betsy ahogó un sollozo.

—He echado a mi hija de menos cada momento de mi vida desde que nació. Siendo profesora, estaba rodeada de alumnos que tenían su misma edad. Siempre me he preguntado dónde estaría.

—Señora Grant, ¿quién es el padre de su hija?

—Peter Benson.

—¿Está absolutamente segura?

—Sí, estoy completamente segura. Peter fue el único chico con el que salí en el instituto.

—¿Le dijo que estaba embarazada?

—No.

—¿Le dijo en algún momento que había dado a luz a una niña?

—No.

—¿Por qué no se lo dijo?

—Porque mis padres me enviaron a Milwaukee. No querían que ni Peter ni nadie supiera lo de la niña. Ellos no la querían, y pretendían evitar que la familia de Peter solicitara su custodia. Y, como ya le he dicho, mi padre vendió al bebé.

—Entonces, ¿nos está diciendo que, desde el momento en que supo que estaba embarazada hasta que esa foto fue publicada anoche en Facebook, nunca le ha hablado a Peter Benson de esa niña?

—Jamás le he hablado de ella. Me angustia mucho saber que seguramente habrá visto las noticias y sabrá que di a luz a su hija.

—Señora Grant, ¿no niega que quedó con Peter Benson para cenar una o dos veces al mes en los dos años anteriores a la muerte de su marido?

—No lo niego.

—¿Tenía usted una aventura con Peter Benson?

—No.

—Háblenos de esa relación.

—Fue exactamente como explicó él durante su declaración. Me tropecé con él en un museo de Nueva York un par de años antes de que muriese Ted. Los dos pasábamos por un mal momento. Él sufría por la pérdida de su esposa y yo por la desaparición del marido maravilloso que había tenido. Fuimos un gran consuelo el uno para el otro.

—¿Desarrolló usted sentimientos intensos hacia Peter Benson?

—Mentiría si no reconociera que, con el paso del tiempo, mi afecto se hizo muy profundo. Él sentía lo mismo, tal como declaró.

—¿Hablaron de sus sentimientos?

—Sí. Le dije que nunca le sería infiel a Ted y que jamás le abandonaría.

—Señora Grant, ¿atacó a su marido en la noche del 21 al 22 de marzo del año pasado?

—Desde luego que no. Es cierto que aquella noche tomé finalmente la decisión de ingresarle en una residencia, pero jamás le habría hecho daño.

—No tengo más preguntas, señoría.

—Señor fiscal, puede comenzar su interrogatorio.

Elliot Holmes se levantó y se dirigió hacia el estrado.

—Señora Grant, no cabe duda de que el 21 de marzo del año pasado, a las diez menos cuarto de la noche, estaba sola en casa con su marido. ¿Es así?

—Sí.

—Y durante esa noche, en ningún momento oyó entrar a nadie en el domicilio. ¿Correcto?

—Sí.

—Cuando llegó la cuidadora a las ocho de la mañana siguiente, la alarma estaba conectada. ¿Es así?

—Sí.

—Y su marido fue hallado muerto un par de minutos más tarde. ¿Cierto?

—Sí.

—¿Tiene usted constancia de que la policía no encontró nada que indicase la entrada de un intruso, como una ventana o una cerradura rotas?

—Sí, tengo constancia de eso.

—Señora Grant, ha admitido que, durante los dos años anteriores a la muerte de su marido, se veía a menudo con Peter Benson.

—Sí, ya lo he dicho.

—¿Alguna vez cenaron en New Jersey?

—No.

—¿Por qué no?

—Necesitaba el consuelo de su amistad, pero sabía que si

algún conocido me veía con él podía malinterpretar la situación. No negaré que pretendía mantener nuestra amistad en secreto. Ya tenía suficientes preocupaciones y no quería ser el blanco de un montón de habladurías.

—Señora Grant, ¿no es cierto que mató a su marido porque estaba cansada de su enfermedad y todo lo que conllevaba y quería estar con Peter Benson?

—Señor Holmes, estaba cansada. Estaba triste. Podría haber conseguido todo lo que acaba de mencionar ingresando a mi marido en una residencia. Si lo hubiera hecho, habría podido ver a Peter Benson con mucha más frecuencia.

Betsy se inclinó hacia delante en el estrado, señaló al fiscal y alzó la voz.

—Si le hubiera ingresado en una residencia, les habría presentado a mis amigos a Peter y ellos lo habrían comprendido.

—¿Cuánto tiempo ha transcurrido desde la última vez que vio a Peter Benson o habló con él?

—La última vez que le vi fue en esta sala, el día que declaró. Esa noche me telefoneó para asegurarse de que yo estaba bien. Antes de eso, le llamé la mañana en que mi marido fue hallado muerto y...

El fiscal la interrumpió:

—¿Le llamó para darle la buena noticia de que ya era libre? —preguntó Holmes con voz rebosante de sarcasmo.

Betsy dio un respingo y se agarró a los brazos de su asiento.

—Señor Holmes, me parece repulsivo que sugiera que la muerte de mi marido fue una buena noticia.

—Señora Grant, ¿considera usted que fue repulsivo aplastar la cabeza de un hombre débil e indefenso que dormía en su cama?

Betsy se levantó, impulsada por la rabia.

—Sí, pero yo no lo hice. No aplasté el cráneo de mi marido y luego me volví a la cama. No maté a mi marido. ¡No maté a Ted!

—Señora, le ruego que se siente —le pidió el juez.

Elliot Holmes alzó la vista hacia el magistrado.

—Señoría, no tengo más preguntas para esta testigo —anunció en tono desdeñoso.

El juez se volvió hacia Robert Maynard.

—¿Más preguntas?

—No, señoría. Gracias.

Miró entonces hacia la acusada.

—Señora Grant, puede bajar.

Betsy oyó las palabras del juez como si las pronunciara desde muy lejos. Empezó a levantarse, pero entonces le flaquearon las piernas y todo se volvió oscuro.

Se desmayó y cayó al suelo. Se oyeron gritos ahogados entre el público. Los ayudantes del sheriff se precipitaron hacia ella; el juez ordenó desalojar la sala y pidió a los miembros del jurado que se retiraran. Enseguida llegaron unos auxiliares sanitarios, que al cabo de diez minutos le comunicaron al juez que Betsy estaba bien. Después de hablar con los letrados, el magistrado decidió aplazar la vista hasta el miércoles por la mañana.

Los miembros del jurado permanecieron en su sala mientras la atendían. Antes de que se marchara, Robert Maynard dio su consentimiento para que se hiciera salir al jurado en ausencia de su defendida. El juez comunicó al grupo, muy afectado, que la acusada estaba bien y que el juicio se reanudaría el miércoles. Además, les recordó que debían decidir su veredicto basándose exclusivamente en las pruebas y no en preferencias, prejuicios o simpatías.

44

Jonathan Cruise tenía una lista de seis médicos en Fort Lee a los que quería entrevistar. Había decidido identificarse como reportero del *Washington Post* y comentar con ellos sus impresiones acerca de la gravedad del problema de las sobredosis de drogas en el norte de New Jersey.

Sin embargo, los que de verdad le interesaban eran los doctores Kent Adams y Scott Clifton. Su condición de antiguos socios de Ted Grant despertaba los instintos de Jon como periodista. La idea de que ahí tenía que haber algo se había convertido en un pensamiento recurrente.

Decidió visitar en primer lugar a dos de los otros médicos a fin de que su historia resultara creíble para Clifton y Adams.

El primero fue Mario Iovino, un ginecólogo que declaró que lo más trágico era que los bebés de las madres adictas al crack nacían a menudo con graves daños.

—Se les detecta al instante —aseguró—. Cuando vienen al mundo, en lugar de gritar con toda la fuerza de sus pulmones, maúllan como gatos. Solo he tenido unos pocos casos a lo largo de los años, pero cuando oigo ese sonido se me cae el alma a los pies.

Jon tomaba notas.

—¿Cuál es la franja de edad de las madres de esos bebés? —preguntó.

—Las hay de todas las edades, desde quince hasta cuarenta y cinco.

A continuación se entrevistó con el doctor Neil Carpenter, un reumatólogo.

—Recibo llamadas de pacientes que afirman haber sufrido un esguince por una caída o padecer artritis grave. En cualquier caso, dicen que el dolor es insoportable.

—¿Qué hace usted cuando sospecha o sabe que están desarrollando dependencia de los analgésicos?

—Recomiendo almohadillas eléctricas y paracetamol —respondió con una sonrisa.

Jon tenía cita con el doctor Scott Clifton a las dos y media del día siguiente. Kent Adams había accedido a recibirle, pero le advirtió que tenía la agenda llena para los dos días siguientes.

45

Debido a las constantes pullas de Scott hacia Betsy Grant, Lisa no había asistido al juicio, a pesar de que le habría gustado. Ella y Sarah Adams habían declarado ya, y los letrados les aseguraron que no volverían a llamarlas. En esas circunstancias, el juez había modificado las medidas de incomunicación que les afectaban y había determinado que podían asistir a la vista si así lo deseaban.

El fiscal no quería que volvieran. Tanto Sarah como ella habían apoyado a Betsy de forma contundente cuando subieron al estrado y ninguna podía añadir nada más a su testimonio. Por supuesto, Lisa no estaba presente cuando declaró Sarah, pero esa noche las críticas de Scott fueron especialmente crueles.

—Por lo que he oído en las noticias, Sarah y tú os habéis deshecho en halagos al hablar de Betsy. Si tan buena persona te parece, ¿por qué no llamas al Vaticano para pedir que la canonicen?

—Con todo lo que ha sufrido, deberían hacerlo —fue la respuesta de Lisa, igual de cáustica.

Cuando conoció a los Grant, poco después de casarse con Scott, le sorprendió y agradó enterarse de que a Betsy, igual que a ella, le gustaba el Bikram yoga, así que decidieron acudir juntas a las clases de un excelente gimnasio de Westwood, a medio camino entre Ridgewood y Alpine. Las dos amigas se reunían para practicar una vez por semana y almorzaban juntas unas tres veces al mes.

Esos almuerzos terminaron cuando acusaron a Betsy e incluyeron a Lisa en la lista de posibles testigos. Aun así, Lisa pensaba a menudo en la ternura con la que su amiga hablaba de Ted. Echaba de menos su amistad. Mientras se aproximaba la inevitable ruptura con Scott, buscaba todas las noticias acerca del juicio que aparecían en los periódicos y en la televisión. Le gustaba especialmente la cobertura informativa que Delaney Wright realizaba del juicio y los comentarios que intercambiaba con el presentador.

Lisa durmió muy poco la víspera del día previsto para la declaración de Betsy. Se levantó temprano y ya estaba en la cocina antes de que Scott bajara a desayunar.

Su marido seguía intentando mantener una fachada afectuosa.

—Una vez que acabe este juicio, me gustaría que pasáramos un fin de semana largo en Santo Domingo. Después de eso —añadió—, seguro que no necesitaremos acudir a un asesor matrimonial. Y deja que te diga que siempre estás preciosa, día y noche.

—Gracias. Lo de Santo Domingo me parece muy buena idea —contestó en un tono que pretendía ser amistoso.

Se fijó en que Scott tenía unas ojeras cada vez más oscuras. Dormía aún menos de lo que ella pensaba.

—Además, tenemos que sacar tiempo para poner a la venta esta casa y buscar una nueva —continuó él—. Me inclino por esa urbanización que acaban de construir en Saddle River. Algunos miembros del club se han mudado allí y dicen que les gusta mucho.

Tengo que terminar con esto, pensó Lisa. Fingir no se me da nada bien.

Scott se marchó después de darle un beso que aparentaba ser cariñoso. Lisa se pasó la mano por los labios y subió a vestirse. Se quitó la bata y se miró en el espejo. Decidió que seguía estando muy bien. Se alegraba de haberse cortado el pelo. El nuevo corte resaltaba sus ojos castaños, que eran su mejor rasgo, y le acentuaba los pómulos. Tras darse una ducha se vistió con una chaqueta ligera de color gris y unos pantalones a juego, su indumentaria favorita cuando trabajaba.

Cuando se abrieron las puertas de la sala del juzgado, pudo conseguir asiento pocas filas detrás de la mesa de la defensa. Betsy entró con sus abogados y paseó la mirada por el público. Le dedicó una breve sonrisa cuando la vio. Era evidente que se alegraba de que estuviera allí.

Betsy estuvo varias horas en el estrado.

La reacción de asombro de Lisa ante la noticia del bebé fue idéntica a la de todos los presentes. Reconocer que Peter Benson era el padre de su hija había causado una conmoción general.

Cuando se desmayó al bajar del estrado, Lisa, profundamente apenada, permaneció en la sala a pesar de la orden del juez.

—Soy una amiga íntima —les aseguró con firmeza a los ayudantes del sheriff mientras uno colocaba una máscara de oxígeno sobre el rostro de Betsy y el otro comprobaba su pulso.

Estaba a su lado cuando empezó a recuperar la conciencia, sosteniéndole la mano y apartándole el pelo de la frente. Le enjugó las lágrimas que derramó al despertar por completo y se quedó a su lado cuando se negó en redondo a que la llevaran al hospital en una ambulancia.

—Quiero irme a mi casa —pidió—. ¿Sigue ahí mi chófer?

Robert Maynard y sus socios, que aguardaban de pie al fondo de la sala, se ofrecieron a acompañarla hasta su coche en cuanto un auxiliar sanitario les informó de que la señora Grant deseaba marcharse.

Delaney la vio salir desde los peldaños del palacio de justicia. Betsy llevaba puestas unas gafas de sol, pero era evidente que tenía el rostro húmedo por las lágrimas. Las cámaras hacían una foto tras otra. La joven ahogó un grito al ver que Betsy parecía quedarse sin fuerzas en el preciso momento en que el chófer abría la puerta del coche.

Fue un gran alivio comprobar que Lisa Clifton subía al coche con ella y le pasaba un brazo por los hombros mientras el vehículo se apartaba de la acera.

Delaney pensó que, a pesar de que el doctor Scott Clifton había dejado muy claro en el estrado que creía que Betsy había matado a su marido, era evidente que su mujer no estaba de acuerdo con él.

Deprimida de pronto por los acontecimientos de la jornada, se quedó allí de pie hasta que distinguió a Alvirah y Willy, que estaban un tanto apartados. Delaney les saludó con la mano y ellos acudieron a toda prisa.

—¿Por qué no vienes a cenar a casa esta noche?

—Me encantaría —aceptó.

46

Al entrar en el apartamento de Alvirah y Willy, Delaney percibió el aroma cálido del rosbif que se asaba en el horno. La joven venía de informar sobre el juicio contra Betsy Grant en las noticias de las seis. Don Brown le había preguntado en antena acerca de la reacción que se produjo en la sala cuando la acusada se desmayó. Escogió las palabras con cuidado antes de contestar y relató que tanto el público como los miembros del jurado habían lanzado un grito ahogado. Explicó que el juez había ordenado desalojar la sala y pedido a los miembros del jurado que se retiraran.

—¿Crees que han aumentado las probabilidades de que el jurado se muestre comprensivo con ella? —preguntó Don.

A Delaney le entraron ganas de responder «Eso espero». Sin embargo, no quería dar la impresión de ser parcial en favor de la acusada.

—Cuando se ha caído al suelo —comentó finalmente—, todos parecían muy afectados. De hecho, he visto que una miembro del jurado empezaba a llorar.

Cuando finalizó la emisión le contó a Don que Betsy Grant había proclamado su inocencia con pasión y que sin duda los miembros del jurado se habían compadecido de ella cuando se desmayó. Pero también pensaba que el fiscal le había asestado un duro golpe al preguntarle si le dio a Peter Benson la «buena noticia» de que su marido había muerto.

—Imagínatelo. Eso ha venido justo después de que Betsy reconociera que estaba enamorada de él y que era el padre de su hija. Y no creo que a su abogado se le haya ocurrido una explicación convincente para que la alarma estuviera conectada cuando llegó la cuidadora la mañana en que encontraron el cadáver.

Repitió a sus amigos lo que ya le había contado a Don.

—Willy, ¿qué opinas? —preguntó Delaney.

—He mantenido desde el principio que creo que la declararán culpable —reconoció en voz baja.

Aunque el rosbif estaba delicioso, la joven apenas fue capaz de probar bocado.

—Alvirah, ya sabes que me encanta tu rosbif y tu pudin de Yorkshire, pero si te soy sincera, no puedo comer gran cosa. Mi mente no deja de gritarme que Betsy Grant es inocente. —Unas lágrimas brillaban en sus ojos—. Hemos cubierto juntas muchos juicios como este y sabemos lo que se siente al mirar a un acusado al que acaban de declarar culpable de asesinato u homicidio y ver que el ayudante del sheriff le pone las esposas y se lo lleva.

Esbozó una sonrisa de disculpa antes de continuar hablando.

—Se me partía el corazón al oír a Betsy Grant diciendo con tanta pasión lo mucho que ha echado de menos a su hija y lo mucho que ha sufrido todo este tiempo. Si alguna vez encuentro a mi madre biológica, me pregunto qué sentiría si la oyera decir esas palabras.

Alvirah y Willy se miraron y cogieron la mano de su amiga.

—Esta tarde has oído a tu madre biológica decir esas palabras. Betsy Grant es tu madre y Peter Benson es tu padre.

47

Cuando Alvirah le dio la impresionante noticia de que sus padres eran Betsy Grant y Peter Benson, las emociones de Delaney oscilaron entre la euforia y la congoja. Estaba convencida de que, en el mejor de los casos, Betsy sería condenada por homicidio. Las aplastantes pruebas en su contra, en especial la revelación de que Peter Benson era el padre de su hija, pesarían más en el jurado que la insistencia de Betsy en que jamás habría hecho daño a su marido.

Su hija, pensó Delaney. Yo.

A los tres años había llorado porque no se parecía a ningún otro miembro de la familia. Ahora, pensando en Peter Benson, comprendió que tenía sus grandes ojos de color castaño oscuro.

Se pasó la noche en vela, repitiéndose una y otra vez que eran sus padres. Se levantó temprano, se duchó y se vistió. Mientras se maquillaba, se miró fijamente al espejo. Peter Benson es mi padre, pensó, pero me parezco más a Betsy.

No pudo tomar nada más que una taza de café mientras meditaba sobre por qué querría alguien matar al doctor Grant. El sospechoso más evidente era Alan Grant. Según él mismo había declarado, sus gastos y deudas eran muy elevados, y esperaba heredar al menos la mitad de los bienes de su padre, valorados en quince millones de dólares. La totalidad si Betsy era declarada culpable. Era muy posible que su padre le dijera el código de la alarma y pudo coger la llave que estaba colgada en la cocina, pero tenía una sólida coartada para la noche del crimen.

¿Quién más pudo haberlo hecho? Tanto a Carmen Sanchez como a Angela Watts, el doctor Grant les había dejado en su testamento veinticinco mil dólares, como atestiguó el abogado Frank Bruno. Pero ¿alguna de ellas conocía esa circunstancia antes de que él muriera?

¿Y los antiguos socios del doctor Grant? Habían puesto fin a la sociedad poco después de que le diagnosticaran la enfermedad de Alzheimer y habían tomado rumbos distintos.

No hay ningún otro sospechoso creíble, pensó Delaney, desesperada.

El martes a las nueve de la mañana estaba en el despacho de la productora ejecutiva de la cadena con la puerta cerrada.

—No puedo seguir informando sobre el juicio contra Betsy Grant —empezó.

Cuando explicó sus motivos, el rostro habitualmente imperturbable de Kathleen Gerard expresó primero incredulidad y luego compasión.

—Es evidente que debes retirarte del juicio, y comprendo que tengas miedo de que tu madre sea declarada culpable.

Delaney asintió con la cabeza.

—Estoy segura de que es inocente y me siento impotente. Tengo que pedirle dos cosas —añadió tras una breve pausa—. Por un lado, necesitaría tomarme unos días libres por asuntos propios, tal vez una semana, a partir de hoy mismo.

—Por supuesto —contestó Gerard al instante—. Tómate tanto tiempo como necesites.

—Gracias. En este momento, salvo usted y dos amigos míos, nadie está enterado de mi relación con Betsy Grant y Peter Benson. Si no le importa, me gustaría seguir así.

—Tienes mi palabra —prometió.

48

Peter Benson no sabía qué hacer. Todavía no se había recuperado del impacto que le había supuesto ver publicada en Facebook la foto de una jovencísima Betsy embarazada y de oír en la radio la noticia de que, según su declaración, él era el padre.

Todos sus instintos le empujaban a ir a Alpine para estar con ella, pero sabía que en aquel punto crucial del juicio debía mantenerse alejado.

Betsy había sufrido en silencio todos aquellos años tras verse obligada a renunciar a su bebé, y se había sentido demasiado avergonzada para buscarlo. Peter recordaba bien a su padre. En julio, después de que se graduaran en el instituto de Hawthorne, el señor Ryan le había telefoneado para decirle que no volviera a llamar a Betsy, que la chica iba a esperar un año antes de empezar en la universidad. «Es demasiado joven para irse», había dicho Martin Ryan, «y también para salir contigo o con ningún otro».

Recordaba claramente lo enfadado que parecía cuando le dio el mensaje. Luego pensó en la madre de Betsy. Era evidente que su marido la tenía intimidada y que ya padecía el cáncer que acabó con su vida seis años más tarde.

Al morir la señora Ryan, escribió tanto a Betsy como a su padre para darles el pésame, pero no recibió respuesta de ninguno de los dos.

No podía dejar de pensar en que tenía por ahí una hija de veintiséis años y en el aspecto que tendría. Yo tengo los ojos castaños, se decía; Betsy los tiene azules. ¿No suele predominar el castaño sobre el azul?

Decidió tomarse el día libre para escapar de las habladurías que se habían desatado en el campus desde que declaró en el juicio. Además, quería estar en casa cuando informaran sobre el testimonio de ella.

Tras la muerte de su esposa, Peter había vendido la casa y se había mudado a un piso situado a poca distancia del campus. Para Annette y él, supuso una decepción no haber tenido nunca un hijo. Habían intentado en tres ocasiones la fecundación in vitro, pero los embarazos siempre terminaron en aborto.

Fui padre a los dieciocho años, pensó Peter. De haberlo sabido, ¿habría decidido dejar los estudios y buscar trabajo? No lo sé. Ya no recuerdo quién era yo con dieciocho años.

En el estrado, Betsy dijo que ella quería quedarse con la niña, pero que su padre la había vendido al mejor postor. ¿Quién la compró? ¿Estaría todavía en este país?

A las siete de la tarde telefoneó su madre. La mujer, de setenta y tres años, era viuda desde hacía cuatro.

—¡Ay, Peter, a papá y a mí nos habría encantado ocuparnos del bebé! De haberlo sabido... Con lo bien que os llevabais, siempre me extrañó que Betsy decidiera aplazar su ingreso en la universidad y marcharse a Milwaukee. Ojalá hubiera seguido mi intuición y hubiera ido a verla allí.

Pocos minutos después, Peter no pudo esperar más y la llamó. Al otro lado del teléfono escuchó una voz baja, cansada y triste.

—Peter, sé que me van a declarar culpable. Espero que trates de encontrar a nuestra niña. Y, si lo logras, te ruego que la convenzas de que su madre no es una asesina.

49

Después de diez robos y una racha ganadora jugando al blackjack en Atlantic City, Tony, como de costumbre, había permanecido demasiado tiempo en las mesas y lo había perdido todo.

Vuelvo al punto de partida, pensó malhumorado mientras regresaba en su coche a Saddle River, New Jersey.

Todavía tenía la pulsera en su poder. Sí, claro, podía sacar treinta mil por ella en la casa de empeños aunque se hubiera denunciado su desaparición, pero entonces perdería su única moneda de cambio si alguna vez volvían a sorprenderle con las manos en la masa.

Una gran moneda de cambio, se recordó a sí mismo.

Sin embargo, ya era hora de dar otro golpe. Habían vuelto a contratarle para limpiar cristales. Le había resultado fácil conseguir ese empleo porque en otoño todo el mundo hacía limpieza general, lo que incluía en muchos casos un repaso de las ventanas.

Llevaba tres días trabajando en una de esas mansiones de la lujosa zona de Saddle River. Aprovechó que estaba limpiando los cristales del dormitorio principal para echar un rápido vistazo al interior. En uno de los armarios tenían una de esas ridículas cajas fuertes, idéntica a la de la habitación de Betsy Grant. Abrirla sería pan comido.

Todavía no sabía muy bien cómo iba a hacerlo, pero por si

acaso desconectó del sistema de alarma una de las puertas de la terraza.

Su jefe le preguntó cuándo acabaría.

—Mañana por la tarde como mucho —le aseguró Tony.

—Más te vale. La familia se va de crucero y no quiere a nadie trabajando en la casa mientras está fuera.

Qué oportuno, se dijo. La escalera de mano que siempre llevaba en el coche tenía la altura suficiente para permitirle subir hasta la terraza.

Desde luego, era muy probable que en un lugar como aquel hubiera cámaras de seguridad por todas partes. Taparía las matrículas del coche con una tela gruesa cuando estuviera cerca de la propiedad y llevaría ropa oscura y un pasamontañas. Lo tenía todo planeado. Si saltaba la alarma, estaría de vuelta en la carretera 17 antes de que la pasma arrancara el motor de un coche patrulla.

Sabía que la cosa no iba a ser fácil, pero le encantaba el subidón que le producía vencer al sistema. Y si algo salía mal, siempre podía utilizar la pulsera para hacer un trato.

Había esperado todo el fin de semana y hasta la noche del lunes para tener la seguridad de que la familia estaba en el crucero. A la una de la madrugada puso rumbo a la casa. Cuando salió de la autopista, se detuvo para tapar las matrículas sin darse cuenta de que había un coche patrulla en las proximidades y de que sus ocupantes le estaban observando. Subió de nuevo al coche y se dirigió hasta la casa que pensaba asaltar.

Aunque el camino de acceso situado delante de la vivienda era circular, continuaba dando la vuelta al edificio hasta llegar a una zona de aparcamiento acondicionada en el jardín trasero. Tony dejó allí su coche y, con la escalera al hombro, se dirigió con cautela hasta la fachada. Desplegó la escalera, subió hasta arriba y se coló en la terraza. La luz de un foco le cegó cuando empezaba a manipular la cerradura.

—¡Quieto! ¡Levante las manos! —le ordenó una voz atronadora a través de un altavoz.

50

A la una y cuarto de la madrugada del martes, Tony Sharkey fue trasladado a la comisaría de Saddle River esposado en el asiento trasero de un coche de policía. Al llegar, el agente que le había arrestado le condujo a la zona de registro, donde fue sometido a un proceso que ya le resultaba muy familiar: fotografías, huellas dactilares y las preguntas habituales acerca de su nombre, fecha de nacimiento y dirección.

A continuación le acompañaron pasillo abajo hasta llegar a la oficina de los investigadores. El detective William Barrett le estaba esperando.

—Señor Sharkey —empezó—, el agente que le ha arrestado me ha informado de que, al ser detenido, ha expresado su deseo de hablar con un detective. ¿Es así?

—Sí —convino Tony en tono resignado.

—Tal como le ha dicho el agente en el lugar de la detención, y ahora le repetiré yo, tiene derecho a permanecer en silencio. Tiene derecho a consultar con un abogado antes de ser interrogado. Si no puede pagarlo, se le asignará uno de oficio. Cualquier cosa que diga podrá ser utilizada en su contra ante un tribunal. Y, por último, si decide responder nuestras preguntas, puede dejar de hacerlo en cualquier momento. ¿Entiende usted estos derechos?

—Sí, sí, me los sé de memoria.

—Muy bien, señor Sharkey, ¿intentaba entrar en el domicilio en el que ha sido arrestado?

—Claro que sí. ¿Por qué cree que estaba en la terraza en plena noche? No estaba cogiendo manzanas.

—Estoy seguro de que no estaba cogiendo manzanas —respondió el detective en tono sarcástico—. ¿Qué iba a hacer una vez que accediese al interior de la casa?

—Buscar joyas y dinero.

—¿Había alguien más con usted?

—No, soy el Llanero Solitario.

—Y bien, ¿qué es lo que quiere decirme?

—¿Sabe ese juicio que están celebrando en Hackensack contra una ricachona a la que acusan de matar a su marido? Ya sabe, aquel tío con alzhéimer.

—Estoy familiarizado con el juicio —respondió Barrett secamente—. ¿Qué pasa con él?

—Un par de días antes yo había estado en esa casa limpiando los cristales, y estaba allí la noche en que le atizaron al doctor. Yo no lo hice, pero creo que su parienta tampoco.

—¿Estaba en la casa esa noche? —preguntó el detective, incrédulo—. ¿Qué hacía allí?

—Había ido a mangar alguna joya. Cogí una pulsera y todavía la tengo.

—¿Todavía la tiene? ¿Dónde está?

—En mi apartamento, en Moonachie. El policía que me ha arrestado se ha quedado con mis llaves. Pueden ir allí ahora mismo y recogerla. Es una pulsera de diamantes y esmeraldas.

—¿Dónde la encontraremos?

—Está en una bolsa de papel, debajo de una baldosa suelta del cuarto de baño.

El detective William Barrett no sabía si Tony Sharkey estaba loco o si tenía realmente información importante. En cualquier caso, era indudable que debían comprobarlo lo antes posible.

Se volvió hacia el otro agente presente en la habitación.

—Dame las llaves que están en el sobre con sus pertenencias. Señor Sharkey, firme este formulario de consentimiento.

Tony firmó rápidamente el formulario.

—Enviaremos a los agentes a su piso ahora mismo. Volveré a hablar con usted en cuanto sepamos algo.

—Estupendo —respondió Tony—. Pero dígales a sus compañeros que no hay nada más en el apartamento. No me gustaría que me estropeasen la decoración.

Barrett puso los ojos en blanco.

—Ahora le llevaremos a la celda de detención.

—¡Ah, otra cosa! Cuando tengan la pulsera, llamen a Wally's Window Washers. La empresa está en Paramus. Pídales que le envíen el nombre de los tíos que trabajaron en la casa de los Grant en Alpine los dos días anteriores a la muerte de ese hombre.

51

Noventa minutos después, a las tres y cuarto de la mañana, los agentes habían vuelto de Moonachie y estaban reunidos con el detective Barrett, que examinaba la pulsera que habían sacado de debajo de la baldosa suelta del cuarto de baño, el lugar exacto en el que Tony había dicho que estaría.

Tony sonrió mientras se sentaba frente a Barrett, que sostenía la pulsera en las manos.

—¿No se lo dije? Y mire las iniciales, «TG y BG». Ted y Betsy Grant. ¡Qué monos!

—Bueno, así que esta parte de lo que ha dicho es verdad —reconoció el detective con cautela—. No puedo hablar con esa empresa de limpieza de cristales hasta mañana. Sus oficinas no están abiertas en plena noche.

—Eso también podrán comprobarlo, se lo garantizo.

Barrett sabía que tenía que informar de aquello enseguida al fiscal Elliot Holmes. Todos los departamentos de policía tenían sus números de contacto por si se producía una emergencia, y supuso que esto bien podría considerarse una. Salió de la habitación y, temiéndose lo peor, marcó el número de la casa del fiscal. Elliot Holmes cogió el teléfono. Por su voz, parecía que acababa de despertarse de un profundo sueño.

—Señor, le pido disculpas por llamarle a estas horas. Solo lo haría en circunstancias extremas, pero he pensado que era necesario.

—Está bien... ¿Qué pasa?

Barrett le habló del arresto de Tony, de la recuperación de la pulsera con las iniciales y de la declaración del ladrón de que había entrado en el domicilio la noche del crimen. Holmes le escuchaba sin dar crédito a sus oídos.

—¿Cuándo se denunció la desaparición de la pulsera?

—Eso es lo absurdo del caso, señor. Nunca se denunció. He llamado a la policía de Alpine antes que a usted y no les consta ninguna denuncia.

—Entonces, si realmente entró en la casa, no hay pruebas que demuestren cuándo lo hizo.

—En efecto, señor. Afirma que trabajó allí limpiando cristales pocos días antes de que muriera el médico. No puedo confirmar si es o no cierto hasta que la empresa abra sus oficinas por la mañana.

Holmes estaba furioso. Sabía que tendría que hablar con Sharkey y luego notificárselo a Maynard.

—Tráigalo a mi despacho a las ocho en punto. Hablaré con él. Esta chorrada surge en el momento más inoportuno, justo ahora que estamos a punto de iniciar la presentación de las conclusiones.

Colgó sin decir nada más.

Cinco horas después, Holmes entraba en la sala de interrogatorios de la fiscalía y se sentaba a la mesa. El detective Barrett acababa de llegar con Tony. Dos de los investigadores de homicidios que habían trabajado en el juicio se sentaron junto al fiscal y miraron al detenido con desprecio.

Holmes empezó a hablar en tono sarcástico.

—Bueno, señor Sharkey...

—Llámeme Tony. Así me llama todo el mundo —contestó alegremente.

Holmes ignoró su respuesta.

—Señor Sharkey, tengo entendido que le han leído sus derechos y que quiere hablar conmigo. ¿Es así?

—Por eso estoy aquí. Tiene usted una oficina muy bonita.

—¿Entiende esos derechos? Supongo que sí. Sus antecedentes penales son espantosos, así que me imagino que ya le habrán leído esos derechos muchas veces.

—Sí, montones de veces. Los entiendo todos muy bien. No hay problema.

—El detective Barrett me ha dicho que usted afirma haber estado en la casa de Alpine la noche en que asesinaron al doctor Grant. La primera vez que habla de esto a la policía es cuando le detienen intentando entrar en una casa. Entonces aporta una pulsera que puede proceder o no de la casa de Alpine, pero cuya desaparición nunca se denunció.

Se disponía a continuar cuando entró otro detective y le susurró algo al oído. Holmes hizo una mueca mientras escuchaba y luego prosiguió.

—La empresa de limpieza de cristales ha confirmado que trabajó en la casa de Alpine durante un par de días antes de que asesinaran al doctor Grant.

Tony se volvió hacia el detective Barrett con aire triunfante.

—¿Lo ve? Se lo dije.

—¿Cómo piensa convencerme de que estuvo allí cuando mataron al doctor Grant? —preguntó Holmes, enfurecido.

—Volví a la casa la noche después de acabar de romperme la espalda limpiando esos cristales tan elegantes. Había visto la caja fuerte del dormitorio principal, en la planta de arriba, y sabía que no me costaría nada entrar.

—¿Cómo entró?

—Cuando estuve allí limpiando los cristales, desconecté el cable de la alarma de la ventana de esa habitación. Cuando volví, pasé por esa ventana y retorcí otra vez el cable al marcharme para que diera la impresión de que seguía conectado, pero en realidad no lo estaba. Por eso no saltó la alarma cuando me fui. Era un sistema ridículo, muy fácil de burlar.

—Le ha dicho al detective Barrett que vio alejarse un coche.

—Pues sí, pero ahora tenemos que ir al grano: me tiene que prometer la libertad condicional si quiere que le cuente algo más.

El fiscal se levantó.

—¿La libertad condicional? Es un delincuente habitual. Le han sorprendido hace pocas horas colándose en una vivienda. Nunca se denunció el robo de la pulsera. Aunque se la llevaran de esa casa, tanto si lo hizo usted como si no, le acusaré como mínimo de posesión de propiedad robada. No puede demostrar que estuvo en la casa aquella noche. Y no me diga ni una palabra de ese misterioso coche que supuestamente vio.

Elliot Holmes apenas podía contener su furia.

—No sacará nada de mí, salvo más acusaciones. Tengo la obligación de notificar de inmediato al abogado defensor, el señor Maynard, lo que acaba de decir. Si él se traga sus chorradas, puede que quiera llamarle a declarar como testigo. En ese caso, le prometo que le aplastaré en el estrado.

Volviéndose hacia sus dos detectives, vociferó:

—¡Sáquenlo de mi vista!

52

Robert Maynard llegó a su oficina, situada en un rascacielos, poco antes de las nueve. Aunque no tenía que ir al juzgado, iba impecablemente vestido con traje y corbata, gemelos y unos zapatos relucientes. Tenía previsto preparar sus conclusiones. Era consciente de que las pruebas contra Betsy Grant eran prácticamente insalvables, así que había depositado todas sus esperanzas en un jurado dividido o, en el peor de los casos, una condena por homicidio. Menos de cinco minutos después su secretaria le avisó de que el fiscal estaba al teléfono.

—Hola, Elliot. Eres la última persona que esperaba que me llamara.

—Y tú eres la última persona a la que pensaba llamar. Sin embargo, tengo la obligación de informarte acerca de algunas novedades que han surgido.

Maynard escuchó atónito los detalles del arresto de Tony Sharkey, la recuperación de la pulsera y su afirmación de haber estado en la casa la noche del asesinato.

—Eso es todo —concluyó Elliot—. Puedes ir a verle a la cárcel del condado de Bergen. Dadas las circunstancias, estoy obligado a dar mi consentimiento si solicitas al juez que reabra el turno de testigos y le haces subir al estrado. La verdad, espero que lo hagas. Acabaré con él. Quería la libertad condicional a cambio de la información que puede destruir mi acusación.

Robert Maynard tardó unos momentos en asimilar lo que acababa de oír. Los testigos de última hora eran cosa de teleseries malas de policías y ladrones.

—Elliot, no sé adónde nos lleva esto. —Su voz sonaba ya más segura—. Sin embargo, si destruir tu acusación significa exculpar a mi clienta, que siempre ha defendido su inocencia, pues lo siento por ti. Estaré en la cárcel dentro de una hora y hablaré con él. Te llamaré luego y te comunicaré si voy a llamarle a declarar.

—De acuerdo. Si decides hacerlo, tendremos que ir a ver al juez esta tarde. Ese tipo no quiere abogado, y sé que el juez querrá interrogarle públicamente acerca de su decisión de declarar y de la clase de condena a la que se expone.

—Tendré que hablar con Betsy después de estar con él. Decidiremos lo que hacemos y te diré algo en torno al mediodía.

—Está bien. —Holmes rebajó la hostilidad de su voz—. Hace mucho tiempo que soy fiscal y es la primera vez que ocurre algo así al final de un juicio por asesinato.

—Yo llevo en este oficio unos veinte años más que tú y para mí también es la primera vez.

Robert Maynard colgó el teléfono. Era escéptico acerca del posible testigo que estaba a punto de conocer, pero aun así, por primera vez se permitió considerar seriamente la posibilidad de que su clienta fuera inocente.

Telefoneó a Betsy de camino hacia Hackensack y le contó lo ocurrido. Asombrada al oír que Tony afirmaba haber estado en su casa la noche en que murió Ted, se quedó casi sin aliento:

—Robert, ¿sabes lo que eso significa? Sé que nunca has creído en mi inocencia. No tengo la menor idea de cuándo desapareció esa pulsera. No me di cuenta de que no estaba hasta un par de meses después de que muriera Ted. Llevaba mucho tiempo sin ponerme mis joyas más caras. Carmen y yo registramos la casa a fondo y llegamos a la conclusión de que Ted la habría tirado a la basura, igual que la llave. Nunca se me ocurrió que la hubieran robado, porque el resto de mis joyas estaban en la caja fuerte. Hasta ahora no he me había decidido a presentar una reclamación a la compañía de seguros. —Se calló un instante y luego continuó—: Espera un momento, Carmen está tratando de decirme algo. ¿Qué ocurre?

Carmen le quitó el teléfono de la mano.

—Señor Maynard, hay una cosa que quise decir en el juzgado, pero el juez no paraba de decirme que solo contestara a la pregunta. Había suciedad en la alfombra del dormitorio principal cuando entré a pasar la aspiradora justo después de que muriera el doctor Ted.

—¿Se lo ha contado a alguien?

—No. Intentaba convencerme a mí misma de que se me pasó por alto, pero comprobé todas las habitaciones para asegurarme de que estuviesen limpias después de que se marcharan los limpiacristales. Estoy segura de que entonces no había suciedad en esa alfombra. Estaba tan trastornada por la muerte del doctor Ted que pensé que quizá se me había pasado, pero sé que no fue así.

—¿Está absolutamente segura de eso? Podría ser muy importante.

—Sí, señor Maynard. Me sentí mal por no decirlo en el juicio, pero como le he dicho, el juez no hacía más que pedirme que contestara a la pregunta.

Betsy recuperó el teléfono.

—Esto podría ser una gran ayuda —reconoció Maynard.

—Ojalá.

—Dentro de una hora iré a ver a ese tipo. Tengo que averiguar si puede ayudarnos o perjudicarnos. Te llamaré en cuanto le vea.

—De acuerdo. Dios quiera que todo salga bien. Este es el milagro que he estado esperando.

Robert Maynard telefoneó previamente a la cárcel del condado de Bergen para pedirles que Sharkey estuviera a su disposición en cuanto llegara. Pasó por los controles de seguridad y fue conducido a un pequeño locutorio, amueblado con una mesa y dos sillas. Un par de minutos después, dos ayudantes del sheriff trajeron a Sharkey.

—Estaremos al otro lado de la puerta —le informó uno de ellos—. Avísenos cuando acabe.

En cuanto Tony Sharkey se sentó frente a él, Maynard supo que estaba preocupado. Holmes le había dicho que no le ofrecería ningún trato. En cualquier caso, el fiscal se había convertido ahora en un enemigo para él.

—Señor Sharkey...

—Llámeme Tony.

—Vale, Tony. Debe entender que, como abogado, mi única obligación es hacia mi clienta, Betsy Grant. Solo le llamaré a declarar como testigo si considero que ella puede beneficiarse.

—De acuerdo —respondió—. Es su deber sagrado y todo eso.

—Debe entender que tiene derecho a un abogado.

—Ya he oído eso unas seis veces. No lo quiero. El último genio que me representó me agenció cuatro años de cárcel.

—Está bien. Eso es cosa suya. También debe entender que no puedo obligar al fiscal a concederle la libertad condicional o reducir su condena.

—Eso me ha dicho —respondió en tono sarcástico—. Ese tío es una joya.

—Lo que sí puedo prometerle es que creo firmemente que, si como resultado de su testimonio logramos identificar al verdadero asesino, o al menos si demuestra que Betsy no lo hizo, el fiscal, que sin duda se sentirá avergonzado, estará expuesto a una presión enorme para reducir su condena. Y, desde luego, Betsy no le va a denunciar por entrar en su casa. Solo tendrá que hacer frente al intento de robo en la casa de Saddle River. Así es como yo lo veo.

Tony, que había escuchado con atención, asintió con la cabeza.

—Tal como usted lo dice, supongo que es lo mejor que puedo hacer.

Maynard respondió:

—Aunque, por supuesto, debe repasarlo todo conmigo ahora y decirme lo que sabe. Solo así podremos decidir si le llamamos a declarar. Si testifica, no quiero sorpresas. Si intenta engañarme, haremos que le procesen también por el robo de la pulsera. ¿Lo ha entendido?

—Sí, claro. Dígale a esa muñeca que no se preocupe. Con lo que sé, soy su mejor amigo.

A continuación Maynard verificó punto por punto todo lo que Tony le había contado a la policía y al fiscal, hasta llegar a lo que hasta ese momento se había guardado para sí.

—Ha dicho que vio salir un coche de la casa en plena noche. ¿Qué clase de coche era?

—Era un Mercedes de lujo, quizá con un par de años encima.

—¿De qué color era?

—Estaba oscuro, pero me pareció que era negro.

—¿Pudo ver al conductor?

—Vi a alguien detrás del volante, pero no pude distinguir nada más.

—¿Y la matrícula?

—Era de New Jersey, eso seguro.

—¿Vio alguno de los números o letras de la matrícula?

—No, estaba oscuro. Demasiado oscuro.

—¿Qué hizo después?

—Hice lo que había ido a hacer. Me colé por la ventana y saqué la pulsera de la caja fuerte. Hablé con la muñeca mientras limpiaba esos cristales tan elegantes. Era muy simpática.

Luego hablé con la asistenta. Estuvimos allí un par de días. Nos dijo que podíamos dejar el equipo donde quisiéramos, siempre que fuera en la planta de arriba, porque todo el mundo dormía abajo. No me lo podía creer. Cuando volví para abrir la caja fuerte, sabía que no me tropezaría con nadie.

Maynard era consciente de que llamar a declarar a Tony era jugársela, aunque podían ganar el premio gordo. También sabía que, si no asumían ese riesgo, Betsy sería condenada casi con toda probabilidad.

—Señor Sharkey, voy a recomendarle a mi clienta que dé su consentimiento para que se le llame a declarar, y creo que ella seguirá mi consejo. La llamaré ahora mismo, y también al fiscal. Acordamos notificárselo al juez de inmediato y que le llevaríamos al juzgado esta misma tarde para que él pudiese interrogarle. Está actuando sin el asesoramiento de un abogado y sé que su señoría querrá verle antes.

—¡Desde luego! —respondió Tony—. Leí en el periódico que el juez era Roth. Aprovecharé para saludarle. Fue él quien me echó cuatro años la última vez que me juzgaron.

Maynard indicó a los policías que estaba listo para marcharse.

—Nos vemos luego —se despidió.

Su primera llamada fue para Betsy.

—Ven a las doce y media. Nos reuniremos en el aparcamiento y podremos hablar en mi coche de camino al palacio de justicia. Voy a llamar al fiscal y luego al juez. —El abogado hizo una pausa—. Intenta no hacerte demasiadas ilusiones. Mi instinto me dice que no miente, pero es un maleante, de eso no hay duda. Es difícil predecir cómo reaccionará el jurado ante su declaración.

—De acuerdo. Me arriesgaré. Puede que sea mi única posibilidad, ¿no crees?

—Es cierto. Una cosa más, ¿conoces a alguien que tenga un Mercedes negro, nuevo o reciente, con matrícula de New Jersey?

Betsy hizo una pausa antes de contestar.

—Sí. Para empezar, tanto Kent Adams como Scott Clifton tienen un Mercedes negro, pero sería absurdo pensar que
alguno de ellos fuese capaz de hacerle daño a Ted. Además,
mucha gente de esta zona tiene ese modelo de coche.

Maynard escuchó, tratando de no sentirse demasiado optimista.

—Nos vemos en un rato —se despidió.

53

Elliot Holmes y Robert Maynard se reunieron a la una en punto con el juez Roth en su despacho. Betsy Grant tuvo que esperar sentada en un banco, fuera de la sala, con el socio de Maynard. Llevaba un foulard que le cubría buena parte del rostro. Aquel día no había sesión y había pasado prácticamente desapercibida cuando entró en los juzgados con Robert Maynard. Sin embargo, estaba a punto de perder su anonimato.

Tony Sharkey aguardaba en la celda de detención adyacente a la sala del juez Roth, charlando con los ayudantes del sheriff y alzando la voz lo suficiente para que le oyeran los otros reclusos y sus abogados. Se jactaba de estar allí para decirle al juez que iba a «reventar el juicio contra Betsy Grant».

El rumor de que iba a ocurrir algo grande en solo unos minutos se propagó con rapidez por el palacio de justicia hasta llegar a la sala de prensa.

A la una y media abrieron las puertas de la sala. Betsy Grant, rodeada ahora de una pequeña multitud que incluía al reportero del tribunal, entró despacio en la sala, ignorando las preguntas que le formulaban a gritos sobre el motivo de su presencia allí. El fiscal y el abogado defensor estaban ya sentados en sus respectivos puestos. Betsy ocupó su sitio junto a Robert Maynard y unió las manos sobre la mesa. El abogado le dio unas suaves palmaditas en el hombro y comenzó a repasar sus notas mientras aguardaban al juez.

Dos minutos después el juez Roth ocupó su lugar en el estrado y comenzó a hablar con voz grave.

—En el caso del Estado contra Betsy Grant, hago constar que están presentes los abogados y la acusada. Señores letrados, ante todo haré constar brevemente que hoy no debía celebrarse ninguna sesión de este juicio. La defensa terminó de interrogar a sus testigos ayer y estaba previsto que las dos partes empezaran a presentar sus conclusiones mañana a las nueve.

»A continuación, paso a exponer las novedades que se han producido en las últimas horas. A las doce menos cuarto del día de hoy se han puesto en contacto conmigo los dos letrados y hemos hablado por teleconferencia. Me han informado de que, a la una de la madrugada de hoy, un tal Tony Sharkey ha sido arrestado por la policía de Saddle River durante un presunto intento de robo en un domicilio. Me han dicho que el señor Sharkey ha sido interrogado primero por la policía, varias horas después por el fiscal Holmes y más tarde por el señor Maynard. El señor Sharkey ha sido recluido en la cárcel del condado de Bergen.

»Tras hablar con ambas partes, he fijado esta sesión urgente para poder abordar las cuestiones que han surgido. Señor Maynard, tiene usted la palabra.

—Gracias, señoría. En las últimas horas se han producido novedades extraordinarias que han sacado a la luz pruebas fundamentales para la defensa de mi clienta. Rogamos a su señoría que nos autorice a reabrir el turno de testigos para llamar a declarar al señor Sharkey y, de nuevo, tanto a Carmen Sanchez como a Betsy Grant. En apoyo de mi solicitud, permítame presentar un breve avance del testimonio que ofrecerían esos testigos.

—Proceda —concedió el juez.

—El señor Sharkey declarará que estaba en el domicilio del

doctor Edward Grant y Betsy Grant la noche del crimen. Admitirá que se hallaba allí con la intención de cometer un robo. Testificará sobre cómo pudo eludir la alarma, que había manipulado cuando estuvo en el domicilio trabajando para una empresa de limpieza de cristales en los dos días anteriores.

»Tras su arresto en Saddle River, consintió, o mejor dicho, solicitó que la policía acudiese a su piso de Moonachie para recoger la pulsera de diamantes que se llevó de casa de los Grant la noche en que murió la víctima. Sharkey declarará que, antes de entrar en la casa, vio un Mercedes negro que abandonaba la zona. Calcula que serían aproximadamente las dos de la madrugada.

»Puedo avanzarles también que Carmen Sanchez, al enterarse hoy de estos acontecimientos, nos ha informado por primera vez a Betsy Grant y a mí de que, la mañana en que hallaron muerto al doctor Grant, vio suciedad en la alfombra del dormitorio de la planta superior, una mancha situada debajo de la misma ventana por la que Tony Sharkey declarará haber accedido a la vivienda. Por último, Betsy Grant explicará que no denunció el robo de esa pulsera porque se la ponía pocas veces y no se percató de su desaparición hasta que transcurrieron un par de meses desde la muerte de su marido. Tanto Carmen Sanchez como ella declararán que la buscaron infructuosamente y acabaron llegando a la conclusión de que el doctor, afectado por la enfermedad de Alzheimer, la habría tirado a la basura.

»Señoría, Tony Sharkey ha sido informado de sus derechos varias veces desde su arresto en Saddle River e insiste en que no quiere que se le asigne un abogado de oficio. Por supuesto, comprendemos que el tribunal desee interrogarle para determinar su competencia como testigo antes de su declaración.

El juez Roth se volvió hacia el fiscal.

—¿Señor Holmes?

—Señoría, el señor Sharkey me exigió durante nuestra entrevista que le prometiese la libertad condicional a cambio de su testimonio, un testimonio que consideramos, en su mayor parte, categóricamente falso. Reconozco que, dadas las enormes consecuencias de una condena por asesinato, su señoría se ve en la necesidad de autorizar esta declaración. Sin embargo, afirmamos una vez más que el señor Sharkey es un embustero, y estoy deseoso de poder interrogarle sobre el estrado. En cuanto a Carmen Sanchez y Betsy Grant, tengo también un gran interés en interrogarlas de nuevo.

El juez se volvió hacia el ayudante del sheriff que esperaba de pie junto a la puerta de la celda de detención.

—Traiga al señor Sharkey.

El público presente empezó a murmurar mientras introducían a Tony esposado en la sala y le ayudaban a sentarse ante la mesa de la defensa.

—Silencio —exigió el juez con severidad—. Señor Sharkey —añadió mirando al detenido—, póngase en pie.

—Claro, señor juez. ¿Se acuerda de mí? ¿Cómo está?

—Señor Sharkey, ¿cuántos años tiene?

—Treinta y siete. Cumplo treinta y ocho el martes que viene.

—¿Qué estudios tiene?

—Lo dejé en décimo curso. —Tony soltó una risita—. Nunca hacía los deberes.

—Señor Sharkey, tengo entendido que desea declarar como testigo de la defensa en este caso, ¿es así?

—Pues claro, señor juez. Sé muy bien que esa señora tan guapa no mató a su marido.

—¿Comprende que no está obligado a testificar? Tiene usted el privilegio que le otorga la quinta enmienda contra la autoinculpación. Ninguna de las partes puede llamarle a declarar como testigo a menos que usted consienta. ¿Lo comprende?

—Sí. En los últimos años me han leído mis derechos muchas veces.

—¿Comprende que, si usted quisiera, se le asignaría un abogado de oficio para que comentara con él si le conviene testificar o no en este juicio?

—No quiero ningún abogado. Creo que me las arreglo mejor solo.

—¿Se da cuenta de que está acusado de intento de robo en Saddle River y de que puede ser acusado de robo o posesión de propiedad robada en relación con una pulsera presuntamente sustraída del domicilio de los Grant? ¿Comprende que su testimonio aquí podría utilizarse en su contra en esos casos y que podrían caerle hasta cinco años por cada uno de esos cargos, con un total de diez años en prisión?

Tony tragó saliva.

—Sí.

—Por último, ¿comprende que el fiscal no le está haciendo promesa alguna y que, por el contrario, piensa procesarle por todos los cargos? ¿Lo comprende?

Elliot Holmes fulminó a Tony con la mirada al oír su respuesta.

—Sí, aunque creo que cambiará de opinión.

—Pero si no cambia de opinión, y al parecer no tiene intención de hacerlo, ¿comprende que se enfrentaría a esa condena?

—Sí, señor juez. Comprendo que me la estoy jugando.

Roth hizo una pausa antes de seguir hablando.

—Estoy convencido de que el señor Sharkey decide testificar de forma libre y voluntaria, y con pleno conocimiento de sus derechos. Tiene treinta y siete años, asistió al instituto pero no se graduó y tiene contacto con el sistema de justicia penal desde hace muchos años. Hago referencia a sus antecedentes con el fin de subrayar que comprende estos procedimientos y también sus derechos constitucionales.

»Se le ha informado reiteradamente de que, si lo desea, se le asignará de inmediato un abogado de oficio. No quiere abogado, y tiene derecho a renunciar a él. Mi misión consiste en asegurarme de que, cualquiera que sea la decisión que tome, sea voluntaria e informada. Puede testificar.

Robert Maynard volvió a levantarse.

—Gracias, señoría. Quisiera hacer una petición más a este tribunal. En este momento, en muy breve plazo, he de interrogar por primera vez al señor Sharkey y llamar de nuevo a declarar a la señora Grant y a la señora Sanchez. Sé que estaba previsto que reanudáramos la vista mañana por la mañana. Sin embargo, solicito que se nos conceda un día más para prepararnos y que reanudemos la vista el jueves, es decir, pasado mañana.

Exasperado, Elliot Holmes estaba a punto de protestar, pero pareció resignarse de pronto.

—Señoría, yo estoy preparado para reanudar la vista mañana, pero lo dejo en manos del tribunal.

—Nunca acepto aplazar un juicio con jurado, pero esta situación no tiene precedentes —contestó el juez—. Mi despacho se pondrá en contacto con todos los miembros del jurado y les avisará de que, tras un aplazamiento adicional de un día, reanudaremos esta vista pasado mañana a las nueve. Hago constar, por supuesto, que al jurado no se le proporcionará ninguna otra información. Se les ha indicado reiteradamente que no lean la prensa ni escuchen las noticias que aparezcan sobre este juicio en los medios de comunicación. No tengo la menor duda de que se producirá una amplia cobertura mediática de las diligencias llevadas a cabo hoy en este tribunal. Eso es todo, señores letrados.

54

El doctor Scott Clifton llegó a la consulta de Fort Lee que durante muchos años compartió con Ted Grant y Kent Adams. Ahora trabajaba solo, y la sala de espera estaba vacía.

Tenía un paciente nuevo, el senador Brian McElroy, con visita programada a las nueve de la mañana, y ya eran las nueve menos cinco. Se pedía a todos los pacientes nuevos que llegaran al menos veinte minutos antes de la hora a fin de rellenar los formularios necesarios.

—¿Ha tenido noticias del senador McElroy? —le preguntó a su nueva recepcionista, Heidi Groner, sin molestarse siquiera en saludarla—. Aún no ha llegado.

—Llamó anoche y dejó un mensaje en el contestador automático —respondió la joven tímidamente—. Ha cancelado la visita.

—¿Ha dado alguna razón?

La recepcionista, que tenía veintidós años y aparentaba aún menos, respondió con voz entrecortada:

—Ha dicho que, después del resultado de la operación de su amigo, no se dejaría tocar por usted ni con un palo de tres metros.

Scott le lanzó una mirada fulminante.

—Lo siento, doctor, pero me lo ha preguntado.

Scott se volvió con un gesto brusco, entró en su despacho y cerró de un portazo. Eso significa que solo tengo un paciente esta mañana, pensó con amargura. Estaba seguro de hallarse en buena forma el día en que operó a Darrell Hopkins.

El senador Brian McElroy estaba considerado una estrella en alza de la política de New Jersey. Ya era mala suerte que conociese a Darrell Hopkins, el paciente que había acudido para una sustitución rutinaria de rodilla un mes atrás. Scott estaba distraído durante la intervención. No colocó correctamente la rodilla artificial y se produjo una infección. Otro cirujano traumatólogo, el doctor Kent Adams, iba a repetir la operación.

La consulta era deficitaria. Los gastos fijos resultaban abrumadores. Además del elevado coste del alquiler y del seguro de responsabilidad civil médica, cuya póliza le salía cada vez más cara, debía pagar el sueldo de una enfermera, un radiólogo que trabajaba media jornada y una recepcionista a jornada completa que se ocupaba de registrar las citas y realizar el trabajo administrativo.

Sonó el teléfono.

—Doctor, su exesposa está al teléfono.

La voz de Heidi Groner le llegó a través del intercomunicador.

Otra vez Karen, se dijo irritado mientras cogía el auricular. No parará hasta dejarme seco.

—¿Cuánto quieres ahora? —saludó a la madre de sus tres hijos.

Su visita de la tarde no era un paciente, sino un reportero del *Washington Post* que estaba entrevistando a médicos sobre el problema de las drogas en New Jersey. Lo que menos le apetecía en ese momento era hablar con un periodista. Sin embargo, cuando Jonathan Cruise le llamó días atrás, comentó que ya había hablado con el doctor Mario Iovino, un ginecólogo, acerca de los efectos del consumo de drogas en el feto, y con el doctor Neil Carpenter, un reumatólogo, sobre la naturaleza adictiva de los analgésicos. Ambos eran profesionales muy respetados en sus respectivas especialidades y Scott no vio ningún motivo para negarse.

A las tres menos diez, la voz de Heidi sonó a través del dispositivo de manos libres del despacho.

—Está aquí un tal señor Cruise. Se disculpa por llegar antes de tiempo, pero le he dicho que usted no estaba ocupado y que no tiene más visitas esta tarde.

—¡Hágale pasar! —vociferó Scott.

Adoptó su actitud más cordial cuando Jonathan Cruise entró en su despacho. Ya sabía lo que iba a decir. En la media hora siguiente le explicó que algunos traumatólogos prescribían medicación analgésica de forma rutinaria tras las intervenciones quirúrgicas.

—Tenemos que prestar mucha atención para discernir cuándo es necesario renovar las prescripciones o reducirlas. Somos muy prudentes con todos los pacientes, pero debemos mostrarnos especialmente cautos con los más jóvenes, que pueden desarrollar con mucha facilidad una adicción a calmantes como Percocet y Vicodin. Esa es nuestra responsabilidad, y los traumatólogos somos muy conscientes de ello.

A Jon le dio la impresión de que Scott era un hombre atractivo de cincuenta y muchos años que parecía ser un médico atento y cuidadoso. Sin embargo, cuando volvió a cruzar la sala de espera vacía, experimentó un sentimiento muy semejante a la desolación, y se preguntó cuántos pacientes optaron por irse con el doctor Adams cuando los dos tomaron caminos separados.

En cuanto Jon Cruise salió por la puerta, Scott se volvió hacia la recepcionista.

—Señorita Groner, resulta evidente que no está suficientemente preparada para este puesto —dijo—. Cuando ha telefoneado mi antigua esposa, no debería haberla llamado «mi ex». Además, si recibo una visita, no es apropiado decirle cuántas citas tengo programadas para el resto del día. Puede considerarse despedida con efectos inmediatos. Le enviaré un cheque por correo con su sueldo hasta el final de la semana que viene.

Heidi Groner estaba ya a punto de despedirse ella misma. Había muy poco que hacer y el doctor Scott Clifton le desagradaba profundamente. Al levantarse de la mesa se deslizó en el bolsillo la tarjeta de visita que le había dado el reportero.

Podría contarle muchas cosas, pensó, sonriendo para sus adentros.

55

Alan Grant había perdido cuatro kilos y medio desde el inicio del juicio. Su declaración supuso una experiencia angustiosa. Ver a Betsy en la mesa de la defensa le hizo preguntarse cómo se sentiría él en su lugar. ¿Por qué no había podido morir su padre de un simple infarto? ¿Por qué habían tenido que llegar a aquello?

Le pidieron que fuera a Georgia para realizar un prestigioso y lucrativo reportaje fotográfico para la revista *Happening*, después de que el fotógrafo previsto originalmente se entretuviera más de la cuenta en otro proyecto en Buenos Aires.

Sin embargo, sabía que, aunque era un trabajo muy bien pagado y no cabía duda de que necesitaba el dinero, tenía que rechazarlo. Por su calidad de testigo al que podían volver a llamar le habían prohibido asistir al juicio, pero podría estar en la sala para escuchar el veredicto cuando el jurado finalizara sus deliberaciones. Estaba convencido de que la declararían culpable, que era imposible que la soltaran.

Entonces se acabarán las pesadillas.

Cada noche soñaba con el cráneo de su padre siendo aplastado por aquella mano de mortero. Con frecuencia se filtraban en su conciencia otros acontecimientos. Se veía a sí mismo sollozando con su padre ante la tumba de su madre. Le veía a comprándole el piso y el mejor equipo fotográfico, alegrándose cuando empezó a recibir buenas críticas por su obra.

Alan se despertaba temblando. El problema es que, aunque soy un buen fotógrafo, detesto ese trabajo, se decía. Cuando recibiera su dinero, pensaría en alguna otra actividad a la que pudiera dedicarse. No quería volver a tener deudas ni verse apremiado por los acreedores. Llevaba años sin presentar la declaración de la renta, y acababa de recibir una notificación de Hacienda exigiéndole que se pusiera en contacto con ellos inmediatamente.

La presión le superaba. Su objetivo cuando declararan culpable a Betsy era ir enseguida al juzgado y solicitar dinero suficiente para pagarle a todo el mundo.

Sin embargo, cuando se dormía, las pesadillas volvían a empezar.

A las cuatro de la mañana se había tomado dos somníferos. ¿O fueron tres? Durmió casi hasta las dos de la tarde. Al levantarse, encendió el pequeño televisor de la cocina y metió dos rebanadas de pan en el tostador. Cuando el locutor anunció que había novedades en el caso de Betsy Grant, se acercó al aparato y subió el volumen. Escuchó conmocionado que acababan de arrestar a un hombre acusado de robo que afirmaba haber visto salir un coche de la finca de los Grant a las dos de la mañana la noche que asesinaron a su padre.

56

—Señor Cruise, espero que se acuerde de mí. Nos conocimos ayer en la consulta del doctor Scott Clifton. Al entrar, me dio usted su tarjeta —saludó con su tono más seductor.

—Sí, claro que la recuerdo. ¿En qué puedo ayudarla?

—No quiero hablar por teléfono, pero me gustaría quedar con usted. Tengo una información muy interesante que debería saber.

—Podemos vernos, por supuesto —respondió Jon—. ¿Qué le parece en algún lugar cercano a la consulta, en Fort Lee?

—Ya no trabajo allí. Me despidieron nada más marcharse usted.

—Lamento oír eso.

Ahora estaba aún más intrigado sobre lo que quería contarle la antigua recepcionista. La gente a la que han despedido suele estar dispuesta a revelar mucho más que las personas preocupadas por conservar su empleo.

—¿Dónde le gustaría que nos viéramos? —preguntó.

—Vivo con mis padres en Tenafly. El Clinton Inn está en el centro del pueblo. ¿Le parece que quedemos allí?

—De acuerdo. ¿Esta tarde a las seis?

—Me parece bien. Cuando oiga lo que voy a contarle, querrá invitarme a cenar.

Llamó a Delaney en cuanto finalizó su conversación con Heidi Groner.

—Esta noche tendremos que quedar más tarde —empezó—. Me ha llamado Heidi Groner, una recepcionista a la que acaba de despedir el doctor Scott Clifton. Afirma tener información importante y estar dispuesta a revelármela. No tengo ni idea de qué se trata. Podría ser una de esas empleadas descontentas que quieren desahogarse después de quedarse sin trabajo, y, si he de serte sincero, creo que no tiene muchas luces...

—Tienes que hablar con ella —respondió Delaney al instante.

Había pensado contarle a Jon durante la cena que Betsy Grant y Peter Benson eran sus padres, pero eso podía esperar.

—Aún estoy asombrada con lo de ese tipo al que detuvieron en Saddle River y que afirma que estuvo en casa del doctor Grant la noche que le mataron.

—Es una novedad sorprendente —reconoció él.

—Sé que el fiscal no le da crédito, pero el abogado defensor va a llamarle a declarar como testigo. ¿Te das cuenta de lo que esto podría suponer para Betsy Grant?

—Sí, y sé lo mucho que te importa ella. Pero no olvides que a muchos chiflados les encanta salir en los medios, y Tony Sharkey podría ser uno de ellos. Son capaces de decir cualquier cosa con tal de llamar la atención.

—Sé que tienes razón —respondió Delaney—, pero creo que ese hombre no miente.

57

Lisa Clifton se reunió el martes por la tarde con un agente inmobiliario en Morristown y encontró un piso de alquiler en un edificio nuevo y lujoso. Era justo lo que tenía en mente, una vivienda amplia con dos dormitorios y muchas ventanas.

Al firmar el contrato experimentó una sensación de alivio. No entendía cómo había aguantado casada tanto tiempo, si hacía al menos dos años que se sentía desdichada. Lo único que quería ahora era alejarse de él.

Regresó al coche contenta de haber encontrado un apartamento de su gusto. Solo tenía que esperar unos días más. Estaba impaciente por salir de esa casa con su deprimente mobiliario moderno. Y que Scott se mostrara tan cariñoso empeoraba las cosas. La noche anterior, cuando dejó a Betsy en su casa, quedaron para cenar con unos amigos. Él la llamó «cielo» tantas veces que parecía tonto. ¿Le preocupaba que, si se divorciaban, ella le pidiera más de lo que constaba en las capitulaciones prematrimoniales? Al fin y al cabo, había renunciado a un empleo bien pagado porque él se lo había pedido. Ojalá pudiera decirle que no se preocupara por eso. No busco su dinero, pensó. ¡Solo quiero irme!

De camino a casa, oyó la noticia del ladrón que afirmaba haber estado en el domicilio de Betsy la noche del asesinato de Ted y haber visto salir de la finca un Mercedes negro. Lisa agarró con fuerza el volante. Recordaba claramente aquella noche. Cuando Scott y ella llegaron a casa, él le dijo que estaba demasiado alterado para irse a la cama tras la escena del comedor. A la mañana siguiente se lo encontró durmiendo en el sofá del estudio. Lisa no puso en duda su historia ni por un momento. Le contó que se había tomado varias copas para calmarse y que por eso se había dormido allí.

Era cierto que Scott estaba alterado aquella noche.

Y ellos tenían un Mercedes negro.

Pero ¿qué motivos podía tener Scott para hacerle daño a Ted? La sociedad se había disuelto años atrás.

Esa pregunta le llevó a formularse otra. Ted se abalanzó hacia el otro lado de la mesa, recordó Lisa. Ella estaba sentada junto a Scott. ¿Querría agarrar a su marido y no a ella? Dentro de su pobre cerebro deteriorado, ¿era Ted consciente de alguna cosa que Scott había hecho y que le ponía furioso?

No se percató de la velocidad con que había transcurrido el trayecto hasta que aparcó en la entrada.

¡Está en casa!

Para su sorpresa, Scott estaba en el salón. La recibió con uno de sus besos cariñosos.

—¡Hola! He intentado hablar contigo, pero no respondías a mis llamadas.

La estrechó entre sus brazos, y Lisa sintió que un escalofrío recorría su cuerpo.

—Me he dejado el móvil —se excusó—. He salido de compras. Tanto Nordstrom como Neiman Marcus están de rebajas.

Él relajó su abrazo.

—Espero que te hayas comprado algo.

—Pues sí. He encargado dos trajes y me los están arreglando. Estarán listos en una semana.

Y para entonces estaré fuera de aquí, pensó.

58

El día anterior, Delaney se marchó a casa en cuanto salió de la reunión con Kathleen Gerard. Desde entonces había pasado buena parte del tiempo releyendo las notas que había tomado en la sala del tribunal y los reportajes que había presentado. También revisó la información sobre el juicio publicada en internet para comprobar si había pasado por alto algún detalle que pudiera resultar útil. Justo antes de que llamara Jon, estaba intentando decidir si telefoneaba o no a Lisa Clifton. Era evidente que Lisa apoyaba a Betsy y que Scott Clifton, por el contrario, se mostraba hostil hacia ella. ¿Estaba afectando aquello a su matrimonio?

¿Cómo no va a haber cierta tensión entre ellos?, se preguntó. Es posible que si le cuento a Lisa que Betsy es mi madre se muestre más abierta conmigo. Nada se pierde por intentarlo, pensó. Nada se pierde por intentar algo que pueda ayudar a Betsy, decidió.

Al buscar su número de teléfono, le sorprendió encontrar un registro a nombre de Lisa Clifton en Ridgewood, New Jersey, pero nada a nombre de su marido. Era raro que el teléfono familiar estuviera a nombre de la esposa, aunque pensó que quizá fuera una particularidad propia de los médicos.

Lisa cogió el teléfono enseguida. Delaney no podía saber que estaba esperando la llamada del empleado de la empresa de mudanzas y almacenaje para concretar con exactitud la hora de recogida de los muebles el viernes por la mañana.

Se identificó y fue directa al grano:

—Por lo que he observado en el juicio, simpatiza mucho con Betsy Grant.

—Desde luego —contestó Lisa—. Siempre he creído en su inocencia. Tiene que haber otra explicación para lo que sucedió aquella noche, y es posible que yo la conozca.

—Señora Clifton, me gustaría mucho hablar con usted.

—Llámeme Lisa. Claro que sí. He estado siguiendo su cobertura del juicio y ha sido usted muy justa. Pero hoy no me es posible. Esta tarde tengo una cita que no puedo cancelar, y mi marido y yo saldremos después a cenar con unos amigos.

—Señora Clifton, Lisa, este juicio está llegando a su fin muy deprisa. Si tiene información que pueda contribuir a exculpar a Betsy Grant, le ruego que me la revele cuanto antes.

—No es una prueba. Solo es una sensación. Pero estaré encantada de verla mañana.

—¿A qué hora podemos...?

—Lo siento. Tengo que irme. Llámeme mañana por la mañana.

Delaney se sintió impotente después de colgar el teléfono. No sabía qué hacer. Lisa acababa de decirle que tenía cierta idea sobre lo que le había sucedido realmente a Ted Grant, aunque carecía de pruebas. Pensó que la opción más lógica era que estuviera pensando en Alan Grant. Sin embargo, no existía ninguna prueba que demostrara que él fuera el asesino, y además tenía una coartada irrebatible.

¡Una coartada irrebatible! La tenía porque se había ido a casa de una antigua novia, Josie Mason, y había pasado la noche con ella. La grabación de las cámaras de seguridad demostró que no había salido del apartamento esa noche. Se preguntó si Alan habría vuelto a ver a aquella mujer. ¿Sería posible que le hubiera pagado por dejar que se quedara en su apartamento?

Decidida a no ignorar ninguna posible vía de investigación, Delaney revisó sus notas del juicio. Josie Mason trabajaba como peluquera en Louis & David, un salón de la calle Cincuenta Este. Buscó el número de teléfono y lo marcó. Una voz que sonó enojada en cuanto oyó el nombre de Alan aceptó a regañadientes quedar con ella a las cinco de la tarde para tomar una copa. Mason sugirió el bar Peacock Alley del Waldorf Astoria.

La popular coctelería estaba casi llena, y deseó poder sentirse tan alegre como el ambiente del local.

Josie la esperaba sentada ante una pequeña mesa, a la izquierda de la barra. Delaney la reconoció porque había declarado en el juicio. Era una rubia esbelta de unos treinta años con el pelo cortado a la altura de los hombros. Llevaba una blusa blanca escotada y pantalones negros.

Tomó asiento a su lado. Ahora que estaban a pocos centímetros de distancia, se dio cuenta de que el rostro sin arrugas de Mason se debía probablemente a algunos tratamientos con bótox. Los minúsculos surcos que le rodeaban la boca sugerían que era una gran fumadora.

—Hola, Josie, gracias por acceder a verme —saludó Delaney.

Una camarera apareció a su lado para anotar su pedido. Mason estaba bebiendo un martini de manzana y decidió pedir lo mismo. Cuando se alejó, Josie hizo ademán de sacar algo de su bolso, pero detuvo el gesto y se encogió de hombros.

—No entiendo esa estúpida norma que impide fumar mientras tomas una copa. Me vuelve loca.

—Yo no fumo, pero muchos de mis amigos opinan igual —comentó Delaney en tono agradable.

—Me gusta cómo ha estado cubriendo el juicio —comentó Josie—. Está siendo imparcial, no como algunos de esos chiflados de los programas de radio que se creen tan listos y no paran de gritar que Betsy Grant aplastó la cabeza de su marido.

Delaney pensó que esos reportajes eran, como dijo Shakespeare, un cuento contado por un idiota, lleno de ruido y furia, y que no significa nada.

—No podría estar más de acuerdo —se limitó a contestar.

—Desde luego, esos tíos la tienen tomada con Betsy Grant —continuó Josie—. No paran de gimotear diciendo que mató a su marido enfermo y desvalido porque quería estar con su novio. Por cierto, vi su foto en los periódicos. Es guapísimo. ¡Y ella es viuda!

Estamos hablando de mi padre, pensó Delaney, pero se concentró en intentar obtener la información que perseguía.

—Alan testificó en el juicio que ustedes dos habían quedado para tomar una copa en torno a las diez de la noche, cuando él regresara de la fiesta en casa de su padre.

—Eso fue lo que pasó, más o menos —afirmó Josie, encogiéndose de hombros.

—¿Cómo que «más o menos»?

—Alan y yo estuvimos saliendo durante algún tiempo, pero rompimos. Al cabo de unos meses me llamó de buenas a primeras y empezamos a salir de nuevo. Seis meses antes de que muriera su padre tuvimos una buena bronca. Es guapo y tiene clase, pero siempre se estaba quejando de que no tenía pasta. Hasta empecé a pagar yo cada vez que íbamos a algún sitio. Mis amigas me dijeron que era tonta, y acabé pensando que tenían razón, así que le dije que se esforzase por ganar dinero y me llamara luego. Unos meses después empezamos a quedar otra vez. Como una semana antes de la cena en casa de su padre, me dijo que le iba a resultar muy duro verle tan enfermo y me preguntó si podíamos quedar a tomar algo sobre las diez, cuando volviera de New Jersey.

—Entonces, ¿quedaron en verse esa noche?

—Sí. Decidimos ir a tomar algo. Yo llegué antes. Al principio, Alan estaba bien, pero luego le dio el bajón. Parecía muy triste; casi se echa a llorar. Me contó que se sentía muy solo, que debía de estar deprimido, que su padre y su madrastra le preocupaban muchísimo, que su padre estaba fatal y empeoraba cada vez más... Dijo que esa noche no quería estar solo y me preguntó si podía quedarse en mi casa. —Josie se encogió de hombros—. Nunca he sabido resistirme a los dramones, así que acepté.

Delaney escogió cuidadosamente sus palabras:

—Josie, ya sé que las cámaras de seguridad le grabaron entrando contigo sobre las doce y saliendo hacia las ocho de la mañana siguiente. ¿Significa eso que estás absolutamente segura de que estuvo toda la noche en tu apartamento?

—¡Desde luego! Se pasó la mitad de la noche llorando. Casi me vuelve loca.

—¿Le ha visto mucho en el año y medio transcurrido desde la muerte de su padre?

—Un poco. Escuche. Sé que va a heredar mucho dinero. Cuando lo reciba y deje de hablar de sus problemas, quién sabe, a lo mejor me interesa. Pero ¿no cree que después de perder horas de trabajo, subir al estrado a declarar y proporcionarle una coartada sólida para la noche en que murió su padre, al menos podía haber llamado para darme las gracias? O sea, si hubiera vuelto solo a su casa, ¿quién le habría creído?

Echó la cabeza hacia atrás y dio el último sorbo de su martini.

—Voy a tomarme otro —anunció, levantando la mano para llamar a la camarera.

Delaney estaba deseando marcharse. Creía que Alan había manipulado deliberadamente a su novia para que le facilitase una coartada porque sabía que alguien iba a asesinar al doctor Grant esa noche.

Mientras pagaba la cuenta, Josie se echó a reír.

—Aquella noche pasó algo muy divertido. Solo dos días antes, yo había adoptado un gato de un refugio.

Ve al grano, pensó Delaney impaciente. No tengo tiempo para historias de mascotas.

—Yo no lo sabía, pero Alan es alérgico a los gatos.

—¿Y aun así se quedó a dormir?

—Sí, se tomó varias pastillas y estuvo estornudando un montón.

—¿Se lo contó a la policía?

—No. No hablamos de eso. ¿Por qué iban a importarle a la policía las alergias de nadie?

59

Jonathan Cruise trataba de disimular su impaciencia mientras aguardaba a Heidi Groner en el Clinton Inn de Tenafly. Llevaba ya un cuarto de hora de retraso y empezaba a preguntarse si acudiría. Heidi apareció cinco minutos más tarde.

—Siento el retraso.

No había ninguna nota de disculpa en su tono de voz ni en su amplia sonrisa. El pelo, que en la consulta llevaba recogido en un moño, le caía ahora suelto por debajo de los hombros. Iba cuidadosamente maquillada y se había resaltado los ojos castaños con perfilador y máscara de pestañas. Tuvo que reconocer que era una chica muy guapa, detalle del que no se había percatado durante el breve encuentro en la consulta del doctor Clifton.

Como esperaba cenar con ella, había planeado empezar conversando sobre temas generales. Sin embargo, Heidi fue directa al grano.

—Ya le he dicho que me despidieron ayer.

—Sí, lo siento.

—Pues no lo sienta. Estaba a punto de irme yo. Ese sitio parecía un cementerio. El senador McElroy llamó y dejó un mensaje la noche antes de que viniera usted a hablar con él para cancelar su cita con el doctor Clifton. El doctor operó a un amigo suyo hace pocas semanas, una sustitución de rodilla. Lo hizo mal y el hombre ha tenido que volver a operarse en otra clínica.

—¿Ese tipo de cosas le sucede a menudo?

—No he estado allí el tiempo suficiente para saberlo, pero le diré una cosa: podría alquilar la sala de espera.

Había un camarero junto a la mesa.

—¿Qué les gustaría tomar?

—Solo una copa de chardonnay. Las bebidas fuertes no me van demasiado.

—Que sean dos, por favor —pidió Jon al camarero, y luego volvió a mirar a Heidi—. Tengo entendido que, en la mayoría de los consultorios médicos, los gastos fijos son considerables.

—¡Desde luego! Yo trabajaba a jornada completa. También había dos personas a media jornada, una enfermera y un técnico de rayos X. No había suficientes pacientes ni hacía bastantes operaciones como para pagarnos el sueldo. Estoy segura de que trafica con medicamentos.

—¿Qué le hace pensar eso? —le preguntó, tenso.

—Tiene un móvil desechable. Ya sabe, de los que tienen un número determinado de minutos.

—Sé cómo son.

—Sonaba dos o tres veces al día. Y la semana pasada se dejó la puerta del despacho abierta y le oí quedar con alguien en un aparcamiento, cerca de la consulta.

—¿Cree que quedaba con quienes le llamaban para venderles medicamentos?

—Por supuesto. O al menos recetas. ¿Por qué, si no, iba a quedar con nadie en un aparcamiento?

Jon recordó el aspecto desolado de la consulta de Scott Clifton.

—Me reservo lo mejor para el final —anunció Heidi en tono de conspiración—. ¿Ha leído en los periódicos lo del hijo de ese director de cine que murió por sobredosis la semana pasada?

—Sí, conozco la noticia.

—¿No se llamaba Steven?

—Sí.

—Pues cuando el doctor Clifton hablaba por ese otro teléfono la semana pasada oí que, antes de colgar, dijo: «Adiós, Steven».

60

Jon acudió directamente al apartamento de Delaney cuando terminó de cenar con Heidi Groner. Eran las diez de la noche. La joven le contó que sospechaba que Alan había manipulado a Josie Mason para que fuese su coartada la noche en que murió su padre.

—Tiene sentido, ¿no crees? De ese modo, él queda fuera de toda sospecha.

—Sí que lo tiene —convino el reportero—, aunque, por supuesto, significa que otra persona cometió el asesinato. Deja que te cuente lo que he averiguado hoy.

Delaney le escuchó.

—¿Quieres decir que el doctor Clifton vende drogas?

—Lo más probable es que venda recetas —resumió Jon—. Algunos farmacéuticos son conscientes de que un médico en concreto extiende demasiadas recetas, pero no denuncian ni hacen preguntas. Las personas a las que se despachan esas recetas, los adictos, pagan en efectivo. El médico y el farmacéutico ganan mucho dinero.

—Pero no entiendo qué relación tiene eso para que Scott decida matar a su antiguo socio.

—Yo tampoco —reconoció Jonathan—. Salvo que mañana Tony Sharkey aporte algo más y no se limite a decir que vio un Mercedes negro, no creo que su declaración ayude a Betsy Grant.

—El fiscal y Maynard presentarán sus conclusiones el viernes, y entonces el caso quedará en manos del jurado —murmuró con lágrimas en los ojos.

Jonathan le pasó el brazo por los hombros.

—Vamos, Delaney, me sorprendes. Has informado sobre tantos juicios que me cuesta creer que te hayas implicado en este hasta ese punto.

Había llegado el momento de decírselo.

—¿Cómo te sentirías si acabaras de enterarte de que Betsy Grant es tu madre?

61

El juicio se reanudó el jueves por la mañana en una sala repleta de público y periodistas. Cuando entró, el juez ordenó que llamasen a los miembros del jurado.

Esperó hasta que todos estuvieron sentados antes de hablar.

—Señoras y señores, el lunes les dije que los letrados les presentarían sus conclusiones esta mañana. Sin embargo, el martes el abogado defensor me notificó que, debido a ciertas novedades que se han producido en el caso, deseaba reabrir su turno de testigos. Voy a autorizar esa reapertura.

»Tengo entendido que se llamará a declarar a una persona que aún no ha testificado. Se llama Tony Sharkey y vive en Moonachie. Si alguno de ustedes conoce a esa persona, que levante la mano. —El juez hizo una pausa—. Está bien, de acuerdo, nadie le conoce. Además, el señor Maynard llamará a declarar de nuevo a Carmen Sanchez y a Betsy Grant, que ya testificaron en su momento.

»Señoras y señores, el señor Maynard interrogará a esos testigos y luego lo hará el fiscal Holmes. Cuando acaben de declarar, el señor Maynard volverá a dar por terminada su argumentación y descansaremos hasta mañana por la mañana, momento en que los letrados presentarán sus conclusiones. Después les informaré sobre la ley e iniciarán sus deliberaciones.

»Señor Maynard, puede llamar a su primer testigo.

—Gracias, señoría. La defensa llama a declarar a Tony Sharkey.

El aludido salió de la celda de detención flanqueado por dos ayudantes del sheriff y paseó la mirada por la sala. Llevaba traje y corbata, prendas que el socio de Maynard le había comprado a toda prisa. Después de prestar juramento, subió al estrado y se sentó.

Maynard empezó su interrogatorio preguntándole por su edad, su dirección y su empleo como limpiacristales.

—Señor Sharkey, ¿cuándo y dónde nos conocimos usted y yo?

—El martes. En el talego. La cárcel.

—¿Le habían arrestado en Saddle River la noche anterior?

—Sí. Me pillaron entrando en una casa. El poli me vio en la terraza.

—¿Desde allí le trasladaron a la comisaría de policía?

—Sí. Fue entonces cuando hablé con un detective. Le dije que tenía una buena información para él.

—A petición suya y con su consentimiento, ¿acudió la policía a su apartamento de Moonachie?

—Sí. Les dije que fueran allí. Se llevaron mi llave.

—¿Qué buscaban?

—Una pulsera que robé el año pasado en casa de los Grant en Alpine, la misma noche en que le atizaron al doctor. La escondí debajo de una baldosa suelta del cuarto de baño.

Betsy hizo una mueca cuando Tony dijo que a su marido le habían «atizado».

—Señor Sharkey, le estoy mostrando una pulsera que se ha marcado como «Prueba diez de la defensa». ¿Es esta la pulsera que estaba debajo de esa baldosa?

—Sí, no hay duda. Mire las iniciales. «TG y BG». La trajeron a la comisaría y el detective me la enseñó.

—¿Qué le dijo al detective?

—Que no creía que esa señora tan menuda matara a su marido. Le dije que cogí la pulsera esa noche. Antes de entrar vi un Mercedes negro aparcado justo al lado de la casa, que arrancó y se alejó a toda velocidad.

—¿Qué hora era?

—Las dos de la mañana, puede que las dos y media. Me pregunté qué demonios pasaba.

—¿Qué sucedió a continuación?

Los miembros del jurado escucharon hipnotizados mientras Tony relataba su trabajo allí como limpiacristales, la manipulación de la alarma y el robo de la pulsera.

—Señor Sharkey, ¿por qué cogió solo una pulsera de la caja fuerte?

—Cuando hago un trabajillo, solamente cojo una o dos piezas buenas. De ese modo, los de la casa no se percatan de que ha entrado alguien. Cuando por fin se dan cuenta de que la joya ha desaparecido, no llaman a la poli porque creen que se les olvidó guardarla en su sitio. Y como no presentan ninguna denuncia, nadie va por la casa buscando huellas.

—¿Le han prometido algo a cambio de su testimonio?

—No. No voy a sacar nada del fiscal. Usted me dijo que esa señora tan preciosa que está ahí pasaría por alto que le hubiera robado la pulsera.

—Señoría, no tengo más preguntas.

—Su turno, señor fiscal —anunció el juez.

—Señor Sharkey, ¿no es cierto que tiene seis condenas anteriores por delitos graves? —preguntó Elliot Holmes.

—Sí. No estoy orgulloso, y seguro que mi madre tampoco.

—Y sabe que el juez le indicará al jurado que puede tener en cuenta esas condenas cuando evalúe la credibilidad de su testimonio, en otras palabras, si le cree.

—Sí, lo sé. Ya he pasado por esto otras veces.

—Señor Sharkey, ¿cuándo nos conocimos usted y yo?

—El martes por la mañana. Parecía encantado de conocerme.

—Me contó parte de lo que ha dicho hoy aquí, ¿no es así?

—Sí.

—Sin embargo, cuando le pedí que describiera el coche que supuestamente vio alejarse de la casa, no quiso hacerlo. ¿Es así?

—Es verdad.

—De hecho, me exigió que le prometiera la libertad condicional a cambio de su testimonio antes de decir nada más. ¿Cierto?

—Sí. Pensé que era lo justo, ya que iba a venir aquí.

—Y yo le dije que, basándome en lo que usted había dicho, no le prometía nada, salvo perseguirle por el intento de robo en Saddle River y por el robo en el domicilio de los Grant, aunque la señora Grant le perdone ahora porque usted intenta ayudarla a librarse de la acusación de asesinato. ¿Es así?

—Viene a ser eso.

—Dice que robó esa pulsera en marzo del año pasado, ¿no es así?

—Sí. Fue entonces cuando ocurrió.

—He estado revisando algunos de los informes de sus anteriores condenas. ¿No es cierto que padece una grave ludopatía y que trabaja de forma un tanto esporádica para las empresas de limpieza de cristales?

—No voy a negar que voy a Atlantic City cada vez que tengo algo de pasta. Trabajo limpiando cristales siempre que una de esas empresas me lo ofrece. No es que tengan mucho curro.

—Entonces, si anda escaso de fondos, ¿por qué ha conservado esa pulsera todo este tiempo? ¿Por qué no la ha vendido para sacar unos miles de dólares?

—Porque pensé que podía encontrarme en un apuro como este y que podía utilizarla para reducir mi condena.

—Entonces, si está aquí es para tratar de sacar beneficio, ¿no es así?

—Claro. Pero lo cuento tal como pasó.

—Sin embargo, si no le hubieran detenido en Saddle River la otra noche, no estaría aquí intentando ayudar a Betsy Grant, ¿verdad?

—No, lo cierto es que no. Pero desde que la detuvieron siempre me ha dado pena.

—Señor Sharkey, no tiene prueba alguna de haber estado en la vivienda esa noche en concreto, ¿verdad?

—No, pero solo tiene que echar cuentas. Limpié los cristales dos días antes. Sé que la empresa le envió esa información. Además, tengo la pulsera. Y si comprueba esa alarma verá que es más vieja que yo. Cualquiera podría burlarla.

—¿Y resulta que vio un coche misterioso huyendo de allí?

—No hay ningún misterio. Estaba oscuro. Ya le dije lo que vi.

—Señoría, no tengo más preguntas.

Tony abandonó el estrado un poco desconcertado. Estaba preocupado: la cosa no había ido bien. Robert Maynard tenía la misma impresión.

—Llame a su siguiente testigo, señor Maynard —pidió el juez.

—La defensa llama a declarar a Carmen Sanchez.

Carmen caminó despacio desde la puerta de entrada hasta el estrado. El juez le recordó que continuaba bajo juramento antes de que Maynard repasara con ella lo que le había contado sobre la suciedad que vio en la alfombra y la ayuda que le prestó a Betsy para buscar la pulsera.

A continuación le llegó el turno a Elliot Holmes.

—Señora Sanchez, hablemos de la supuesta suciedad en la alfombra. Usted se enorgullece de ser una asistenta meticulosa, ¿no es así?

—Si se refiere a que limpio bien, sí.

—¿Y dice que vio suciedad en la alfombra la mañana en que encontraron muerto al doctor?

—Sí. Pero estaba muy trastornada.

—¿Y dice que había limpiado esa habitación y había pasado la aspiradora uno o dos días antes?

—Sí. Por eso me extrañó tanto.

—Señora Sanchez, se lleva muy bien con Betsy Grant, ¿no es así?

—Sí. Siempre se porta bien conmigo.

—Usted la aprecia mucho, ¿no es así?

—Sí. Sí. Muchísimo.

—¿Y la detuvieron por el asesinato de su marido a las dos semanas de su muerte?

—Sí. Fue muy triste.

—Usted sabía que esa noche la señora Grant estaba sola en la casa con su marido, ¿no es así?

—Sí, lo sabía.

—Pero creyó que lo había hecho otra persona, ¿no es así?

—Sí. Sí.

—Y para eso alguien tuvo que entrar en la casa durante la noche, ¿no es así?

—Supongo. No sé lo que pasó.

—¿Y nunca se le ocurrió hablar de esa suciedad en la alfombra que pudo dejar el intruso?

—No. No sé por qué. No lo sé. Solo lo pensé de verdad cuando hice mi declaración. Pero el juez dijo que solo contestara a la pregunta.

—Sin embargo, incluso después de declarar, no les contó nada a la señora Grant ni al señor Maynard hasta que el señor Sharkey surgió de pronto hace dos días, ¿no es así?

—¿Qué quiere decir con que surgió?

—Quiero decir que no dijo nada hasta que el señor Maynard supo de la existencia del señor Sharkey hace dos días.

—No. No sé por qué. Me daba vergüenza pensar que quizá no me había fijado en la suciedad cuando pasé la aspiradora el día anterior.

—Señora Sanchez, pasemos a otro tema. Dice que ayudó a la señora Grant a buscar esa pulsera durante mucho tiempo, ¿no es así?

—Sí. Fue imposible encontrarla.

—Pero no sabe cuándo la robaron, ¿verdad?

—Pues no.

—No tengo más preguntas, señoría.

Robert Maynard se levantó.

—Señoría, llamo a declarar de nuevo a Betsy Grant.

Cuando su defendida estuvo sentada en el estrado, el abogado le habló con amabilidad:

—Señora Grant, esta pulsera es suya, ¿verdad?

A Betsy se le quebró la voz.

—Sí. Me la regaló Ted por nuestro primer aniversario.

—¿Lleva grabadas las iniciales de los dos?

—Sí.

—¿Cuándo la echó en falta por primera vez?

—Unas semanas después de la muerte de mi marido.

—¿Denunció el robo?

—No. No tenía ningún motivo para creer que la hubieran robado. No faltaba ninguna otra joya.

—¿Denunció su pérdida a la compañía de seguros?

—No. Pensé que Ted podía haberla cogido y haberla dejado en alguna parte de la casa. No quería denunciar su pérdida, cobrar el dinero de la compañía de seguros y hallarla más tarde. Carmen y yo la buscamos por todas partes. Quería encontrarla a toda costa. Significaba mucho para mí. Justo el otro día decidí denunciar su pérdida, pero antes de tener ocasión de hacerlo ocurrió todo esto.

—No hay más preguntas, señoría.

Elliot Holmes se acercó hasta el estrado.

—Señora Grant, usted no tiene ni la más mínima idea de cuándo le robaron esta pulsera, ¿verdad?

—Desconozco la fecha exacta. Cuando la eché en falta, llevaba un año sin ponérmela. Ted ya no podía salir de casa, así que no tenía demasiadas oportunidades de lucir una pulsera como esa. Creo que la última vez fue para acudir a una cena benéfica.

—¿Se puso alguna vez esta pieza de tanto valor sentimental en las docenas de veces que cenó en Nueva York con Peter Benson?

A Betsy le entraron ganas de gritar.

—¡No! —exclamó.

—Entonces, habrían podido robársela en cualquier momento de ese año, ¿no es así?

—Ni siquiera sabía que me la habían robado, así que, lógicamente, no conozco el momento exacto. Pero el señor Sharkey nunca había trabajado en mi casa hasta dos días antes de la muerte de Ted. ¿Cómo iba a saber antes dónde estaba la caja fuerte?

—Señora Grant, limítese a responder —le espetó Holmes.

—Ya se lo he dicho. No me la había puesto en el año anterior a la muerte de Ted y no la eché en falta.

—Y tras su detención, su asistenta no le habló en ningún momento de la suciedad que vio en la alfombra debajo de la ventana de arriba, ¿verdad?

—No. Ojalá lo hubiera hecho. Se siente muy mal.

—No tengo más preguntas —anunció con una sonrisa de superioridad.

Betsy bajó del estrado y volvió despacio a la mesa de la defensa. Robert Maynard le apartó la silla y ella se sentó.

—Señoría, la defensa ha terminado.

—¿Alguna réplica, señor fiscal?

—No, señoría.

El magistrado se volvió hacia los miembros del jurado y les comunicó que había finalizado la presentación de pruebas y que debían regresar el día siguiente a las nueve para las conclusiones y las instrucciones legales.

62

El jueves era el día libre de Josie. Durmió hasta bien entrada la mañana y se levantó pensando en lo contenta que estaba de haber conocido a Delaney Wright. Ese encuentro le había abierto los ojos.

¿Qué pasaría si acudiese a ver al fiscal y le contara que, después de mucho pensarlo, había comprendido que Alan la manipuló para que fuese su coartada? Fue enumerando en su mente lo que le contaría. Para empezar, ni siquiera había hablado con Alan en seis meses cuando él la llamó de forma inesperada y le dijo que la había echado mucho de menos. Durante el mes anterior a la muerte de su padre estuvieron saliendo al menos tres veces por semana. Una noche empezó a quejarse de lo mucho que le preocupaba su padre y de lo solo que se sentía. Le aseguró que estaría hecho polvo tras la fiesta de cumpleaños de su padre y que necesitaría hablar con alguien. Ella aceptó y quedaron para tomar algo a las diez en O'Malley, a una manzana de su casa. Se pasó hora y media escuchando su dramón. Luego dijo que no quería estar solo. Me suplicó que fuese a dormir a su apartamento, recordó Josie, pero, a sabiendas de lo guarro que lo tiene, le propuse que era mejor que él viniera a mi casa.

Como le comentó a Delaney Wright, no sabía que Alan fuese alérgico a los gatos, y él no sabía que ella había adoptado uno. Empezó a estornudar en cuanto entró por la puerta, pero aun así se quedó. Y qué coincidencia que asesinaran a su padre esa misma noche. ¡Vaya, soy su coartada!, pensó.

Desde entonces habían quedado al menos una vez por semana, pero las citas eran una farsa. Había visto mucho mundo y sabía muy bien si un tío tenía interés o no. ¿Y acaso le dio las gracias siquiera por respaldar su historia cuando declaró? No. Le cubrió las espaldas, y eso era todo lo que él quería de ella.

Podía contarle todo esto al fiscal. La volverían a llamar a declarar y dejaría pasmado a ese imbécil quejica que tanto quería a su padre pero que iba a heredar sus millones cuando muriese.

Mientras acariciaba a su gato, Josie decidió que llamaría a Alan y le pediría un millón de pavos a cambio de no hablar con el fiscal. Que solicitara un préstamo. El dinero de su padre lo iba a recibir cuando condenaran a su madrastra, pero no se fiaba de él; seguro que no le daba ni un céntimo una vez que terminara el juicio.

Pensabas que era demasiado estúpida para darme cuenta, pensó Josie. He tardado un tiempo, pero ahora lo tengo claro.

Sonrió, y el gato empezó a ronronear.

63

Cuando sonó el teléfono el jueves por la tarde y vio que era Josie, Alan estuvo a punto de no cogerlo. Sin embargo, ella había respaldado su coartada al cien por cien y eso era ahora más importante que nunca. Necesitaba tenerla contenta.

—Hola —saludó en tono cariñoso—. ¿Cómo está mi chica?

—Tu chica ha estado dándole muchas vueltas a la cabeza —contestó risueña—. Deja que te explique lo que he pensado.

Alan notó los dedos húmedos cuando ella le dijo lo que quería.

—De ninguna manera puedo darte un millón de dólares en las próximas veinticuatro horas. Y no puedo firmar ningún documento diciendo que te debo todo ese dinero.

Se pasaron los diez minutos siguientes negociando hasta que Alan logró persuadirla para que aceptara un acuerdo. Le dijo que pediría cita con su abogado. Se reunirían en su despacho y él le cedería la mitad de la propiedad de su piso. Estaba convencido de que eso resultaría fácil. Si alguien preguntaba, siempre podía decir que amaba a Josie y quería demostrarle que iba en serio con ella. Una vez que acabara el juicio y recibiera su dinero, le daría la otra mitad del piso.

Cuando Josie colgó, Alan estrelló su móvil contra la mesa. ¿Y qué más? Aunque recibiera los quince millones, ya le había prometido a Scott el veinte por ciento. Y había hecho una chapuza. El trato era que tenía que volver a la casa después de la cena e inyectarle a su padre algo que simulara un infarto. En cambio, Ted se despertó e intentó estrangularle, así que Scott agarró la mano del mortero y le aplastó la parte posterior de la cabeza.

Cogió el teléfono y llamó a su abogado. A continuación telefoneó de nuevo a Josie y acordaron verse a las cuatro en el bufete.

64

Delaney quería asistir al juicio el jueves por la mañana para escuchar la declaración de Tony Sharkey, pero tenía aún más interés en reunirse con Lisa Clifton. Para su sorpresa, esta la había telefoneado a las ocho de la mañana sugiriéndole que, en lugar de verse en su casa, quedasen para tomar un café en un restaurante de Allendale, a dos pueblos de distancia.

La expresión de Lisa Clifton, compasiva cuando se ocupó de Betsy, mostraba ese día un gran nerviosismo. Sus ojos recorrían la sala como si buscara a alguien.

A las diez, cuando Delaney llegó al restaurante, la mayoría de los clientes que desayunaban allí ya se había marchado. Encontró a Lisa sentada en un banco, cerca del fondo.

Como buena periodista, siempre estudiaba la apariencia de las personas a las que entrevistaba. Había observado durante el juicio que Lisa tenía un cuerpo esbelto y que llevaba su pelo rubio oscuro con un corte bonito. Ahora vio que su rostro anguloso resultaba atractivo. La tensión de su voz era inconfundible:

—Aunque me imagino que ya se daría cuenta ayer —empezó—, estoy muy preocupada por Betsy Grant. Es una buena amiga, y tan inocente de la muerte de su marido como usted o yo.

—Estoy completamente de acuerdo —convino Delaney—. Para mí es evidente que el doctor Clifton cree que es culpable. Para serle sincera, me he preguntado si esa circunstancia habrá generado tensión entre ustedes dos.

Los ojos de Lisa recorrieron la sala.

—Mi matrimonio está acabado. Fue un error desde el primer día. He ido a ver a un agente inmobiliario y acabo de firmar el contrato de un apartamento en Morristown. He recuperado mi empleo en Johnson & Johnson. Mañana me llevo mis cosas de la casa de Ridgewood.

—Lo siento.

—No lo sienta —replicó Lisa—. Antes de contarle nada, dígame quién cree que mató a Ted.

—Alan Grant —respondió sin vacilar—. Sé que tiene una coartada perfecta, pero esa es la cuestión. Es demasiado perfecta. Queda a tomar algo con una antigua novia la noche de la cena. La convence para que le deje pasar la noche en su apartamento porque se siente solo y aprovecha para conseguir que las cámaras de seguridad de su edificio y ella misma sean su coartada. Aunque Alan no matara a su padre, no me cabe la menor duda de que estaba de acuerdo con quien lo hizo.

Lisa volvió a recorrer el restaurante con la mirada. Parecía vacilar, pero no dijo nada. Delaney estaba convencida de que la mujer sabía algo, y esa podría ser su única oportunidad para hacerla hablar.

—Como habrá oído —continuó la periodista—, hay un ladrón que afirma que estuvo en casa de Betsy y le robó la pulsera la noche en que asesinaron a su marido. Dice que vio salir de la finca un Mercedes negro.

—Sí, lo he oído en la radio.

—Su testimonio es demasiado vago. Tengo suficiente experiencia en juicios para saber que el fiscal va a hacer pedazos a ese tipo.

—Eso mismo me temo yo.

—Y mañana el fiscal y el abogado de Betsy presentarán sus conclusiones. A continuación el caso pasará al jurado y Betsy

Grant será declarada culpable —añadió Delaney, alzando la voz.

Aguardó, pero Lisa permaneció callada.

—Estoy segura de que no sabe que soy adoptada —estalló—. Unos amigos han estado tratando de localizar a mis padres biológicos. El lunes por la noche esos amigos me dijeron que Betsy Grant es mi madre y Peter Benson es mi padre.

Asombrada, Lisa observó el rostro de Delaney.

—Ya veo el parecido —reconoció. Una vez más, paseó una mirada temerosa por el pequeño comedor—. Declaré bajo juramento que mi marido no salió de casa la noche en que mataron a Ted. Y eso creía yo. Sin embargo, lo cierto es que subí a acostarme y él me dijo que prefería quedarse a ver la televisión en el estudio mientras se tomaba un whisky y se relajaba. Cuando bajé por la mañana me lo encontré dormido en el sofá y con la ropa puesta. Pudo salir y volver en mitad de la noche, sencillamente no lo sé. Por otra parte, intuye que me traigo algo entre manos. Cuando regresé de ver al agente inmobiliario había vuelto antes de la consulta y quiso saber dónde había estado. Por eso le pedí que nos viéramos aquí en lugar de en mi casa.

Delaney la miró fijamente.

—¿Cree que su marido pudo asesinar al doctor Grant?

—Me parece que es algo más que una posibilidad. En las semanas previas a la muerte de Ted, Scott y Alan Grant comieron juntos en varias ocasiones. Ahora me pregunto si Alan le ofrecería dinero por matar a Ted. Alan pudo sonsacarle fácilmente a su padre el código de la alarma y coger esa llave desaparecida para dársela a Scott.

Delaney sabía que el tribunal no admitiría nada de eso. Todo son suposiciones. Lisa ya declaró que Scott estuvo en casa esa noche. Cuando salga a la luz que van a divorciarse, dará la impresión de ser una exesposa despechada que intenta perjudicar la reputación de su marido añadiendo el detalle de que durmió en el sofá esa noche.

—¿Consideraría la posibilidad de quedarse con Scott hasta que un investigador averigüe si existe algún motivo por el que pudiera querer matar al doctor Grant?

Lisa negó enérgicamente con la cabeza.

—No puedo. Hay algo raro en Scott. Me da miedo. Me es imposible seguir allí.

Delaney comprendió que de ningún modo podía pedirle que no se mudara.

—Lo entiendo, pero le ruego que se mantenga en contacto conmigo.

—Así lo haré. Se lo prometo.

Tuvo que conformarse con eso.

65

La gran esperanza de Betsy, que el testimonio de Tony Sharkey cambiara las cosas, se había desvanecido. Esa noche, acostada en su cama, intentaba entender los acontecimientos de la jornada.

Sabía que, aunque Sharkey demostrara que estuvo en la casa, eso no significaba que estuviera a la vez que el ocupante de ese Mercedes negro, fuera quien fuese. Recordó que Scott tenía uno. Y Kent. Y muchos de los habitantes de Alpine. ¿Y si nunca hubo un Mercedes negro?

Voy a ir a la cárcel, pensó. Lo sé. Con la boca seca, se imaginó a sí misma poniéndose de pie para escuchar cómo el portavoz del jurado pronunciaba el veredicto. Si es asesinato, me echarán de treinta años a cadena perpetua. Si es homicidio, serán diez años.

Sé que soy inocente. ¿Tan malo sería decidir no pasar por eso? En el aseo de la biblioteca quedan aún algunos frascos de las pastillas de Ted. ¿Sería demasiado horrible tomarse un puñado y acabar de una vez?

Extrañamente reconfortada por ese pensamiento, Betsy logró conciliar el sueño.

66

Peter Benson se sentía incapaz de quedarse en casa viendo por televisión las noticias sobre los dos últimos días del juicio. Si no podía estar con Betsy, al menos tenía que estar cerca de ella. Buscó un hotel próximo a los juzgados, disimuló su identidad con gafas de sol y una gorra de béisbol y se registró el jueves a primera hora de la mañana. Tan pronto como cerró la puerta a sus espaldas, encendió el televisor. El interés por el juicio era tan grande que sus dos jornadas finales se emitían en directo en la cadena local, News 12 New Jersey.

El inicio de la declaración de Tony Sharkey le llenó de una esperanza que se hizo añicos cuando el fiscal, con penetrante sarcasmo, tiró por los suelos el testimonio del ladrón de joyas, que afirmaba haber visto salir de la finca un Mercedes negro la noche en que asesinaron al doctor Grant.

Cada vez que la cámara enfocaba a Betsy, Peter experimentaba una oleada de angustia al ver lo impasible que se mostraba ante el testimonio, como si hubiera alzado un muro a su alrededor. Sin embargo, la vio mucho más nerviosa cuando ella misma testificó acerca de la pulsera perdida.

En cuanto el juez levantó la sesión y anunció que a la mañana siguiente comenzaría la presentación de las conclusiones, Peter trató de decidir si iba o no hasta Alpine para ver a Betsy. Prevaleció la prudencia. Si los medios de comunicación conseguían una imagen suya entrando en su casa la víspera de las conclusiones, la perjudicaría tremendamente.

Pero podía telefonearla. A las diez de la noche dio por supuesto que estaría sola e hizo la llamada. Sabía que su nombre aparecería en la pantalla del teléfono móvil de Betsy, pero ella no contestó, ni tampoco sonó el mensaje de respuesta que siempre tenía activado.

Siguió llamando cada pocos minutos hasta que escuchó una voz somnolienta.

—Peter.

—¿Por qué no contestabas? ¿Estás bien?

—Me he tomado un somnífero. Lo necesitaba.

—Por supuesto. Pero ¿estás segura de que te encuentras bien?

Betsy miró el frasco de pastillas que estaba sobre su mesilla de noche. No había tenido el valor suficiente para tomárselas.

—Sí, seguro, te lo prometo. —Se estaba durmiendo otra vez—. Seguro, Peter, te lo prometo. Estoy bien.

67

—¿Por qué estás tan nerviosa? —preguntó Scott a su mujer el viernes por la mañana—. Apenas has mordisqueado la tostada y te tiemblan las manos.

Lisa consideró que la mejor respuesta era la verdad.

—Como bien sabes, si no dictan sentencia hoy lo harán la semana que viene, y es más que probable que Betsy sea declarada culpable de asesinato u homicidio. También deberías saber que le tengo mucho aprecio y que estoy convencida de su inocencia.

—Y sin duda sabrás que mató a mi amigo, socio y colega durante treinta años cuando le machacó la cabeza, ¿no?

Se miraron a través de la mesa.

—Aunque no estemos nada de acuerdo en este tema —añadió Scott—, te quiero mucho. Estoy deseando que dejemos esto atrás y nos vayamos juntos.

—Yo también —contestó Lisa, tratando de sonreír.

Se marcharía, pero sola. Le entraron ganas de gritar. ¡Vete a la consulta, y quiera Dios que te quedes allí! Los de la mudanza llegarían a las diez.

—Me extraña mucho que no vayas a la sala a oír las conclusiones —comentó Scott, observándola con atención.

—No puedo —respondió ella con sencillez—. No quiero escuchar cómo ese fiscal intenta meter a Betsy en la cárcel.

—Creo que la próxima vez que tengas oportunidad de verla será entre rejas. —Scott se terminó el café y se levantó—. En cierto modo admiro tu lealtad, aunque resulte mal entendida.

Lisa intentó disimular su tensión cuando su marido se despidió de ella con una caricia en la mejilla y un beso en la frente.

En cuanto salió de casa, subió corriendo a ducharse y vestirse. Quería irse cuanto antes. Tenía las maletas en el desván. Subió y encendió la luz. El juego de maletas estaba apilado en un rincón, al otro lado de los muebles y alfombras que pensaba llevarse. Al coger la maleta más grande, vio un objeto que brillaba en una de las vigas del techo. Curiosa, levantó el brazo, lo cogió y lanzó un grito ahogado.

Era una mano de mortero de mármol negro.

Lisa supo sin lugar a dudas que era la que había desaparecido del dormitorio de Ted Grant.

68

Eran las nueve y cuarto de la mañana. Delaney llegaba tarde después de haberse visto atrapada en un atasco y se dirigía a los juzgados en un coche de Uber cuando sonó su teléfono móvil.

—Buenos días —saludó a Lisa, sorprendida.

La voz de la mujer sonaba aguda y nerviosa:

—Delaney, estaba preparándome para irme. Tengo que salir de aquí hoy mismo. Los de la mudanza vienen dentro de una hora. Cuando he ido a buscar mis maletas al desván, he visto algo en una viga, al otro lado de la habitación. Es la mano del mortero. Estoy segura de que pertenece al juego que estaba en el dormitorio de Ted. Por eso se quedó Scott en la planta de abajo la noche que murió Ted. Tenía pensado matarlo.

—Tranquilícese. ¿Dónde está Scott ahora?

—Está en la consulta. Tenía un paciente a las nueve.

—Suba a su coche y venga hasta el palacio de justicia —le pidió, pero se dio cuenta de que Lisa estaba tan alterada que podía sufrir un accidente y cambió de idea—. No, no haga eso —se apresuró a añadir—. Estoy en la carretera 4. Puedo estar en su casa en diez minutos. La recogeré y la llevaré al juzgado. Mientras voy para allá, haga una foto de la mano del mortero. Que se vea algo de la casa para que podamos demostrar que estaba allí. La llamaré para darle el número al que debe mandarla.

Telefoneó a la oficina del fiscal y solicitó hablar con la unidad de homicidios.

—Voy a enviar un texto con una foto —dijo tras explicar brevemente quién era—. Es fundamental para el resultado del juicio contra Betsy Grant. Es el arma del crimen.

—Mándela a este número —respondió al instante el escéptico ayudante del fiscal—. La estudiaremos. Ya ha empezado la presentación de las conclusiones de la defensa.

Instantes después volvía a hablar con Lisa.

—Envíele la foto al fiscal. ¿Puede recordar este número?

—Creo que podría, pero lo anotaré. Y, por favor, no tarde.

Delaney dudó si no debería haberle dicho que saliera de ahí y se dirigiera a casa de algún vecino, pero solo eran las nueve y veinticinco y Scott tenía un paciente a las nueve en su consulta de Fort Lee.

A las nueve y media, el conductor se detuvo delante del 522 de Cleveland Avenue.

—Será solo un minuto. Espere, por favor —le pidió.

Mientras se apresuraba hacia la casa, Lisa abrió la puerta de golpe. Llevaba en la mano el móvil y el bolso.

—No he apuntado bien el número que me ha dado. He tratado de enviar la foto, pero no he podido.

—No pasa nada. Puedo enviarla yo.

Lisa metió la mano en su bolso y sacó la mano del mortero.

—Aquí no hay buena cobertura —comentó con voz temblorosa—. Es mejor en la cocina.

Tengo en la mano el arma del crimen, pensó Delaney, corriendo por el pasillo. En la cocina, apoyó la mano del mortero contra la hilera de latas decorativas e hizo la foto. Los dos primeros intentos de enviarla resultaron fallidos, pero a la tercera, por fin, pudo mandarla con éxito a la oficina de Holmes.

Antes de salir al pasillo para volver junto a Lisa, oyó que se abría la puerta de la calle y que Scott Clifton hablaba con su mujer.

—¿Vas a salir? —le preguntó.

Delaney marcó el teléfono de emergencias.

—Socorro. Asesino en el 522 de Cleveland Avenue. No se retire. Grabe lo que está pasando aquí.

Antes de que el operador pudiera contestar y sin cortar la comunicación, estiró el brazo con el teléfono hacia el lugar en el que se desarrollaba la conversación.

Podía oír sus voces claramente. Lisa trataba de disimular su angustia.

—¡Scott! Pensaba que tenías un paciente.

—Ha cambiado la hora de la cita. ¿Adónde ibas? —preguntó de nuevo, alzando la voz.

—A la peluquería. Tengo un montón de canas.

Él la miró.

—No tantas, Lisa. Te he preguntado adónde ibas.

Delaney la felicitó mentalmente. Tenía que seguir entreteniéndole.

—Scott, esperaba evitar esta escena. El camión de mudanzas estará aquí a las diez para sacar todas las cosas que tengo en el desván. He dejado el anillo de boda y el de compromiso sobre la cómoda.

—Ya me parecía que pasaba algo. ¿Por qué no vamos al desván para asegurarnos de que no te has llevado nada mío?

Delaney salió en silencio al pasillo mientras Scott empujaba a Lisa escaleras arriba.

—Sé que la tienes —gritaba—. ¿Dónde está?

Lisa bajó desde el desván chillando.

—¡Asesino! Ibas a dejar que Betsy fuera a la cárcel por algo que hiciste tú. Mataste a Ted.

Delaney retrocedió hasta el salón para no ser vista.

—Vengan deprisa. Por favor —suplicó con el corazón acelerado.

Lisa trató de abrir la puerta de la calle, pero Scott tiró de ella hacia atrás y le rodeó la garganta con las manos para estrangularla.

—Dámela. ¿Por qué has tenido que meterte? —gritaba.

Delaney se metió el teléfono móvil en el bolsillo de la chaqueta y volvió corriendo al vestíbulo.

Las manos de Scott apretaron con más fuerza la garganta de Lisa.

—Alan me prometió más de un millón de dólares. Habría sido el doble cuando condenaran a Betsy.

Delaney sabía que solo podía hacer una cosa. Levantó la mano del mortero y se la estrelló contra un costado de la cabeza. Scott soltó a Lisa, se dio la vuelta y se abalanzó hacia ella. Sangraba por el corte que le había hecho en la frente.

A la desesperada, la joven volvió a blandir la mano del mortero. Esta vez le dio en un lado de la cara. Con un rugido, Scott se la arrebató y la levantó para golpearla.

Ella retrocedió a trompicones y la mano del mortero falló por pocos centímetros. Acto seguido, mientras Scott volvía a alzarla, la puerta se abrió y tres policías se precipitaron en el interior con sus armas en la mano.

—¡Quieto! ¡Levante las manos! —gritó uno de ellos.

Delaney se sacó el móvil de la chaqueta.

—¿Ha grabado todo eso? ¿Lo ha grabado? —preguntó con voz casi inaudible.

La voz del operador del teléfono de emergencias sonó categórica.

—Desde luego que sí. Fuerte y claro, señora. Desde luego que sí.

Delaney exhaló un suspiro de alivio.

—Envíe ahora mismo la grabación de esta llamada al número que le daré ahora. Es la oficina del fiscal.

69

Elliot Holmes saboreaba ya la victoria en el caso con mayor publicidad de su carrera mientras escuchaba las encendidas conclusiones de Robert Maynard. Estaba deseando que acabase para poder levantarse y presentar las suyas.

De pronto se abrió la puerta de la sala del tribunal y uno de sus ayudantes se le acercó a toda prisa.

—Más vale que sea importante —gruñó Holmes, furioso.

—Esto supone una distracción improcedente para la defensa y el jurado —protestó el juez Roth, visiblemente molesto.

El fiscal se puso de pie.

—Pido sinceras disculpas al tribunal, al jurado y al abogado defensor. Concédanme solo un momento, por favor.

Holmes cogió el teléfono móvil de manos del ayudante y vio una foto de Scott Clifton rodeado de policías. Uno de los agentes sostenía la mano del mortero. El texto explicaba lo sucedido. En ese momento supo que había perdido.

—Señoría, solicito una pausa de quince minutos para escuchar una grabación que se halla en este teléfono. Puede resultar fundamental para el resultado de este caso.

El juez comprendió que había ocurrido algo de suma trascendencia.

—Haremos una breve pausa. Los miembros del jurado no comentarán lo que acaban de ver.

Robert Maynard se sentó junto a Betsy durante el descanso.

—No sé qué está pasando, pero mi instinto me dice que es bueno para nosotros. De lo contrario, no se atreverían a interrumpir mis conclusiones.

Veinte minutos después, Elliot Holmes se dirigía al tribunal absolutamente conmocionado.

—Señoría, el objetivo de la fiscalía ha sido siempre procurar que se haga justicia. Acaban de informarme de la detención del doctor Scott Clifton hace una hora en su domicilio, donde han encontrado la mano del mortero. Además, he escuchado una grabación de audio de los acontecimientos que han rodeado a su detención en la que realizaba ciertas declaraciones acerca del asesinato del doctor Edward Grant, implicándose a sí mismo y también a Alan Grant.

»Señoría —añadió con la voz quebrada—, debo constatar que se ha producido un trágico error judicial. La fiscalía ya no cree que Betsy Grant matara a su marido o estuviese implicada de ningún modo en su muerte. El ministerio público lamenta profundamente el sufrimiento que ha soportado la acusada y solicita que se desestime la acusación.

Se oyeron gritos de entusiasmo. El juez impuso silencio con amabilidad.

Betsy solo podía pensar en lo cerca que había estado de tomarse las pastillas la noche anterior.

—He escuchado la exposición por parte del fiscal de las extraordinarias novedades que se han producido en la última hora —manifestó Roth—. Debido a ellas, el fiscal está convencido de que Betsy Grant es inocente. Ha reconocido que se ha producido un terrible error judicial. Por fortuna, las nuevas pruebas han salido a la luz antes de que se pronunciase el veredicto, que, si hubiera sido de culpabilidad, habría dado lugar a una prolongada pena de prisión. —El juez hizo una pausa—. Esta acusación queda desestimada. Señora Grant, con los mejores deseos del tribunal, queda usted libre.

Mientras volvían a oírse gritos de entusiasmo, Betsy trataba de asimilar esa palabra. Libre. Libre.

Se levantó despacio y dio las gracias al juez. Robert Maynard le pasó un brazo por los hombros. Peter Benson, que veía desde su habitación de hotel la presentación de las conclusiones por parte de Robert Maynard, había acudido a toda prisa al palacio de justicia cuando Elliot Holmes solicitó la breve pausa para evaluar la información que acababa de recibir y se deslizó en la última fila de la sala del tribunal en el preciso momento en que Holmes empezaba a contarle al juez lo que había ocurrido y sus motivos para solicitar que se desestimara la acusación.

Tan pronto como el magistrado le comunicó a Betsy que quedaba libre, Peter se dirigió apresuradamente a la mesa de la defensa. Un ayudante del sheriff quiso interceptarle, pero el juez Roth le hizo un gesto para que le dejara pasar. Betsy y Maynard se volvieron para abandonar la sala. Solo habían dado un par de pasos cuando Betsy vio que Peter se dirigía hacia ella. Maynard se hizo a un lado y Peter la cogió del brazo.

—Yo cuidaré de ella ahora. —Miró a Betsy a los ojos—. Y siempre.

70

Tres días después, Delaney llamó a Betsy y le preguntó si podía ir a verla.

—Por supuesto que puede —respondió—. Sé cómo me apoyaba. Me extrañó que no cubriera la última semana del juicio.

—Prometo explicárselo. ¿Estará también el señor Benson?

Tal como esperaba, la respuesta fue afirmativa.

Tenía el corazón en un puño mientras se dirigía a Alpine en su coche. Saludó a Betsy y a Peter, pasaron al salón y se sentaron. Delaney se inclinó hacia delante, dio una palmada y comenzó a hablar con voz temblorosa por la emoción.

—Tengo algo que contarles. Lo supe hace pocos días. Betsy, usted dijo en el estrado que había añorado a su hija cada día de su vida. Igual que yo he añorado a mi madre biológica. —Miró alternativamente a los dos—. Y ahora no solo he encontrado a mi madre, sino también a mi padre.

Mientras Betsy y Peter, incrédulos, trataban de asimilar lo que estaba diciendo, Delaney continuó hablando.

—Nací en el 22 de Oak Street, Filadelfia, el 16 de marzo de hace veintiséis años. Mis abuelos se llamaban Martin y Rose Ryan...

Epílogo

Seis meses después

Alan Grant y el doctor Scott Clifton están a la espera de juicio, acusados formalmente del asesinato del doctor Edward Grant. El doctor Clifton también está acusado del intento de asesinato de Lisa Clifton. Los abogados de ambos han planteado la posibilidad de que declaren uno contra otro para mejorar su situación. En cualquier caso, ambos se enfrentan a penas de cadena perpetua.

La investigación de Jonathan confirmó que el doctor Clifton facilitó a Steven Harwin los medicamentos que le provocaron una sobredosis. El doctor Clifton está a la espera de un segundo juicio por este cargo.

Tony Sharkey fue condenado a tres años de cárcel por el intento de robo en la vivienda de Saddle River. A petición de Betsy Grant, no fue procesado por el robo en su casa.

—Después de todo, no salgo tan mal parado —le dijo al juez Roth al oír la sentencia.

Una semana después de que terminara el juicio, al empaquetar los libros de medicina para enviárselos al doctor Adams, Carmen encontró uno con el centro hueco. Contenía tres talonarios de recetas a nombre del doctor Ted Grant, todas cumplimentadas y firmadas supuestamente por él. ¿Eran esos talonarios lo que con tanta desesperación buscaba?

Alvirah llamó a Sam para decirle que en realidad no necesitaba cambiar las baldosas de su apartamento e insistió en enviarle un cheque de cinco mil dólares como muestra de gratitud por la valiosa información que le había facilitado. Sam le dio las gracias efusivamente y le aseguró que, si alguna vez necesitaba baldosas nuevas...

Betsy y Peter se casaron ante el padre Quinn en la iglesia de San Francisco Javier. Cuando Betsy, preciosa con su vestido de encaje color champán, y Peter, guapo y elegante con traje azul marino y corbata plateada, intercambiaron sus votos, Delaney parpadeó para contener unas lágrimas de felicidad.

Mi madre, mi padre, pensó.

Ella fue la dama de honor de Betsy. El padrino de Peter fue su mejor amigo, el profesor Frank Reeves.

El banquete se celebró en la casa de Alpine y, como regalo de boda, Jennifer Wright confeccionó un álbum de fotos de Delaney desde sus primeros días de vida.

—Así podrá conocerla desde el principio —explicó, entregándoselo a Betsy con una sonrisa.

Delaney pidió a Betsy y a Peter llamarles por sus respectivos nombres de pila, algo que ellos entendieron. El rostro de Jennifer irradió felicidad cuando supo que Delaney nunca llamaría mamá a nadie más.

Aquella fiesta fue una celebración de boda y una reunión. Estaban presentes las personas más importantes de su vida: Jennifer y James Wright; los hermanos de Delaney y sus esposas; la madre de Peter; Alvirah y Willy, que habían hecho posible aquel día; Lisa Clifton y Bridget O'Keefe, su querida niñera.

Mi familia, pensó Delaney con alegría.

Jon se acercó a ella con dos copas de champán.

—No puede haber nada mejor que esto —reconoció.

Mientras daba un sorbo de champán, Delaney miró a Bridget, que conversaba con Alvirah al otro lado de la habitación.

Recordó entonces la advertencia que le hacía siempre Bridget: «Cuando las cosas parecen demasiado buenas, los problemas están en camino». Esta vez no, Bridget, pensó contenta. Como también decías cuando estabas segura de algo: «Tengo una corazonada».

El papel utilizado para la impresión de este libro
ha sido fabricado a partir de madera
procedente de bosques y plantaciones
gestionados con los más altos estándares ambientales,
garantizando una explotación de los recursos
sostenible con el medio ambiente
y beneficiosa para las personas.
Por este motivo, Greenpeace acredita que
este libro cumple los requisitos ambientales y sociales
necesarios para ser considerado
un libro «amigo de los bosques».
El proyecto «Libros amigos de los bosques» promueve
la conservación y el uso sostenible de los bosques,
en especial de los Bosques Primarios,
los últimos bosques vírgenes del planeta.

Papel certificado por el Forest Stewardship Council®

31901060392745